가난한 사람들

가난한 사람들
Бедные люди

표도르 도스또예프스끼 장편소설
석영중 옮김

BEDNYE LIUDI
by FEDOR MIKHAILOVICH DOSTOEVSKII (1846)

일러두기

1. 번역 대본은 F. M. Dostoevskii, *Sobranie sochinenii v dvenadtsati tomakh* (Moskva: Pravda, 1982)와 F. M. Dostoevskii, *Polnoe sobranie sochinenii v tridtsati tomakh*(Leningrad: Nauka, 1972~1990)를 주로 사용하였습니다. 다만 판본에 차이가 없는 한 옮긴이가 번역 대본을 임의로 선택하였습니다.
2. 러시아어의 로마자 표기와 우리말 표기는 〈열린책들〉에서 정한 표기안을 따르되, 관행적으로 굳어진 일부 용어만 예외로 하였습니다.

이 책은 실로 꿰매어 제본하는 정통적인 사철 방식으로 만들어졌습니다.
사철 방식으로 제본된 책은 오랫동안 보관해도 손상되지 않습니다.

가난한 사람들
7

문학적 빈곤에 관한 짤막한 고찰
221

도스또예프스끼 연보
229

오오, 나는 이 글쟁이들에게 정말 질려 버렸다!
유익하고 즐겁고 사람들에게 위안을 주는 글은 도무지 쓰려 들지 않고
땅속에 숨겨진 온갖 더러운 비밀만 캐고 있다……!
그런 자들에겐 더 이상 글을 못 쓰도록 해야 하는데!
그래, 대체 이것이 다 무엇이란 말인가!
그런 글을 읽고, 자기도 모르게 망상에 잠기고,
말도 안 되는 온갖 잡다한 생각들이 머릿속으로 들어오고…….
정말이지, 그런 자들에겐 글을 못 쓰게 해야 한다.
정말 한 줄도 못 쓰게 막아야 한다.[1]

— V. F. 오도예프스끼 공작

---

[1] V. F. 오도예프스끼의 「살아 있는 주검」(1839)에서 인용한 제사.

던 것과 달리 아주 잘 잤기 때문에 지금 기분이 꽤 좋다는 것을 보고드리는 바입니다. 새집으로 이사를 오면 잠을 못 이루는 게 보통인데 말이죠. 그게 그럴 때가 있고 또 그렇지 않을 때가 있나 봐요. 오늘 전 정말이지 의기충천해서 이부자리를 박차고 일어났습니다. 참으로 기분이 좋고 상쾌하더군요! 내 귀여운 사람, 오늘 아침은 어쩌면 그렇게도 맑습니까! 활짝 열린 창문 너머로 태양이 빛나고, 새들은 지저귀고, 대기 속에선 봄 냄새가 전해져 오더군요. 만물이 소생하고 있습니다. 그 밖의 모든 것도 새봄에 어울리는 모습을 하고 있었습니다. 저는 오늘 아주 즐거운 상상에도 젖어 보았습니다. 모두 당신과 관련된 상상이었지요, 바렌까. 저는 당신을 사람들에게 위안을 주고 자연을 더욱 아름답게 하기 위해서 창조된 새에 비교해 보았습니다. 바렌까, 저는 또 근심과 걱정 속에서 사는 우리 인간들은 아무 걱정도 없이 떳떳하게 하늘을 날아다니는 새들의 행복을 부러워할 수밖에 없는 처지라는 생각도 해보았습니다. 다른 상상들도 뭐 다 그와 유사한 것들이었고요. 다시 말씀드려서 극과 극의 비교를 한 겁니다. 바렌까, 제가 가지고 있는 어떤 책에는 말이죠, 저의 이런 상상과 비슷한, 거의 똑같은 내용이 자세하게 적혀 있습니다. 정말이지 상상이란 참으로 여러 가지죠, 소중한 아가씨. 어쨌거나 봄이 왔습니다. 머릿속은 즐겁고 재치가 번득이고 재미있는 생각으로 가득하고, 상상하는 것은 모두 분홍 빛깔의 감미로운 것뿐입니다. 그런 까닭에 저도 지금 이런 편지를 쓰고 있는 것이고요. 참, 지금까지 쓴 건 모두 아까 말씀드린 그 책에서 인용한 것입니다. 시인은 자기 작품 속에서 이런 소망을 나타내고 있습니다.

왜 나는 새가 되지 못했을까, 어찌하여 맹금이 되지 못했을까!

그리고 기타 등등. 그 책에는 여러 가지 사상에 대해 적혀 있습니다. 하지만 아무려면 어떻습니까? 그건 그렇고, 바르바라 알렉세예브나, 오늘 아침엔 어딜 다녀오셨습니까? 저는 아직 출근할 준비도 안 했는데, 당신은 이른 봄 한 마리 작은 새가 비상하듯 집에서 나오셔서 환한 모습으로 뜰을 가로질러 가시더군요. 그런 당신을 보는 저는 또 얼마나 신이 났다고요! 아, 바렌까, 나의 바렌까! 슬픔은 금물입니다. 슬플 때 눈물은 결코 도움이 되지 못하죠! 소중한 이여, 이건 제가 경험을 통해 알고 있는 얘깁니다. 이제는 안정도 찾으셨고 건강도 웬만큼 좋아지셨잖아요. 참, 당신과 함께 사는 표도라는 어떻습니까? 그녀도 참 착한 여자예요! 바렌까, 그녀와 지내기가 어떤지, 모두 만족하고 있는지 다음 편지에 꼭 써 주세요. 표도라가 가끔 좀 투덜거리기는 하지만 그런 건 신경 쓰지 마세요, 바렌까. 그 정도야 어떻습니까! 착한 여자잖아요.

지난번 편지에 저희 하숙집의 쩨레자에 대해서 제가 말씀드렸었죠. 그녀 역시 착하고 성실한 여자입니다. 처음엔 우리 편지를 어떻게 주고받아야 하나 제가 얼마나 걱정했었다고요! 하지만 하느님께서는 우리의 행복을 위해 쩨레자를 바로 보내 주셨던 겁니다. 그녀는 착하고 얌전하고 게다가 과묵하기까지 하지요. 하지만 저희 하숙집 여주인은 한마디로 몰인정하기 짝이 없는 여자입니다. 쩨레자가 무슨 제 발닦개라도 되는 줄 아는지 얼마나 못살게 굴며 부려먹는다고요.

바르바라 알렉세예브나, 제가 어쩌다가 이런 누추한 곳까지 흘러 들어왔을까요! 제가 사는 방은 또 어떻고요! 이전에 제가 살던 곳이 얼마나 조용했는지 당신도 아시지요. 정말 안락하고 조용했었습니다. 가끔은 집 안에 날아다니는 파리 소리까지 들릴 정도였으니까요. 하지만 여기선 퉁탕거리는 소리, 비명소리, 게다가 우렁찬 고함 소리까지 들립니다! 참, 당신은 아직 이곳의 구조도 모르시죠. 우선 어두컴컴하고 지저분한 기다란 복도를 대충 상상해 보십시오. 복도 오른쪽은 아무것도 없는 밋밋한 벽이고요, 왼쪽으로는 온통 문, 문, 문뿐입니다. 여관방처럼 방들이 그렇게 죽 늘어서 있어요. 거기서 사람들이 하숙을 합니다. 문을 열고 들어가면 방이 하나씩 있고요, 한 방에 둘도 좋고 셋도 좋고, 사람들이 살고 있습니다. 정리 정돈에 대해서는 묻지도 마십시오. 노아의 방주 속이 아마 이랬을 겁니다! 하지만 여기 사는 사람들은 다 좋은 사람 같아 보입니다. 교육도 받을 만큼 받은 것 같고, 학식이 꽤 높은 사람도 있어요. 관리도 한 사람 있습니다(무슨 관청에서 문학에 관련된 일을 보고 있대요). 책을 아주 많이 읽은 사람입니다. 호메로스나 브람베우스,[2] 그리고 꽤 여러 작가와 여러 주제에 대해서 얘기를 늘어놓더군요. 얼마나 똑똑한 사람인지 몰라요! 장교도 두 사람 사는데 그들은 항상 카드 놀이만 합니다. 또 저희 하숙집엔 해군 소위도 세 들어 있고, 영국인 교사도 살고 있습니다. 잠깐, 다음번 편지에는 여기 사는 사람들을 풍자적으로 재미있게 묘사해서 당신을

---

2 O. I. 센꼬프스끼(1800~1858)의 필명. 「독서를 위한 도서관」이라는 신문의 편집자. 그는 교육 수준이 높지 않은 독자들과 그와 같이 일하는 하급 관리들이 그를 우상으로 여길 수 있는 중편소설이나 비평을 많이 썼다.

즐겁게 해드리겠습니다. 즉 그들이 어떤 사람인지 아주 상세하게 말입니다. 저희 하숙집 여주인은 키가 작고 지저분한 여자인데요, 하루 종일 헐렁한 실내복 차림에 슬리퍼를 찍찍 끌고 다닙니다. 언제나 쩨레자에게 악만 써대지요. 저는 부엌에서 살고 있습니다. 좀 더 정확하게 얘기하자면 이렇습니다. 부엌 바로 옆에 방이 하나 딸려 있는데(한 가지 짚고 넘어가자면 저희 부엌은 아주 깨끗하고 밝고 좋습니다), 제 방은 그리 크지 않은 보잘것없는 공간이죠……. 저, 이렇게 말씀드리는 것이 더 낫겠네요. 저희 하숙집 부엌은 창문이 세 개나 있을 정도로 아주 큽니다. 부엌 한쪽에 벽과 나란하게 칸막이를 세워서 방이 하나 더 생긴 거예요. 덤으로 생긴 방 말입니다. 아주 널찍하고 편해요. 창문도 하나 있고, 필요한 것은 다…… 한마디로 다 좋아요. 제 보금자리를 묘사하자면 그렇다는 겁니다. 소중한 사람, 그렇다고 뭔가 다른, 비밀스러운 의미가 여기 숨겨져 있을 거라고는 생각하지 말아 주세요. 그러니까 그게, 말하자면, 이 부엌 말입니다! 바꿔 말해서 제가 부엌 한쪽에 있는 칸막이 방에 살고 있는 것은 사실이지만, 뭐 괜찮아요, 다른 사람들에게서 멀찍이 떨어져서 그럭저럭 조용히 살 수 있으니까요. 전 이미 여기에 침대도 들여놓았고, 책상, 장롱, 두 개의 의자까지 갖추어 놓았어요. 성상도 걸어 놓았고요. 하긴 더 좋은 방도 있긴 있습니다. 비교할 수 없으리만큼 좋은 방도 있을 겁니다. 하지만 중요한 건 얼마나 편하냐 하는 것이죠. 제가 이런 결정을 내린 건 다 편하자고 한 일입니다. 그러니까 무슨 다른 이유가 있을 거라고는 생각하지 말아 주세요. 마당 건너편으로 당신 방 창문도 보이고, 더군다나 마당이 좁아서 오가며 당신도 보고……. 저같이 팔자가 기구한 사람에게 이보다 더 즐거운 일이 어디 있겠어요. 게다가 값도 싸잖아요. 저희 하숙집에서 제일 싼 방이 식사까지 포함해서 지폐[3]로 35루블인데, 제 주머니 사정으로는 그것도 어렵없습니다! 하지만 이 방은 지폐 7루블에 식사는 은화로 5루블이에요. 전부 해야 24루블 50꼬뻬이까입니다. 옛날 살던 곳에서는 30루블을 주었었는데, 방세 때문에 하지 못한 게 많았습니다. 차 마시는 것도 자주 걸렸으니까요. 하지만 지금은 차하고 설탕 값을 번 셈이지요. 나의 소중한 사람, 그러니까 그게, 차도 마실 수 없다면 그건 좀 창피한 일입니다. 여기 사는 사람들은 모두 여유가 있기 때문에 그 사람들 보기가, 그래요, 정말 창피할 겁니다. 바렌까, 차는 다른 사람들을 위해서 마시는 셈이지요, 체면치레로 품위 유지를 위해서요. 하지만 저는 아무래도 괜찮습니다. 저는 그렇게 까다로운 사람이 아니거든요. 이렇게 생각해 보세요. 용돈이라는 게 아무래도 얼마간은 필요한 건데, 거기서 구두며 외투며 다 사고 나면 얼마나 남겠습니까? 제 월급 다 날아가고 말죠. 저야 뭐, 아무 불만 없이 흡족하게 살고 있습니다. 그 정도면 충분해요. 지금까지 오랜 세월을 만족스럽게 살았습니다. 또 가끔은 상여금도 나오고요. 그럼 이만 작별 인사를 드려야겠습니다. 나의 천사님. 당신께 드리려고 봉선화와 제라늄 화분을 하나씩 샀어요. 비싼 건 아닙니다. 혹시 물푸레나무도 좋아하십니까? 그것도 구해 드릴 수 있으니까 편지에 말씀만 하세요. 편지는 될 수 있는 대로 아주 자세히 써주십시오. 그건 그렇고, 소중한 나의 사람이여, 제가 이런 방에서

---

[3] 러시아의 지폐는 1769년에 발행되었다. 1830년대의 공식 환율로 지폐 1루블은 은화 27꼬뻬이까에 달한다.

산다고 염려하시거나 의혹을 갖지는 말아 주세요. 정말 여기가 편해서 이사한 겁니다. 오로지 편하다는 것 한 가지가 저를 이리로 오게 만든 거라고요. 소중한 사람, 게다가 저는 저축도 하고 있답니다. 조금씩 돈을 모으고 있다고요. 액수도 점점 늘고 있는걸요. 그러니 제가 파리 날개 같은 것에 부딪혀 쓰러질 정도로 나약한 사람이라고는 생각하지 말아 주십시오. 절대 그렇지 않습니다, 나의 소중한 사람. 저 이래 뵈도 단단한 사람입니다. 아주 강인한 기질과 확고부동한 정신을 가진 사람이라고요. 그럼, 안녕히, 나의 천사여! 편지를 벌써 두 장 가까이 썼군요. 출근해야 할 시간이 한참 지났는데 말이죠. 나의 소중한 사람, 당신의 손에 키스를 보냅니다.

　　　　당신의 충복이자 성실한 친구 마까르 제부쉬낀

추신 부탁드릴 게 있습니다, 나의 천사여. 될 수 있는 대로 자세한 답장을 써주세요. 바렌까, 편지와 함께 사탕 1푼뜨[4]를 보냅니다. 맛있게 드시고 부디 제 걱정은 하지 마세요. 안 좋은 쪽으로 생각하지도 마시고요. 자, 그럼 안녕히, 나의 소중한 사람.

4월 8일
친애하는 마까르 알렉세예비치!
제가 마침내 당신과 말다툼을 할 수밖에 없는 지경에 이르렀음을 당신은 알고 계시기나 한 겁니까? 선량하신 마까르

---

4 옛날 러시아의 중량 단위로 1푼뜨는 0.41킬로그램에 해당한다.

알렉세예비치, 맹세코 말씀드리건대 저는 당신의 선물을 받는 것이 이젠 괴롭기까지 합니다. 저는 당신이 어떻게 선물을 마련하시는지 알고 있으니까요. 선물을 장만하느라 당신이 얼마만큼 대가를 치르는지, 당신 스스로에게 꼭 필요한 물건은 사지도 않으면서 얼마나 큰 자기 희생으로 그것들을 사시는지 전 잘 알고 있다고요. 제겐 필요한 것이 없다고, 정말 결코 아무것도 필요하지 않다고 몇 번이나 말씀드렸나요? 지금까지 제게 베풀어 주신 은혜도 다 갚을 힘이 없다고 대체 몇 번이나 말씀드렸냐고요? 도대체 이 화분들이 다 무슨 소용이란 말입니까? 좋습니다, 봉선화는 그렇다고 쳐요, 그런데 제라늄은 왜 사셨어요? 제가 어쩌다 조심성 없이 어떤 사물에 대해 언급이라도 하면 당신은 그 즉시로 그것을 사버리시는군요. 이 제라늄처럼 말이에요. 아마 돈을 많이 내셨겠죠, 그렇죠? 그런데 이 제라늄 꽃은 어쩌면 이리도 예쁘죠? 작은 십자 모양의 진홍색 꽃잎하며……! 어디서 이렇게 잘 자란 제라늄을 구하셨어요? 저는 그것을 창문 한가운데 제일 잘 보이는 곳에 놓았답니다. 다음엔 마루에 긴 화분 받침대를 놓고 거기에 꽃들을 진열하겠어요. 하지만 그 꽃들은 제가 직접 장만할 거니까 그리 아셔야 해요! 표도라도 좋아서 어쩔 줄을 모르고 있답니다. 지금 저희 방은 정갈하고 환한 천국으로 바뀐 것만 같아요! 사탕은 또 왜 사셨나요? 그리고 정말, 당신 편지를 보고 느낀 건데 당신 글이 예전하고 좀 달라졌어요. 천국이니, 봄이니, 향기로운 봄 냄새가 난다느니, 새들이 노래한다느니……. 제가 〈이게 뭐야, 운율만 안 맞추었을 뿐 시나 다름없네〉 하고 생각할 정도였지요. 정말 당신의 편지에서 없는 것은 운율뿐이었다니까요. 마까르 알렉세예비치! 부드러운 느낌과 분홍 빛깔의 상상력까지, 정말 없는 게 없더라니까요! 커튼에 대한 얘기는 생각하지도 못했어요. 아마 제가 화분을 바꿔 놓다가 커튼 자락이 화분에 걸린 모양이에요. 정말 당신도 대단하세요!

아아, 마까르 알렉세예비치! 당신이 저를 속이고, 버시는 돈 모두 당신 자신만을 위해 쓰고 계신 것처럼 이런 저런 말씀도 늘어놓으시고 수입도 꽤 된다고 하십니다만, 아무리 그러셔도 저는 못 속입니다. 제게는 아무것도 못 감추십니다. 저 때문에 당신은 팔면 안 되는 것까지 하나 둘 팔고 계신 게 틀림없어요. 단적인 예로 어떻게 그런 방을 얻으실 생각을 다 하셨나요? 주위가 너무 시끄러워서 불안하시고 괴롭잖아요. 좁고 불편하시잖아요. 당신은 사람들과 떨어진 곳에서 조용하게 사는 것을 좋아하시는데 여기 새 하숙집이 어디 그런가요! 당신의 봉급이라면 훨씬 더 좋은 데서 사실 수도 있었잖아요. 표도라 말을 들어 보니, 예전엔 당신이 지금과 비교도 안 되게 잘사셨다더군요. 정말로 당신은 남의 집 구석방이나 차지하고 앉아서, 고독하고 궁핍하게, 아무 기쁨도 없이, 다정한 말 한마디 건넬 사람도 없이 평생을 그렇게 사셨을까요! 아아, 착한 나의 친구여, 전 정말 당신이 가엾습니다! 마까르 알렉세예비치, 건강만이라도 소중히 여기셔야 합니다. 눈이 약해진다고 하셨죠. 촛불 아래서는 글쓰지 마세요. 왜 그러세요, 정말? 그렇게 하지 않아도 상사분들은 당신의 일에 대한 열정을 알고 계실 거예요.

다시 한번 간곡히 부탁드립니다. 제발 저 때문에 자꾸 돈을 쓰지 마세요. 저를 사랑하고 계신 건 알고 있지만, 당신도 그렇게 여유가 많은 분은 아니니까요……. 오늘 아침엔 저도 기분좋게 자리에서 일어났습니다. 정말 너무 기분이 좋았어요. 표도라는 이미 오래전부터 일을 하고 있었는데 오늘 제게도 일감을 가져다 주었거든요. 얼마나 기뻤는지 모릅니다. 그래서 비단을 사러 나갔던 거예요. 돌아와선 곧 일을 시작했어요. 아침 내내 제 마음이 얼마나 홀가분하고 신이 났었다고요! 하지만 지금은 다시 어두운 상념들뿐이고 제 가슴은 온통 슬픔에 잠겨 있어요.

아아, 앞으로 저는 어떻게 될까요. 제 운명은 대체 어떻게 전개될까요? 불확실한 내일과 보장 없는 미래, 그리고 앞으로 제게 어떤 일이 일어날지 짐작도 할 수 없는 현실만 생각하면 전 괴롭기만 합니다. 과거는 돌이켜 보는 것조차 무서워요. 잠깐만 회상을 해도 가슴이 찢어지는 것 같으니까요. 저를 파멸의 구렁텅이로 몰아넣은 사악한 사람들 때문에 저는 앞으로도 수많은 세월을 울고 울고 또 울어야겠지요.

황혼이 지네요. 일을 해야겠어요. 아주 많은 얘기를 더 쓰고 싶지만 시간이 없네요. 기한 안에 해줘야 하는 일이거든요. 서둘러야겠어요. 물론, 편지를 쓰는 일은 정말 좋아요. 그 순간만큼은 우울하지 않으니까요. 그런데 당신은 왜 한번도 저희 집에 들르시지 않는 거죠? 이유가 뭔데요, 마까르 알렉세예비치? 이제는 서로 가까이에서 살게 됐고 가끔 시간도 있으시잖아요. 꼭 오세요, 네! 저도 당신 하숙집의 하인 쩨레자를 보았어요. 어디가 많이 아픈 사람 같아 보이더군요. 안돼 보였어요. 그래서 20꼬뻬이까를 주었습니다. 참! 깜빡 잊을 뻔했네요. 당신의 하루 일과를 될 수 있는 한 자세히 빠짐없이 편지에 써서 보내 주세요. 주변엔 어떤 사람들이 사는지, 그들과 지내기는 괜찮으신지 말이에요. 전 정말 모든 게 너무 궁금하답니다. 잊지 마시고 꼭 그렇게 해주셔야 해요! 당신 말씀대로 오늘은 일부러 커튼 자락을 접어 놓겠습니다. 일찍 주무세요. 어제 보니까 당신 방에 늦게까지 불이 켜져 있던데요. 그럼, 안녕히. 오늘은 정말 울적하고 쓸쓸하고 슬프네요! 아마 오늘이 그런 날인가 봐요! 안녕히 계십시오.

당신의 바르바라 도브로셀로바

4월 8일

친애하는 바르바라 알렉세예브나!

맞아요, 아가씨. 그래요, 소중한 내 사람. 불행하고 기구한 제게도 아마 오늘이 그런 날이었나 봅니다! 바르바라 알렉세예브나, 당신은 이 늙은이를 놀리셨더군요. 하지만 잘못은 저한테 있습니다, 모두 제 잘못입니다! 머리카락도 얼마 남지 않은 늙은 나이에 사랑의 감정에 빠져서 횡설수설해서는 안 되는 건데……. 나의 소중한 사람, 몇 마디만 더 하겠습니다. 사람은 누구나 가끔 이상해지는 때가 있습니다, 정말 그런 때가 있죠. 나의 성스러운 아가씨, 당신이 무엇에 대해 언급만 하면, 제가 그 즉시로 그걸 사온다고 하셨습니까! 그래서 결론이 뭔데요, 앞으로 제가 뭘 어떻게 해야 하는 겁니까? 앞으로 할 일은 아무것도 없어요. 결국은 고작 제 건강을 살피라는 그런 엉터리 같은 말이나 나오는 거예요, 나의 소중한 사람. 그렇다고 제가 지금 당신께 역정을 내고 있는 것은 아닙니다. 그저 제가 한 일을 모두 돌이켜 보니 화가 치밀어서 그래요. 당신에게 그런 형식적이고 어리석은 편지를 쓴 게 울화가 치밀어서요. 오늘 제가 관청에 출근할 때는 기분이 우쭐해 있었습니다. 가슴속으로 밝은 빛이 비추는 것 같았습니다. 아무 일도 없는데 명절이라도 맞은 것처럼 기분이 좋았어요. 정말 즐거웠다고요. 그래서 서류도 부지런히 정서했어요. 하지만 그 다음엔 어땠는지 아세요! 어느 순간 주위를 한번 둘러보았더니 온통 칙칙하고 어두운 게 예전하고 똑같더군요. 똑같은 잉크 자국, 똑같은 책상과 서류, 저 또한 예외는 아니었습니다. 과거의 저와 조금도 다를 바 없는 똑같은 저였으니까요. 도대체 페가소스[5]를 타고 하늘이라도 나는 양, 기분좋을 일이 뭐가 있을까요! 무엇 때문에 그랬을까요? 오랜만에 밝은 해가 떠오르고 하늘이 푸르게 개서였을까요? 정말 그래서였을까요? 창문 아래 마당에서는 별의별 일이 다 벌어지고 있건만, 저는 웬 향기 타령이었을까요! 아마 제가 어리석어서 그냥 그렇게 느껴졌던가 봅니다. 가끔은 누구나 그렇게 자기 느낌도 제대로 헤아리지 못하고 바보 같은 얘기를 할 때가 있잖아요. 그건 바로 심장이 지나치게, 어리석으리 만치 뜨거워서 생기는 일이죠. 집에 돌아올 때는 걸었다기보다는 겨우겨우 기다시피 했습니다. 아무 이유도 없이 머리가 깨질 듯 아파서요. 아마 그게 다 앞의 일들과 연결이 되는 건가 봅니다(등에 바람이라도 든 걸까요). 봄이 왔다고 바보처럼 좋아 날뛰면서 얇은 제복을 입고 나갔었거든요. 하지만 제 감정에 관한 얘기는 당신이 잘못 짚으셨네요, 나의 소중한 아가씨. 당신은 제가 쏟아 낸 감정을 완전히 다른 방향으로 이해하셨더라고요. 제가 느끼는 감정은 부성애입니다. 순수한 부성애 말입니다, 바르바라 알렉세예브나. 서러운 고

---

[5] 그리스 신화에 나오는 날개 돋친 말. 뮤즈가 타고 다닌다고 한다.

아 신세인 당신에게 제가 아버지의 자리를 대신하고 있는 겁니다. 이건 모두 제 진심입니다. 깨끗한 마음으로 혈육의 정을 가지고 하는 말입니다. 어찌 됐건 저는 당신의 먼 친척입니다. 〈사돈의 팔촌〉이라는 말이 있지만, 어쨌든 친척은 친척이죠. 게다가 지금의 당신에겐 제가 가장 가까운 친척이고 보호자 아닙니까. 가장 가깝다고 생각한 사람들에게서 당신은 배신감과 분노만 느꼈지요. 시에 관해서는 나도 할 말이 있습니다, 나의 소중한 사람. 이 나이에 시를 써보겠다고 한 건 점잖지 못한 행동이었습니다. 시는 다 엉터리예요! 지금은 학교에서도 시를 가르친답시고 아이들에게 매질을 한다죠……, 글쎄 그렇답니다.

바르바라 알렉세예브나, 제가 여기 사는 게 불편하고 불안하고 또 어쩌고저쩌고 기타 등등, 어떻게 그런 말씀을 제게 쓰셨습니까? 나의 소중한 사람, 저는 그렇게 까다로운 사람도 아니고 바라는 것도 많지 않아요. 지금보다 잘산 적은 한번도 없었어요. 제가 이 나이에 뭐 그리 까다롭게 굴겠어요? 먹을 거 먹고, 입을 거 입고, 신을 거 신었으면 됐죠. 더 이상 무슨 복잡한 바람들을 갖겠어요? 제가 무슨 백작 집안의 자손도 아니고! 저희 아버님은 귀족 출신도 아니셨고, 그나마 가족을 건사하시느라 지금의 저보다도 더 못사셨어요. 저는 고귀한 집 귀공자가 아닙니다! 하지만 솔직하게 말하면, 옛날에 살던 집은 지금과는 비교가 안 될 정도로 모든 게 훌륭하긴 했습니다. 좀 더 자유로웠고요, 나의 소중한 사람. 물론 지금의 하숙집도 좋습니다. 어떤 의미에선 더 흥겹고 다양하다고나 할까요. 안 그렇다고는 말 못하죠. 하지만 옛날 집이 여전히 아쉽군요. 저희들처럼 늙은, 아니 나이가 좀 있는 사람들은 고향에 있는 것엔 뭐든 익숙하듯, 주로 옛날 것들에 더 익숙하죠. 옛날 집은 말이죠, 아주 작았어요, 벽도 있었고……. 제가 별 말 다 하는군요! 벽이야 다 같은 벽인 것을. 중요한 것은 그게 아니죠. 그건 그렇고 지난 일들을 회상하다 보니 우울해지는군요……. 이상하죠. 아무리 힘들었던 일도 추억 속에선 즐거웠던 일처럼 느껴지니 말입니다. 불쾌했던 일이나 때때로 화가 났던 일조차 추억 속에서는 불쾌감이 사라지고, 상상 속에서 매혹적인 모습으로 다가오니 말입니다. 바렌까, 우린 조용하게 살았습니다. 저와 지금은 고인이 되신 저의 하숙집 주인 아주머니, 아니 할머니 말이에요. 이젠 그 할머니를 슬픈 마음으로 회상할 수밖에 없군요! 좋은 분이셨습니다. 방세도 얼마 안 받으셨어요. 할머니는 항상 천 깁는 대바늘로 천 조각을 이용해서 갖가지 이불을 만들어 내곤 하셨어요. 항상 그 일만 하셨습니다. 할머니와 저는 등불을 같이 썼기 때문에, 한 탁자에서 일을 하곤 했습니다. 할머니에겐 마샤라는 손녀딸이 하나 있었는데, 제 기억 속에서 그 아인 아직 아기랍니다. 올해 열세 살이 되는 소녀인데도 말이죠. 굉장한 말괄량이였습니다. 언제나 명랑했고 저희들까지 항상 웃기곤 했지요. 그렇게 셋이서 살았어요. 가끔 기나긴 겨울 밤엔 둥근 테이블에 앉아 함께 차도 마시고 그런 다음에는 각자 일을 했지요. 할머니는 마샤가 심심해 하지 않도록, 그 말괄량이가 말썽을 부리지 않도록 옛날 이야기를 해주시곤 하셨어요. 얼마나 재미있는 얘기들이었는지! 아이뿐 아니라 학식 있고 똑똑한 사람까지도 귀 기울일 정도의 이야기들이었습니다. 정말이에요! 저도 담배를 피우면서 얘기에 빠져들다가 일에 대해선 까맣게 잊어버리곤 했으니까요. 그러니 아직 어린애인 우리의 말괄량이는 넋을 놓고 들었을 수밖에요. 고사리 같은 손을 발그레한 볼에 괴고 앙증맞은 입술을 헤 벌리고 듣는 거예요. 그러다가 조금이라도 무서운 얘기가 나오면 몸을 잔뜩 움츠리고 할머니한테 바싹 달라붙습니다. 우리는 우리대로 그런 아이를 쳐다보는 것이 좋았어요. 그럴 때는 양초가 언제 다 타들어 가는지도 몰랐고, 마당에서 윙윙거리는 회오리바람과 쌩쌩 불어 대는 눈보라 소리도 못 들었습니다. 바렌까, 그땐 정말 살기 좋았습니다. 그렇게 거의 20년 가까이 함께 살았어요. 제가 지금 무슨 소리를 지껄이고 있는 거죠! 당신에겐 이런 얘기가 마음에 안 들지도 모르는데. 이런 추억들을 떠올리는 저도 마음이 그리 가볍지만은 않군요. 특히 지금은 말입니다. 땅거미가 지고 있습니다. 쩨레자가 무엇을 들고 왔다 갔다 하는군요. 머리가 아픕니다. 등도 조금 아프고요. 떠오르는 생각도 이상한 것들뿐입니다. 생각마저도 병이 난 것처럼 말입니다. 바렌까, 오늘 저는 우울합니다. 나의 소중한 사람, 대체 그게 무슨 말입니까? 제가 어떻게 당신 집에 갈 수가 있어요? 철없는 당신, 사람들이 뭐라고 하겠어요? 당신께 가려면 마당을 가로질러야 하고, 저희 하숙집 사람들은 그걸 보고 이것저것 물어 댈 게 틀림없는데요. 이러쿵저러쿵 소문이 날 것이고, 헛소문도 돌 테고, 우리 관계를 멋대로 해석할 텐데요. 안 됩니다, 나의 천사님. 그냥 내일 저녁 기도회에서 만나는 걸로 하죠. 그게 더 현명한 행동이고, 우리에게 해(害)도 덜 되는 일일 겁니다. 나의 소중한 사람, 제가 편지를 이렇게밖에는 못 쓴다고 너무 흉을 보지는 말아요. 지금까지 쓴 것을 읽어 보니 정말 두서가 없네요. 바렌까, 저는 늙고 많이 배우지도 못한 사람입니다. 젊었을 때도 못 배웠고, 이제 다시 뭘 배운다 해도 머릿속에 들어올 것 같지도 않습니다. 나의 소중한 사람, 솔직히 말해서 저는 글을 잘 못 씁니다. 뭔가 재미있는 것을 써보려 하면 결국엔 실없는 소리나 잔뜩 늘어놓게 되고 말죠. 저도 잘 알고 있습니다. 오늘 창가에 서 있는 당신을 보았습니다. 커튼 치는 모습을 보았어요. 그럼 안녕히, 안녕히, 신께서 당신을 보살펴 주시기를 빌며. 안녕히 계십시오, 바르바라 알렉세예브나.

청렴 결백한 당신의 친구 마까르 제부쉬긴

추신 소중한 내 사람, 저는 이제 누구를 우스꽝스럽게 묘사하는 글 따위는 쓰지 않겠습니다. 바르바라 알렉세예브나, 다른 사람을 아무 이유도 없이 웃음거리로 만들기엔 제 나이가 너무 많으니까요. 제가 그러면 다른 사람들도 저를 비웃게 될 겁니다. 러시아 속담에도 있잖아요. 〈제가 파놓은 구멍에 제가 빠진다〉고 말입니다.

4월 9일

친애하는 마까르 알렉세예비치!

나의 친구이자 은인이신 마까르 알렉세예비치, 그렇게 우울해 하시고 변덕을 부리시다니 부끄럽지도 않으신가요? 정말 화가 나신 거예요? 아, 저는 그렇게 가끔 조심성 없이 말을 하지요. 하지만 당신께서 제 말을 뼈 있는 농담으로 받아들이실 줄은 정말 몰랐어요. 당신의 나이나 성격을 두고 제가 감히 농담을 하다니요, 절대로 있을 수 없는 일입니다. 이

것만은 믿어 주셔야 해요. 모든 건 제가 경박스러워서 생긴 일입니다. 너무 심심해서 그랬어요. 심심한데 무슨 짓인들 못하겠어요? 저는 당신도 편지에 장난을 치셨다고 생각했거든요. 당신께서 저를 못마땅해 하고 계시다는 것을 알고 전 정말이지 너무 슬펐습니다. 선하디선한 나의 친구이자 은인이시여, 그렇지 않아요. 만약 당신이 저를 감정도 없고 고마워할 줄도 모르는 사람으로 생각하신다면 그건 당신이 잘못 알고 계신 겁니다. 저를 악한 사람들로부터 보호해 주시고 그들의 학대와 미움에서 벗어나게 해주시고, 그 밖에도 당신께서 저를 위해 하신 모든 일들에 대해 저는 마음 깊이 감사하고 있습니다. 저는 영원히 당신을 위해 기도할 겁니다. 만약 제 기도가 신께 닿고 하늘이 제 기도를 들어주신다면 당신은 정말 행복해지시겠죠.

저는 오늘 건강이 몹시 나빠졌다고 느꼈습니다. 열이 나는가 하면 오한이 들고, 계속 그러는군요. 표도라가 저 때문에 걱정을 많이 하고 있어요. 마까르 알렉세예비치, 저희 집에 오시는 것을 부끄러워하다니 그건 공연한 걱정이에요. 다른 사람들이 다 무슨 소용이에요! 당신은 저희와 아는 사이잖아요. 그러면 된 거죠! 그럼 이만 안녕히, 마까르 알렉세예비치. 오늘은 더 이상 쓸 얘기가 없어요. 더 쓸 수도 없고, 몸이 너무 안 좋아요. 한 번 더 부탁드릴게요. 부디 제게 화내지 마시고 저의 한결같은 존경과 애정을 믿어 주세요.

　　　　　당신의 충실하고 순종적인 하녀가 되고 싶은
　　　　　바르바라 도브로셀로바

4월 12일

친애하는 바르바라 알렉세예브나!

아아, 나의 소중한 사람, 도대체 무슨 일입니까? 당신은 항상 저를 놀라게 하는군요. 편지를 쓸 때마다 그렇게도 몸조심하라고, 옷 좀 든든하게 입으라고, 날씨가 안 좋을 땐 밖에 나가지 말라고, 만사 조심 또 조심하라고 그렇게 일렀는데, 나의 천사님, 당신은 정말 제 말을 너무 안 듣는군요. 아아, 내 가엾은 사람. 당신은 정말 어린애 같습니다. 당신은 몸이 너무 약해요. 지푸라기처럼 약한 사람이라는 것을 저도 잘 알고 있어요. 바람이라도 좀 불면 금세 앓아 눕잖아요. 그러니까 늘 스스로 관리하고 조심하고 위험한 일은 피해야 합니다. 당신의 친구들을 슬프고 우울하게 만들면 안 되잖아요.

나의 소중한 사람, 제 하루 일과와 저를 둘러싼 모든 것에 대해서 자세히 알고 싶다고 하셨죠. 당신의 청을 기꺼이 지금 당장 들어드리겠습니다. 소중한 나의 아가씨. 처음부터 시작하겠습니다. 그래야 질서가 잡힐 테니까요. 우선, 저희 하숙집 정문 입구에는 꽤 그럴듯한 계단이 놓여 있습니다. 특히 강철과 마호가니로 만들어진 정문은 깨끗하고 훤하고 넓습니다. 하지만 뒷문은, 말도 마세요. 다 휘어져서 얼마나 눅눅하고 더럽다고요. 계단은 부서지고, 게다가 벽엔 기름때가 잔뜩 끼었지요. 손이라도 잘못 짚었다가는 쩍 붙어 버린다니까요. 각 층계참은 궤짝이며 의자며 장롱이며 부서진 물건들로 꽉 들어차 있고, 여기저기 널린 걸레하며 창문도 깨진 채로 그냥 있습니다. 쓰레기통은 온갖 더럽고 지저분한 오물, 달걀 껍질에다 생선 내장으로 가득 차 있고 냄새는 또 얼마나 고약한지⋯⋯, 한마디로 기분까지 나빠집니다.

제 방에 대해서는 지난번에 말씀드렸죠. 더 이상 말할 것도 없어요. 편합니다. 이건 정말입니다. 다만 공기가 좀 탁해요. 무슨 악취가 난다는 게 아니라, 이렇게 표현해도 되는지 모르겠습니다만, 뭔가 좀 썩는 내 같은 시큼한 냄새가 나요. 그래서 처음엔 인상이 안 좋지만 그 정도는 괜찮습니다. 2분 정도만 지나면 냄새도 안 나고 왜 냄새가 안 나게 되는지 느끼지도 못하게 되죠. 그 냄새가 몸에도 배고, 옷에도 배고, 손에도 배고 다 배니까요. 그렇게 익숙해지는 겁니다. 저희 하숙집에서는 검은방울새가 자꾸 죽어 나갑니다. 해군 소위가 벌써 다섯 마리째 샀다는데, 저희 하숙집 공기에서는 살지 못하나 봐요. 그것뿐입니다. 부엌은 아주 넓고 큼직하고 훤합니다. 아침에 생선이나 쇠고기를 튀길 때마다 탄내가 나고 아무 데나 물을 쏟아 부어 골칫거리지만 저녁때만큼은 천국입니다. 부엌 빨랫줄에는 항상 낡은 빨래가 널려 있어요. 그런데 거기서 제 방이 멀지 않기 때문에, 다시 말해서 거의 부엌과 붙어 있기 때문에 빨래 냄새가 가끔 제 신경을 자극하기는 합니다. 하지만 괜찮습니다. 살면서 익숙해지겠죠.

바렌까, 아침 일찍부터 저희 집에서는 난리 법석이 납니다. 일어나서 왔다 갔다 하는 소리, 문을 두드리는 소리……. 무슨 볼일이 있는 사람이나, 직장을 나가야 하는 사람이나, 아니면 아무 일 없는 사람들도 모두 일어나는 거죠. 그리고 모두 차를 마십니다. 저희 집에 있는 사모바르[6]는 대부분 주인집 거예요. 턱없이 모자라죠. 그래서 우리는 순번을 기다

---

[6] 수도꼭지가 달린 러시아 특유의 물 끓이는 금속 용기(신선로와 비슷하게 생김)로 내부에 불을 때는 아궁이가 있고 외부에는 석탄을 가득 채우는 넓은 통이 달려 있다.

립니다. 만약 누가 제 차례도 아닌데 찻잔을 들고 끼어들면 다들 난리가 납니다. 저도 첫날에 그랬죠……. 이런 건 써서 뭣 합니까! 저는 이 집에 사는 사람들과 모두 인사를 나누었습니다. 제일 처음 사귄 사람이 해군 소위인데 솔직한 사람이더군요. 자기 얘길 전부 해주더라고요. 아버지와 어머님 얘기, 뚤라[7] 시의원에게 시집간 누이 얘기며, 끄론쉬따뜨 시[8]에 대한 얘기까지요. 그리고 저를 보호해 주겠다고 하더니 바로 자기 방에 초대해 차를 대접해 주었습니다. 그가 자기 방이라고 초대한 곳은 주로 카드 놀이가 벌어지는 곳이었습니다. 사람들은 제게 차를 대접한 뒤 아니나 다를까, 저보고 같이 노름을 하자고 하더군요. 그들이 저를 비웃었는지 어땠는지 저는 모릅니다. 어쨌든 그들은 전날 밤새도록 도박을 하고, 아침에 제가 그 방에 갔을 때까지 하고 있었던 거예요. 백묵과 칠판이 여기저기 널려 있고, 방 안은 온통 연기로 꽉 차서 눈이 다 아리더군요. 제가 노름에 끼어들지 않으니까 그들은 저보고 도덕책이나 읊어 대는 사람이라고 하더군요. 그리고 더 이상은 한 사람도 제게 말을 시키지 않았습니다. 저는 오히려 그게 고마웠습니다. 다시는 그 방에 가지 않겠습니다. 그들이 하는 건 도박, 그래요, 도박이었어요! 문학 부서에서 일한다는 관리 방에서도 저녁마다 모임이 있지만 거긴 괜찮습니다. 수수하고 소박하지만, 훌륭하고 고상하지요. 우아하기까지 합니다.

바렌까, 말이 나온 김에 한 가지만 더 얘기하자면, 보기만 해도 혐오스러운 저희 하숙집 주인 여자는 살아 있는 마귀

---

[7] 모스끄바 남쪽에 있는 마을. 세공 및 은장식 산업으로 유명하다.
[8] 뻬쩨르부르그 서쪽의 작은 섬에 있는 군항 도시.

할멈이랍니다. 당신도 쩨레자를 보신 적이 있으시죠. 정말로 모양새가 말이 아니죠. 비쩍 마른 모습이 꼭 털이 다 빠진 병든 닭 같아요. 저희 하숙집에는 하인이 쩨레자와 팔도니 이렇게 둘밖에 없어요. 둘 다 주인집에 속해 있죠. 팔도니에겐 아마 다른 이름이 있을 겁니다. 하지만 그는 〈팔도니〉라고 불러야만 대답을 합니다. 그래서 모두들 그렇게 불러요. 그는 빨간 머리에 주먹코에 눈은 애꾸입니다. 핀란드 계라고 하더군요. 그런데 참 거친 사람이더군요. 항상 쩨레자와 거의 치고 받고 할 정도로 험한 욕을 하며 싸우니까요. 전반적으로 저는 이 집에서 사는 게 그리 썩 좋지는 않습니다. 밤에도 모두 동시에 잠자리에 들어 한꺼번에 조용해지는 일은 한번도 없습니다. 어떤 방에선 사람들이 모여 앉아 항상 도박을 하고, 또 다른 방에선 가끔 말로 옮길 수도 없는 낯뜨거운 일도 벌어지곤 합니다. 저는 그래도 좀 익숙해졌습니다만, 이런 난장판 속에서 어떻게 가족이 살림을 차렸는지 놀라울 따름입니다. 아주 가난한 가족이 저희 하숙집에서 방을 하나 빌려 살고 있는데 그 방은 다른 방들과 나란히 붙어 있는 것이 아니라, 아주 다른 쪽, 하숙집 한구석에 따로 떨어져 있습니다. 참으로 조용한 사람들입니다. 그 사람들 사는 데선 정말 아무 소리도 들리지 않으니까요. 온 식구가 방 하나에서 칸막이를 치고 살고 있습니다. 그 집 남자는 관청 관리인데, 한 7년 전쯤 무슨 이유에선가 직장에서 쫓겨났답니다. 고르쉬꼬프라는 성을 가진 그 사람은 머리가 허옇게 셌고 키도 작습니다. 언제나 기름때가 번지르르한 다 해진 옷만 입고 다녀서 쳐다보기도 민망스러울 정돕니다. 저보다 훨씬 못한 사람도 있더군요! 그는 항상 초췌하고 골골한 모습입니다. (그 사람하고는 가끔 복도에서 마주치거든요.) 다리도 흔들거리고 손도 머리도 다 떠는 게, 무슨 지병이 있어서 그러는 건지, 원, 그 사정을 누가 알겠어요. 성격도 소심합니다. 사람들을 무서워해요. 항상 한쪽으로 피해 다니지요. 저도 가끔은 낯을 가립니다만, 이 사람은 훨씬 더해요. 그에겐 아내와 세 아이가 있습니다. 제일 큰 애가 남자아이인데 아버지를 쏙 빼닮았어요. 골골한 것까지 말입니다. 부인은 한때 꽤 미인이었을 것 같지만, 지금은 불쌍하게도 누더기 조각만 걸치고 다닙니다. 제가 듣기로는 하숙집 주인 여자에게 빚이 있다는군요. 그래서인지 그녀가 그들을 대하는 태도가 썩 다정한 편은 아니에요. 또 고르쉬꼬프에게 뭔가 안 좋은 일이 있다고도 합니다. 그래서 관청에서도 쫓겨난 거고요. 소송을 당했는지, 재판에 회부가 된 건지, 아니면 무슨 심리 중에 있는 건지 저도 모르기 때문에 확실히 말씀드릴 수가 없군요. 가난하다 가난하다 해도 어쩌면 그렇게도 가난한지, 세상에! 그 사람들 방은 언제나 빈방처럼 조용하고 고요합니다. 아이들 떠드는 소리조차 안 들린다니까요. 아이들이 장난을 치며 소란을 피우고 뛰노는 일도 없으니, 정말 나쁜 징조 아니겠습니까. 언젠가 한번은 저녁때 그 사람들 사는 방 앞을 우연히 지나게 되었는데, 무슨 흐느낌소리가 나더라고요. 잠시 후 누군가 속삭이는 소리가 나고, 또 흐느끼는 소리가 났습니다. 그건 정말 사람이 우는 소리였습니다. 그 소리가 얼마나 낮고 애절하던지 제 가슴이 다 찢어지는 듯 아팠습니다. 밤새도록 그 가난한 사람들에 대한 생각이 제 뇌리를 떠나지 않아 저는 잠을 다 설쳐야만 했습니다.

소중하고 소중한 나의 어린 친구, 바렌까, 그럼 안녕히 계십시오. 당신께 쓸 수 있는 것은 모두 썼습니다. 오늘 저는 하루 종일 오로지 당신 생각만 했습니다. 소중한 사람, 저는 당신 때문에 가슴이 아파 견딜 수가 없습니다. 당신에겐 따뜻하고 변변한 외투 하나 없잖습니까. 저는 다 알고 있습니다. 뻬쩨르부르그의 봄 날씨, 바람에다 진눈깨비에다 정말 지긋지긋합니다. 아, 정말 너무 싫습니다, 바렌까. 신이시여, 저를 굽어 살피사 좋은 날씨가 되게 해주옵소서! 귀여운 나의 아가씨, 바렌까, 제게 글솜씨가 없다고, 너무 형편없다고 흉을 보지는 말아 주십시오. 문장력이라도 좀 갖추었다면 얼마나 좋겠습니까! 하지만 저는 당신을 어떻게든 즐겁게 해드리고 싶은 일념으로 어쩌다 머릿속에 떠오르는 얘기만 쓸 뿐입니다. 제가 공부라도 좀 했더라면 얘기가 달라질 수도 있었겠습니다만, 배우긴 어떻게 배웁니까? 돈이 없어 기본적인 교육도 못 받았는데요.

    한결같이 진실한 당신의 친구 마까르 제부쉬낀

4월 25일

친애하는 마까르 알렉세예비치!

오늘 전 사촌 동생 사샤를 만났습니다! 오, 세상에! 그 가엾은 아이의 인생도 망가지려나 봅니다. 다른 사람에게서 들은 얘긴데, 안나 표도로브나가 저에 대해서 여전히 뭔가를 캐고 다닌답니다. 아마도 그 여자는 저에 대한 학대를 멈추지 않으려는가 봅니다. 그 여자는 저를 〈용서〉해 주고 과거를 모두 청산하기 위해 한번 꼭 찾아오겠다고 했답니다. 당신과는 아무런 친척 관계도 아니며, 자기가 더 가까운 친척이라고 했답니다. 따라서 당신은 저희 집안의 문제에 끼어들 자격이 없으며, 저는 당신이 베푸시는 동정과 당신의 돈으로 생활하는 것을 아주 수치스럽고 창피스럽게 여겨야 한다고도 했답니다. 또한 저는 그녀의 은공도 잊어버린 배은망덕한 사람이고, 굶어 죽어 가는 모녀를 살린 건 바로 자기라고, 저희 모녀에게 먹을 것과 마실 것을 주느라 자기는 2년 반 넘게 돈만 잔뜩 썼노라고, 하지만 자기는 이 모든 빚을 감해 주었노라고 떠들고 다닌답니다. 그 여자는 저희 어머니를 불쌍하게 여기지도 않던 사람입니다! 그들이 제게 저지른 일을 만약 내 가엾은 어머니가 아신다면! 하늘이 내려다보고 있습니다! 안나 표도로브나는 또 이런 말도 하고 다닌답니다. 제가 너무 어리석어서 그만 행복을 놓치고 말았다고요, 자기에겐 잘못한 일이 하나도 없고 제가 스스로 명예를 지키지 못한 거라고요, 아니, 어쩌면 명예를 지키려는 노력조차 하지 않았다고요. 하늘이시여, 정녕 누구의 잘못이었습니까! 게다가 그 여자는 비꼬프 씨의 행동이 전적으로 옳았으며, 그가 아무하고나 결혼할 수는 없는 일 아니냐고까지 했답니다. 저같이……. 아, 더 쓴들 도대체 무얼 하겠습니까? 마까르 알렉세예비치, 그런 거짓말을 전해 듣는 일은 참으로 끔찍한 일입니다. 전 지금 제게 일어나고 있는 일을 전혀 파악조차 못하고 있습니다. 온몸이 떨리면서 눈물만 납니다. 통곡을 하고 있습니다. 저는 그 여자가 최소한 제게 저지른 죄만큼은 인정하고 있으리라 생각했습니다. 그런데 지금 어떤가 보세요! 저의 소중한 친구이자 유일한 은인이신 당신, 부디 너무 걱정하지 마세요. 표도라는 항상 지나치게 과장해서 말을 옮기는 습관을 가지고 있으니까요. 저는 아프지 않아요. 어제 볼꼬보[9]에 어머니 추모식을 지내러 갔다 왔더니 감기가 좀 든 것뿐이에요. 왜 저와 함께 가지 않으셨어요? 제가 그렇게 부탁드렸는데. 아, 가엾고 가여운 우리 어머니. 만약 어머니가 관에서 나와 저들이 제게 저지른 일을 다 알게 된다면, 다 보게 된다면, 아아……!

V. D.[10]

5월 20일

귀여운 나의 바렌까!

당신께 포도를 조금 보냅니다. 회복기에 있는 사람에겐 이게 좋다고들 하더군요. 의사도 갈증 해소에는 포도 이상 좋은 게 없대요. 얼마 전엔 장미꽃이 갖고 싶다고 하셨죠. 그것도 함께 보냅니다. 내 소중한 사람, 식욕은 좀 어때요? 정말로 중요한 것은 바로 그거라고요. 그건 그렇고 다행히 이제 나쁜 일은 다 지나갔습니다. 끝났다고요. 우리의 불행의 막이 내려가고 있습니다. 하느님께 감사합시다. 참, 책 말인데요. 아직 어디서도 구할 수가 없습니다. 그런데 여기 사람들 말이 꽤 수준 높은 문장으로 씌어진 좋은 책이 한 권 있다고 하는군요. 아주 훌륭한 책이랍니다. 제가 직접 읽어 보지는 않았지만, 하숙집 사람들 칭찬이 대단해요. 제가 읽겠다고 했더니 찾아서 보내 준다고 하더군요. 당신도 읽어 보시겠어요? 이 문제에 관한 한 당신은 여간 까다로운 분이 아니거든요. 당신의 취향을 맞추기가 쉬운 일은 아니죠. 내 귀여운 사

9 뻬쩨르부르그 남부에 있는 큰 공동 묘지.
10 바르바라 도브로셀로바의 이니셜이다.

람, 저는 당신에 대해 벌써 꽤 많은 걸 알고 있답니다. 아마도 당신은 괴로움을 토로한 시나 사랑을 노래한 시가 필요하다고 하겠죠. 그래요, 시도 구하겠어요. 모두 구하겠습니다. 깨끗이 정서한 시집 노트도 한 권 있거든요.

저는 잘 지내고 있습니다. 나의 소중한 사람, 부디 제 걱정은 하지 마세요. 표도라가 저에 대해서 미주알고주알 떠들어 대는 말은 모두 헛소리니까요. 그 여잔 거짓말을 한 거예요. 당신이 따끔하게 얘기하세요. 그 여자한테 〈당신은 허풍쟁이야!〉라고 꼭 얘기하시라고요……. 전 새 제복을 내다 판 일이 없습니다. 당신도 생각해 보세요. 제가 그걸 왜, 대체 왜 팔겠습니까? 관청에서 곧 포상금으로 은화 40루블도 나온다는데 왜 제복을 팔겠어요? 나의 소중한 사람, 당신은 아무 걱정 마세요. 표도란가 뭔가 하는 여잔 정말 의심이 많습니다. 너무 많아요. 내 소중한 사람, 우린 꼭 잘살게 됩니다! 다만 한 가지, 나의 천사님, 그러기 위해선 건강해져야죠. 부디 건강을 되찾아 이 늙은이를 슬프게 하는 일은 더 만들지 마십시오. 제가 말랐다고 누가 그러던가요? 헛소리예요, 다 헛소리라고요! 전 아주 건강합니다. 스스로도 창피스러울 정도로 살이 쪘는걸요. 배도 항상 부르고 언제나 대만족입니다.

당신의 손가락 하나하나에 키스를 보내며
변함없는 당신의 친구 마까르 제부쉬낀

추신 아, 철없는 나의 아가씨. 어쩌자고 당신은 또 그런 얘길 편지에 썼습니까? 도대체 말도 안 되는 얘기예요! 제가 어떻게 당신 집에 그렇게 자주 드나들 수가 있단 말입니까? 어떻게요! 정말 묻지 않을 수가 없군요. 밤에 어둠을 이용해

서라도 갈까요? 하지만 지금은 밤도 거의 없는 때인걸요. 백야의 계절[11]이 되었으니까요. 나의 천사님, 당신이 앓아 누워 있는 동안, 당신이 비몽사몽 정신을 못 차리고 계셨을 때 전 한시도 당신 곁을 떠나지 않았답니다. 지금 생각해 보면 어떻게 제가 감히 그럴 수 있었는지 저 자신도 이해할 수 없는 일입니다. 그 후 사람들이 하도 궁금해 하고 이것저것 물어보기에 다시는 발걸음을 안 하게 된 것이죠. 그렇지 않아도 저희 하숙집에는 벌써 이상한 소문이 돌고 있습니다. 저는 쩨레자만 믿고 있습니다. 그녀는 그렇게 말을 막 옮기고 다니는 여자가 아니에요. 만에 하나 여기 사는 사람들이 우리들에 대해서 다 알게 되면 어떻게 될지 당신도 한번 생각해 보세요. 그때 저들은 어떤 생각을 하고 무슨 말을 할까요? 그러니 당신도 마음을 단단히 먹고 건강만 되찾아요. 그런 다음 어디라도 좋으니 밖에서 만나도록 합시다.

6월 1일

세상에서 가장 친절하신 마까르 알렉세예비치!

당신은 저를 위해 수고와 노력을 아끼지 않고 커다란 사랑을 쏟아 주고 계십니다. 그런 당신께 조금이나마 위안과 즐거움을 드리기 위해 전 정말 뭔가 하고 싶습니다. 그래서 저는 무료함도 달랠 겸 장롱을 다 뒤져서라도 제 노트를 찾을 결심을 한 겁니다. 노트는 이 편지와 같이 보내 드립니다. 제가 이 글을 쓰기 시작한 것은 아직은 제가 행복했던 때였습

11 뻬쩨르부르그에서는 5월 말경에 밤에도 낮과 같이 환한 백야 현상이 일어난다.

니다. 저의 과거와 어머니, 뽀끄로프스끼 씨, 안나 표도로브나 집에서의 생활, 그리고 최근에 있었던 제 불행에 이르기까지 당신은 궁금하시다면서 자주 제게 물으셨죠? 이 노트를 읽고 싶다고 참을성 없이 조르기도 하셨고요. 그때 제가 왜 그런 생각을 했는지 누가 알겠습니까마는 전 왠지 제 인생의 어떤 순간들을 적어 놓아야겠다고 생각했어요. 저는 당신이 이 선물을 받고 아주 흡족해 하시리라고 확신합니다. 하지만 전 이걸 다시 읽고 깊은 슬픔에 잠겼습니다. 이 노트에 마지막 글을 썼던 때보다 지금 나이를 곱절은 더 먹은 것 같습니다. 여기엔 여러 시기의 얘기들이 씌어 있습니다. 그럼 안녕히, 마까르 알렉세예비치! 요즘 저는 기분이 너무 우울합니다. 불면증에 시달리고 있습니다. 병에 걸려 회복되기만을 기다리는 순간보다 더 무료한 때가 있을까요!

V. D.

1

아버지가 돌아가셨을 때 나는 겨우 열네 살이었다. 유년기는 내 인생에서 가장 행복한 시기였다. 유년기가 시작된 곳은 여기가 아니라 여기서 아주 먼 시골, 외진 시골이었다. 아버지는 P공작이 T현[12]에 갖고 있는 거대한 영지의 관리인이셨다. 우리 가족은 공작 소유의 한 마을에서 조용하고 소박

---

12 제정 러시아 시대의 행정 구분은 우리 나라의 도(道)에 해당하는 100여 개의 현guberniia으로 나뉘고 그 밑에 군(郡, uezd), 향(鄕, volost'), 촌(村, selo)을 두고 있었다. .

하고 행복하게 살고 있었다……. 나는 어릴 때 무척 말괄량이였다. 내가 하는 일이라곤 들판이나 숲, 정원을 뛰어다니는 게 전부였고, 아무도 그런 나에 대해서 걱정하는 사람은 없었다. 아버지는 일 때문에 항상 바쁘셨고 어머니는 살림을 하시느라 정신이 없었다. 두 분은 나를 가르치려 하시지 않았고 나는 그게 좋았다. 나는 아침 일찍부터 바깥으로 뛰어나가 연못으로, 숲으로, 혹은 사람들이 풀을 베고 있는 들판으로, 아니면 곡물을 수확하는 사람들이 있는 곳으로 돌아다녔다. 따로 필요한 것은 없었다. 가끔은 작열하는 태양 아래서 방향도 모르고 동네에서 꽤 떨어진 곳까지 혼자 달려가서 수풀에 여기저기 긁히고 옷도 찢기곤 했었지만, 그런 건 문제도 아니었다. 나중에 집에 돌아와서 혼이 좀 나긴 했지만, 난 괜찮았다.

내가 만약 우리 시골을 떠나지 않고 평생 한 곳에서 살 수 있었다면 난 정말 행복했을 것이다. 하지만 나는 아주 어렸을 때 고향을 떠나야만 했다. 우리 가족이 뻬쩨르부르그로 이사했을 때 나는 겨우 열두 살이었다. 아아, 이사하던 날의 슬픔을 회상하려니 너무도 가슴이 아프다! 그렇게도 내게 소중했던 것들과 작별을 고할 때 얼마나 눈물이 나던지……. 아버지의 목에 매달려 눈물을 펑펑 쏟으며 조금만 더 시골에서 살자고 애원했던 일이 생각난다. 아버지는 내게 고함을 치셨고 어머니는 울면서 이렇게 말씀하셨다. 이사를 꼭 가야만 한다고, 어쩔 수 없는 사정으로 꼭 그래야만 한다고. 나이 든 P공작이 죽자 상속인들이 아버지를 관리직에서 내쫓았던 것이다. 아버지는 뻬쩨르부르그에 있는 어떤 사람들에게 돈을 좀 꾸어 주신 일이 있었다. 아버지는 가세를 회복하려면 반드시 여기에 정착해야 한다고 생각하셨다. 이런 얘기는 나중에 어머니에게 들어서 알게 되었다. 우리 가족은 뻬쩨르부르그 구에 자리를 잡았고, 아버지가 돌아가실 때까지 그곳에서만 살았다.

새로운 생활에 적응하는 일은 정말이지 너무 힘들었다! 우리가 뻬쩨르부르그에 도착한 것은 가을이었다. 시골을 떠나던 날 그곳은 밝고 따뜻했고 청명했다. 밭일은 거의 끝나 가고 탈곡장에는 벌써 커다란 볏단이 차곡차곡 쌓여 새 떼가 시끄럽게 모여들고 있었다. 정말 모든 게 밝고 즐거웠다. 하지만 도시로 이사 오던 날 이곳엔 비가 내렸다. 습기가 가득한 가을, 도시는 온통 안개에 휩싸여 있었다. 날씨는 안 좋고, 거리는 질퍽거리고, 도시엔 낯선 사람들의 무리만 가득했다. 그들은 불친절했고 뭔가 못마땅해 하는 것 같았고 화가 나 있는 것처럼 보였다! 어찌 됐건 우리는 한 곳에 자리를 잡았다. 식구들 모두 정신없이 분주했고 그렇게 새살림을 꾸렸다. 아버지는 항상 집에 안 계셨고 어머니는 잠시도 편할 새가 없으셨다. 나는 모두에게서 완전히 잊혀진 존재였다. 새 집으로 이사 온 다음날 아침부터 나는 자리에서 일어나는 것이 우울하기만 했다. 우리 집 창문은 어떤 집의 노란색 울타리 쪽으로 나 있었고 거리는 언제나 더러웠다. 지나다니는 사람도 거의 없었고, 그나마 가끔 보이는 행인들은 아주 두꺼운 옷을 입고 있었다. 그렇게 추웠던 것이다.

우리 집은 하루 종일 무서울 정도의 비애와 무료함으로 가득 차 있었다. 친척이나 가까운 사람들이 찾아오는 일도 없었다. 안나 표도로브나는 아버지와 사이가 안 좋았다. (아버지가 그녀에게 빚이 있으셨다.) 일 때문에 찾아오는 사람들은 꽤 많다. 보통 그들은 언성을 높이고 시끄럽게 떠들다가 고함까지 지르기 일쑤였다. 그런 사람들이 다녀가고 나면 아버지는 기분이 몹시 나빠져서 화를 내곤 하셨다. 얼굴을 찌푸린 채로 이쪽 구석에서 저쪽 구석으로 몇 시간씩 왔다 갔다 하시며 한마디도 하지 않으셨다. 어머니는 감히 말도 못 붙이고 입을 다물고 계셨다. 나는 책을 한 권 끼고 아무 구석에나 얌전하고 조용하게 앉아 있었다. 떠들 생각은 감히 하지도 못했다.

뻬쩨르부르그에 이사를 오고 석 달이 지나서 부모님은 나를 기숙 학교에 넣으셨다. 그곳의 낯선 사람들 틈에서 나는 또 얼마나 우울했던가! 모두들 매정하고 무뚝뚝했다. 선생님들은 항상 고함을 질러 댔고 다른 여자 애들은 코웃음만 쳤다. 그들 사이에서 나는 촌뜨기였다. 규율은 또 얼마나 엄격하고 많았는지 모른다! 학교에서의 모든 생활은 정확하게 짜여진 시간표대로 돌아갔고, 공동의 식사 시간이며 재미없는 선생님들……. 그래서 처음에 나는 얼마나 괴롭고 힘이 들었는지 모른다. 잠을 잘 수도 없었다. 밤새도록 울기도 했다. 길고 외롭고 추운 밤이 새도록 울고 또 울었다……. 저녁마다 다른 애들은 복습이나 예습을 하는데 나는 혼자 회화책이나 단어장을 들고 꼼짝도 하지 않고 앉아서 사실 머릿속으로는 우리 집이며 아버지, 어머니, 우리 유모 할머니, 유모가 들려주던 옛날 이야기를 생각하곤 했다……. 아아, 참으로 서러운 시간이었다! 집에 있던 하잘것없는 물건이라도, 그것들을 회상하는 내겐 더할 나위 없는 만족이었다. 언제나 그런 공상에 젖어 있다가 〈지금 여기가 집이라면 얼마나 좋을까!〉 간절히 바란 적도 한두 번이 아니다. 〈우리 집 작은 방에서 식구들과 함께 사모바르 주위에 둘러앉아 있다면 얼마나 따뜻하고 기분도 좋고 친근할까. 어머니를 끌어안을 수 있다면 얼마나 좋을까, 몸이 부서져라 아주 꼭 끌어안을 수 있다면!〉 공상에 공상을 거듭하다 그리움과 슬픔에 가슴이 짓눌려 나는 소리 죽여 울곤 했다. 그러니 단어장이 머릿속으로 들어올 리가 없었다. 다음날 수업 준비를 못했으니 밤새도록 꿈에 선생님이 보이고 사감 선생님도 보이고 다른 아이들도 보인다. 가끔은 꿈에서 밤새도록 열심히 공부를 하지만 다음날이 되면 아는 것은 아무것도 없다. 선생님들은 나를 무릎을 꿇리고 밥도 한 끼만 주었다. 나는 침울하고 재미없는 아이였다. 처음엔 다른 애들이 모두 나를 놀리고 비웃었다. 내가 수업 시간에 발표를 하면 방해를 하고, 식사를 하거나 차를 마시러 줄지어 갈 때는 나를 꼬집었다. 아무 이유도 없이 선생님께 내가 싫다고 말하는 아이들도 있었다. 하지만 토요일 저녁 유모가 나를 데리러 오면 정말 천국이 따로 없었다. 나는 뛸 듯이 기뻐하며 우리 유모 할머니를 꼭 끌어안곤 했다. 할머니는 내게 옷을 입히고 춥지 않게 이것저것 꼭꼭 동여매 주었다. 길을 갈 때 뒤처져 오는 유모 할머니에게 나는 그동안 있었던 얘길 다 풀어 내느라 잠시도 입을 다물지 않았다. 집에 들어갈 때는 날아갈 듯 기분이 좋아서 10년은 못 본 사람들처럼 식구들을 꼭 끌어안았다. 여러 가지 얘기가 오고 가고, 이것저것 따지고, 그동안 있었던 일들을 서로 이야기한다. 식구에게 모두 안부를 묻고, 웃고 떠들고, 여기저기 깡충깡충 뛰어다니고……. 아버지와는 학업이나, 우리 선생님, 프랑스 어, 로몽드 문법[13] 같은 심각한 이야기를 나누었다. 우리는 모두 몹시 즐거웠고 만족스러웠다. 지금 다시 생각해 봐도 즐겁기만 한 시절이었다. 나는 있는 힘을 다해 열심히 공부해서 아버지 마음을 흡족하게 하려고 노력했다. 아버지가 마지막 남은 돈을 내게 다 쏟아 부으신 것을 나는 알고 있었다. 그러면서 당신은 얼마나 힘드셨을까. 그걸 누가 알아주었을까. 아버지의 모습은 하루하루 어두워져 갔고 항상 뭔가 못마땅해 하시고 화만 내셨다. 성격도 완전히 바뀌셨다. 어머니는 어머니대로 아버지의 비위를 거스르지 않으려고 우는 것도 두려워 참으시고 말도 한마디 제대로 못하셨다. 그러다 병에 걸리고 마셨다. 점점 여위어 가더니 급기야는 아주 몹쓸 기침까지 하셨다. 가끔 기숙 학교에서 돌아와 보면 모두들 어찌나 슬픈 얼굴을 하고 있던지. 어머니는 숨죽여 우시고 아버지는 화만 내셨다. 호된 꾸지람과 질책이 내게 떨어졌다. 아버지는 내가 아무런 기쁨도 위안도 되지 못하는 자식이라고 하셨다. 부모님은 나를 위해 마지막 한 푼까지 톡톡 털어 쓰는데 나는 여태껏 프랑스 어 한마디 제대로 못한다고 나무라셨다. 한마디로 모든 불행과 재난이 다 나와 어머니 탓이라는 것이다. 대체 어떻게 가엾은 우리 어머니까지 괴롭히실 수 있단 말인가? 어머니를 쳐다보면 가슴이 찢어지는 것만 같았다. 얼굴은 움푹 패이고 눈은 쑥 들어가고 얼굴엔 언제나 폐병 환자 특유의 홍조가 돌고 있었다. 아버지의 불호령은 특히 내게 더 많이 떨어졌다. 항상 별로 대수롭지 않은 일에서 시작해서 나중엔 별의별 일로까지 다 불똥이 튀곤 했으니까. 나는 종종 내가 무슨 영문으로 꾸지람을 듣는지 모를 때도 있었다. 정말 별 희한한 일까지 다 내

13 1831년 로몽드가 엮은 프랑스 어 문법책. 프랑스 어의 어원, 작문법, 단어의 바로 쓰기(정자법) 등이 수록되어 있다.

책임이었다! 프랑스 어에 관한 한 나는 바보 천치였다. 아버지는 우리 학교 이사장이 직무 태만에 어리석기 짝이 없는 여자이며 학생들의 도덕성에 아무런 관심도 없는 여자라고 했다. 그때까지 직장을 못 찾고 계신 데 대한 신세 한탄도 하셨고, 로몽드의 문법이 엉터리라고 비판하시며 자뽈스까야 문법[14]이 훨씬 더 낫다고도 하셨다. 아버지는 나 때문에 필요 이상으로 많은 돈을 허비했는데 나는 아무 감정도 없다며 목석 같은 아이라고 하셨다. 한마디로 가엾은 나는 있는 힘을 다해 회화 공부도 하고 단어도 외우면서 기를 쓰고 노력했지만, 결국 모든 것은 다 내 죄였다. 모두 다 내 책임이었다! 하지만 그것은 결코 아버지가 나를 사랑하지 않아서 그런 게 아니었다. 아버지는 나와 어머니를 너무도 사랑하셨다. 다만 성격 탓이었다.

 수많은 근심, 걱정, 슬픔, 거듭되는 불운들은 가엾은 아버지를 벼랑 끝으로 내몰았다. 아버진 의심도 많아지고 신경질적인 사람으로 변해 갔다. 점점 더 절망 속으로 빠져 들면서 아버지는 건강을 무시하기 시작했다. 그러던 어느 날 감기에 걸린 아버지는 별안간 몸져누웠고 앓아 누운 지 얼마 지나지도 않아 돌연히 세상을 떠나 버리셨다. 너무도 갑작스러운 죽음이었기에 우리는 충격으로 제정신이 아니었다. 어머니는 정신이 이상해지신 게 아닌가 내가 겁을 냈을 정도로 정신이 거의 마비된 상태였다. 아버지가 돌아가시자마자 갑자기 빚쟁이들이 떼를 지어 몰려왔다. 우린 가지고 있던 것 전부를 내주었다. 우리가 뻬쩨르부르그로 이사 온 지 반년이

---

14 V. 자뽈스끼는 『프랑스 어를 위한 새로운 교과서』의 저자이며 이 책은 1817년 모스끄바에서 제1판이 발간되었고 제2판은 1824년에 발간되었다.

지난 어느 날 아버지께서 사두셨던 뻬쩨르부르그 구의 집도 팔았다. 남은 돈이 어떻게 되었는지 나는 모른다. 어머니와 나는 집도 절도 없는 알거지 신세가 되었다. 어머니의 병은 사람을 쉽게 피로하게 만들었기 때문에 우리는 스스로 벌어먹을 능력도 없었고, 살아 나갈 아무런 기반도 없었다. 우리를 기다리고 있는 건 죽음뿐이었다. 내 나이 열네 살 되던 해의 일이다. 그때 우리를 찾아온 사람이 안나 표도로브나였다. 그녀는 자기가 무슨 지주 출신이라면서 우리에게 먼 친척뻘이 된다고 했다. 어머니도 그녀가 우리의 친척이라고 했지만 촌수는 아주 멀다고 하셨다. 그녀는 아버지 생전에 한 번도 우리 집을 찾은 적이 없다. 그녀는 눈물을 쏟으며 우리가 너무 안됐다고 말했다. 우리가 재산을 잃고 가난해진 것을 같이 안타까워하며 모든 게 다 아버지 탓이라고 덧붙였다. 아버지가 분수를 모르고 살았기 때문에, 터무니없는 일을 벌이며 당신 힘으로는 도저히 안 되는 일을 바라셨기 때문에 일이 이렇게까지 된 거라고 말했다. 그리고 우리와 가까이 지내고 싶으니 서로 안 좋았던 지난 일은 다 잊자고 했다. 어머니가 그녀에게 아무 원한도 없노라고 하자, 그녀는 눈물을 흘리면서 어머니와 함께 교회로 가서 사랑하는 사람(그녀는 아버지를 이렇게 불렀다)을 위한 추모회도 열어 주었다. 그리고 어머니와 정식으로 화해를 했다.

길고 긴 서론과 서설이 끝나자 안나 표도로브나는 우리 모녀의 고립무원의 처지, 희망도 없고 어디 한군데 의지할 데도 없는 처지를 적나라하게 과장해서 말했다. 그리고 우리에게, 그녀의 말을 그대로 옮기자면, 〈자기 집에 와서 자기에게 의지해 살라〉고 제안했다. 어머니는 감사하다고 했지만 오랫동안 결정을 내리지 못하셨다. 그러나 달리 방도가 없었고, 아무런 대책도 없었기 때문에 마침내 안나 표도로브나에게 제안을 감사히 받아들이겠노라고 말씀하셨다. 뻬쩨르부르그 구에서 바실리예프스끼 섬으로 이사하던 날 아침이 생각난다. 가을이었는데 맑기는 했지만 몹시 춥고 건조한 날이었다. 어머니는 우셨다. 나도 몹시 우울했다. 심장은 터질 것만 같았고 형언할 수 없는 공포와 슬픔으로 가슴이 저며 왔다……. 괴로운 시간이었다.

....

2

처음에 우리는, 다시 말해 어머니와 나는 새로 이사한 집에 마음을 붙일 수가 없었고, 둘 다 왠지 안나 표도로브나의 집이 썩 내키지 않고 낯설기만 했다. 안나 표도로브나는 6가에 있는 단독 주택에서 살고 있었다. 그 집엔 모두 다섯 개의 깨끗한 방이 있었는데 세 개는 안나 표도로브나와 그녀가 양육하는 나의 사촌 여동생 사샤가 썼다. 사샤는 아직 어렸고 의지할 데 없는 고아 신세였다. 나머지 방 하나는 우리가 썼고, 끝으로 우리 옆 마지막 방에는 뽀끄로프스끼라는 가난한 대학생이 세 들어 살고 있었다. 안나 표도로브나의 하숙생인 셈이었다. 안나 표도로브나는 우리가 상상했던 것보다 훨씬 더 부자였다. 하지만 그녀의 재산은 그녀의 직업만큼이나 오리무중이었다. 그녀는 항상 정신없이 바빴고 걱정도 많았다. 어디론가 멀리 다녀오기도 했고 하루에 여러 차례 외출을 하기도 했다. 하지만 그녀가 무슨 일을 하는지, 무슨 바쁜 일이 그리 많고 무엇을 위해서 신경을 쓰는지 나는 짐작도 할 수가 없었다. 그녀는 아는 사람도 많았고 그 부류도 아주 다양했다. 대체 뭘 하는지도 모르는 사람들이 자주 그녀를 찾아왔지만 항상 일 때문인 것 같았고, 그들은 아주 잠깐만 있다가 돌아갔다. 어머니는 현관 벨이 울리기만 하면 나를 데리고 우리 방으로 가셨다. 안나 표도로브나는 이것 때문에 어머니에게 몹시 화를 냈고 우리가 너무 콧대가 높다고, 능력도 없으면서 콧대만 높다고, 아무것도 없으면서 잘난 척만 한다고 끊임없이 되풀이하며 몇 시간이고 욕을 했다. 그때만 해도 나는 왜 콧대 운운하며 우리를 욕하는지 이해할 수가 없었다. 나는 왜 어머니가 안나 표도로브나의 집으로 선뜻 가려 하지 않았는지 지금은 알고 있다. 아니 최소한 짐작은 하고 있다. 안나 표도로브나는 나쁜 여자였다. 그녀는 끊임없이 우리를 괴롭혔다. 다만 왜 그녀가 우리를 자기 집에서 살게 했는지는 지금까지도 풀 수 없는 수수께끼로 남아 있다. 처음엔 우리에게 꽤 다정하게 대했다. 하지만 우리가 의지할 수 있는 사람이 정말 아무도 없고, 아무 데도 갈 곳이 없다는 것을 알자 그녀는 본성을 드러냈다. 그러다가 나중에는 내게 무척 친절해졌다. 지나치리만큼, 아첨이라 해도 좋을 만큼 친절해졌다. 하지만 처음에는 천대를 참아야 했다. 그녀는 쉴 새 없이 우리를 비난했고 자신의 은혜에 대해 강조하고 또 강조했다. 다른 사람들에게는 우리 모녀가 가난한 친척이고 의지할 데 없는 과부와 고아라고 소개하며, 자기가 자비심과 기독교의 사랑에 입각하여 거두어 주었노라고 말하고 다녔다. 식탁에서는 우리가 먹는 음식 하나하나에 눈치를 주었다. 만약 우리가 음식을 먹지 않으면 또 다시 일장 연설을 늘어놓았다. 우리가 자기를 업신여긴다느니, 변변치는 않지만 있는 거나 먹으라느니, 우리 집에선 뭐가 더 나을 게 있었냐느니……. 또한 그녀는 아버지가 생전에 다른 사람들보다 잘살아 보겠다고 아등바등했지만 결과는 최악이라는 둥, 마누라와 어린 딸만 거지로 만들었다는 둥 하면서 틈만 나면 아버지를 욕했다. 기독교 정신에 입각한 인정 많고 자비심 많은 자기 같은 친척이 없었더라면 무슨 일이 일어났을지 누가 알겠느냐며, 어쩌면 거리에서 굶어 죽어서 지금쯤이면 그 시체가 썩고 있을지도 모르는 일이라고 입에서 나오는 대로 지껄였다. 정말 그녀는 못하는 소리가 없었다! 그녀가 하는 소리를 듣고 있으면 슬프다기보다는 혐오스러운 감정이 일 정도였다. 어머니 눈에는 눈물이 마를 새가 없었다. 하루하루 건강은 악화되어 갔고, 아마도 폐병을 앓고 있었던 듯싶다. 그럼에도 불구하고 어머니와 나는 아침부터 저녁까지 일을 했다. 삯바느질을 했는데 안나 표도로브나는 그것도 아주 못마땅해 했다. 자기 집은 양장점이 아니라고 항상 툴툴거렸으니까. 하지만 우리는 당장 입을 거라도 장만해야 했고, 예측할 수 없는 앞날에 대비해 돈을 모아야 했다. 단돈 몇 푼이라도 반드시 우리 돈이 있어야 했다. 우리는 만약을 위해 저축도 했고, 시간이 지나면 다른 곳으로 이사할 수도 있을 것이라는 희망도 가졌었다. 하지만 어머니는 일을 하느라 마지막 기운까지 다 써버리고 말았다. 어머니는 하루가 다르게 수척해졌다. 병은 내 어머니의 생명을 벌레처럼 갉아먹으며 점점 죽음으로 끌고 갔던 것이다. 나는 그것을 눈으로 보면서, 온몸으로 느끼면서 괴로움에 치를 떨어야 했다. 그건 다 내 눈앞에서 벌어진 일이었다!

하루하루가 지나가고 어제와 같은 오늘이 계속되었다. 우리는 너무 조용하게 살았기 때문에 도시 생활을 하는 것 같지도 않았다. 안나 표도로브나는 자신의 주도권을 확실하게 인식하게 되자 점점 조용해졌다. 그전에도 그녀에게 대들려고 한 사람은 아무도 없었지만 말이다. 우리 방은 그녀가 지내는 복도 끝에서 좀 떨어져 있었고, 우리 바로 옆방에는 앞에서도 얘기했듯이 뽀끄로프스끼가 살고 있었다. 안나 표도로브나에게 숙식을 제공받는 대가로 그는 사샤에게 프랑스어와 독일어, 역사와 지리, 기타 여러 과목을 가르치고 있었다. 사샤는 말괄량이여서 장난이 몹시 심했지만 아주 영리한 아이였다. 그때 그녀는 열세 살이었다. 하루는 안나 표도로브나가 어머니에게 내가 기숙 학교를 아직 졸업한 것도 아니니 공부를 더 하면 괜찮을 것 같다고 말했고, 어머니도 흔쾌히 동의했다. 그래서 나는 1년 동안 사샤와 함께 뽀끄로프스끼에게서 사사를 받았다.

뽀끄로프스끼는 가난한, 아주 가난한 젊은이였다. 건강 때문에 그는 학교를 계속 다닐 수가 없었지만, 우리는 습관적으로 그를 〈대학생〉이라고 불렀다. 그는 검소하고 얌전하고 조용하게 사는 사람이었다. 그의 방에서는 항상 아무 소리도 들리지 않았다. 그는 겉모습이 참 이상했다. 걸음걸이도 어색하고 인사하는 것도 이상하고 말하는 것도 괴상해서, 처음엔 그를 쳐다보기만 해도 웃음이 나왔다. 사샤는 잠시도 쉬지 않고 그에게 몹쓸 장난을 했고 수업 시간에는 특히 더했다. 그는 발끈하는 성격까지 있었기 때문에 연신 화를 내며, 별것 아닌 일에도 이성을 잃고 소리소리 질렀고, 우리의 잘

못을 따지고 들었다. 화가 잔뜩 나서 수업도 다 마치지 않고 자기 방으로 가버리는 일도 잦았다. 방에서 그는 몇 날 며칠이고 책만 읽으며 지냈다. 그에겐 책이 많았다. 주로 비싸고 희귀한 책들로만. 그는 다른 데서도 누굴 가르치면서 돈을 벌었는데, 돈만 생겼다 하면 바로 책을 사러 나갔다.

시간이 지나면서 나는 그를 좀 더 잘 알게 되었다. 그는 정말 착하고 인격적인 사람이었다. 내가 만났던 사람들 중에서 가장 훌륭한 사람이었다. 어머니도 그를 무척 존중하셨다. 나중에 그는 나의 가장 좋은 친구가 되었다. 물론 어머니 다음으로 말이다.

처음에 나는 다 큰 처녀가 되어 가지고도 사샤와 똑같이 장난을 치며 놀았다. 우리는 가끔 몇 시간씩 머리를 맞대고 앉아서 어떻게 하면 그를 놀려 줄 수 있을까, 어떻게 하면 그를 참을 수 없이 만들까 궁리했다. 그가 화를 내는 모습은 우스꽝스럽기 짝이 없었고, 우리는 그런 모습이 기가 막히게 재미있었다. (지금은 떠올리기조차 창피스러운 일이지만 말이다.) 한번은 그가 눈물까지 흘릴 정도로 곯려 준 일이 있었는데, 그는 우리에게 〈정말 끔찍한 애들이야〉라고 말했고, 나는 그 소리를 똑똑히 들었다. 순간 나는 당황했다. 내 행동이 부끄러웠고 마음이 울적해졌다. 그가 가여웠다. 나는 귀까지 새빨개져서 울먹이다시피 그에게 매달리며 진정하라고, 우리의 어리석은 장난에 너무 화내지 말라고 빌었다. 하지만 그는 책을 덮고 수업도 다 마치지 않고 자기 방으로 가버렸다. 나는 하루 종일 뼈에 사무치게 후회했다. 우리들이 너무 잔인하게 굴어서 그를 눈물까지 흘리게 만들었다고 생각하니 정말 견딜 수가 없었다. 우리는 그가 울기를 기다렸던 것이다. 그가 울기를 바랐던 것이다. 그가 인내의 한계를 넘어서도록 몰아붙였던 것이다. 우리는 가난하고 불행한 그에게 잔인한 운명을 상기시켜 준 것이다, 그것도 강제로! 참회를 하면 마음에 위안이 된다지만 그건 그렇지 않다. 그렇게 슬퍼하면서도 어떻게 자존심이 고개를 들 수 있었는지 정말 모를 일이다. 나는 그가 나를 어린애로 생각하는 게 싫었다. 나는 그때 벌써 열다섯 살이었다.

그날 이후 나는 어떻게 하면 뽀끄로프스끼로 하여금 나에 대한 생각을 바꾸게 할 수 있을까 수천 가지 방법을 생각해 가며 내 머리를 못살게 굴었다. 하지만 숫기도 없고 수줍음만 탈 줄 알던 나는 현실적으로는 아무런 결정도 내릴 수가 없었고, 오로지 한결같은 희망만 품었다. (무슨 희망이었는지는 누가 알 수 있었을까!) 내가 한 일은 사샤와 어울려 장난치는 것을 그만두었다는 것뿐이었다. 그도 우리에게 더는 화를 내지 않았다. 하지만 그것만으로는 내 자존심이 만족할 수 없었다.

이제 나는 지금까지 내가 만났던 사람들 중에서 가장 이상하고, 가장 재미있고, 가장 불쌍한 어떤 사람에 대해서 몇 마디 하려 한다. 이 시점에 와서 그때까지 아무런 관심도 갖고 있지 않던 사람 얘기를 내가 갑자기 하겠다는 이유는 뽀끄로프스끼 때문이다. 그와 관련된 모든 것이 갑자기 내 마음을 차지하게 되었기 때문이다.

우리 집엔 가끔 변변찮고 지저분한 차림새에 머리는 허옇고, 동작이 굼뜨고 행동도 이상한, 한마디로 말해서 더 이상 이상할 수 없는 키 작은 노인이 한 사람 나타나곤 했다. 처음 그를 보았을 때 뭔가 부끄러워하고 스스로를 창피스러워하고 있는 사람인 것 같은 느낌이 들었다. 왜냐하면 그는 항상 몸을 잔뜩 움츠리고 얼굴을 찌푸리고 다녔으니까. 괴상한 행동과 찌푸린 얼굴 때문에 사람들은 그가 제정신이 아니라고, 틀림없이 미친 사람일 거라고 확신할 정도였다. 우리 집에 오면 그는 현관 유리문 앞에 서서 집 안으로는 들어올 엄두도 내지 못했다. 우리들 중 누군가가, 나나 사샤, 혹은 하인들 중 누가 지나가면 그는 바로 손을 흔들어 불러 세우고는 여러 가지 신호로 우리와 약속을 했다. 누군가 그에게 고개를 끄덕이며 이름을 부르면 ─ 그건 〈집에 다른 사람은 없으니 아무 때고 들어와도 된다〉는 뜻의 신호였다 ─ 그제야 노인은 조용히 문을 열고 싱글벙글 웃으며 만족스럽게 손을 비비고는 까치걸음을 하고서 곧장 뽀끄로프스끼의 방으로 향하는 것이었다. 그는 그의 아버지였다.

나중에 나는 이 가여운 노인의 개인사를 자세히 들을 기회가 있었다. 그는 한때 어느 관청에선가 일도 했지만 눈곱만큼의 재능도 없던 탓에 최하위직, 가장 보잘것없는 자리에 앉아 있었다. 첫번째 아내(대학생 뽀끄로프스끼의 어머니)가 죽었을 때 그는 재혼을 결심했고 평민에게 장가를 갔다. 새 아내가 들어오자 집안은 완전히 바뀌었다. 모두 그녀의 손아귀에서 꼼짝도 할 수가 없었다. 그녀가 완전히 장악한 것이다. 대학생 뽀끄로프스끼는 그때 아직 열 살밖에 안 된 어린 아이였다. 새어머니는 그를 미워했다. 하지만 운명은 어린 뽀끄로프스끼를 내버려 두지 않았다. 아버지 뽀끄로프스끼가 잘 알고, 한때 신세를 지기도 했던 비꼬프라는 지주가 소년의 보호자가 되어 어느 학교에 입학을 시켜 주었던 것이다. 그 지주가 아이에게 관심을 가진 이유는, 죽은 아이 엄마와 아는 사이였기 때문이었다. 그녀는 처녀 적에 안나 표도로브나의 보호 아래 있다가 안나 표도로브나의 주선으로 뽀끄로프스끼 관리에게 시집을 갔던 것이다. 비꼬프 씨는 안나 표도로브나의 절친한 친구로서 결혼식에서 아량을 발휘, 신부측 지참금으로 5천 루블이나 내놓았다고 한다. 하지만 그 돈이 다 어디로 갔는지는 아무도 모른다. 나는 이 얘기를 모두 안나 표도로브나에게서 직접 들었다. 대학생 뽀끄로프스끼는 자신의 가정사에 대해 얘기하는 것을 아주 싫어했다. 그의 어머니는 무척 아름다웠다고 한다. 내가 이상하게 여기는 것은 왜 그녀가 그런 자리로, 그렇게 하잘것없는 사람에게 시집을 갔느냐는 것이다……. 그녀는 결혼 후 4년이 지난 어느 날, 젊은 나이에 죽고 말았다.

초등학교를 졸업하고 뽀끄로프스끼는 중학교에 입학을 했고 대학에도 진학했다. 뻬쩨르부르그에 꽤 자주 왔던 비꼬프 씨는 보호자로서의 역할을 게을리 하지 않았다. 뽀끄로프스끼는 건강이 나빠져서 대학에서 공부를 계속할 수가 없었다. 비꼬프 씨는 그를 안나 표도로브나에게 소개시켜 주었고 그를 적극 추천했다. 그렇게 해서 젊은 뽀끄로프스끼는 사샤에게 필요한 모든 과목을 가르쳐 준다는 조건으로 안나 표도로브나의 식객이 된 것이다.

한편 뽀끄로프스끼 노인은 무자비한 아내 때문에 슬퍼하며 못된 버릇에 빠져 들어 거의 언제나 술에 취해 있었다. 아내는 그에게 손찌검까지 하며 부엌으로 내몰았다. 얼마나 자주, 심하게 폭력을 휘둘렀던지 그는 구타나 푸대접에 익숙해져서 언제부턴가는 불평도 하지 않게 되었다고 한다. 그는 나이가 많지는 않았지만 언제나 술에 절어 정신이 왔다 갔다 했다. 그가 보여 주었던 인간적인 고결한 감정의 유일한 징후는 아들에 대한 가없는 사랑뿐이었다. 사람들은 젊은 뽀끄로프스끼가 돌아가신 자기 어머니를 쏙 빼닮았다고 했다. 착한 아내에 대한 추억이 다 죽어 가는 노인의 가슴에 아들에 대한 끝없는 사랑을 낳게 했던 건 아닐까? 노인은 아들 얘기 아닌 다른 얘기는 할 줄도 몰랐다. 그는 항상 일주일에 두 번 아들을 찾아왔다. 젊은 뽀끄로프스끼가 아버지의 방문을 몹시 싫어했기 때문에 더 자주는 올 수가 없었다. 아들이 갖고 있던 단점 중에서 첫번째를 꼽으라면 그것은 두말할 필요도 없이 아버지에 대한 무시였다. 한편 노인은 노인대로 가끔 세상에서 가장 참을 수 없는 사람이 되곤 했다. 우선 그는 끔찍하리만큼 궁금한 게 많았다. 두 번째로 말도 안 되는 공허한 얘기를 쉴 새 없이 늘어놓고 질문을 퍼부으면서 아들이 공부하는 것을 방해했다. 가끔은 술에 취해 나타나는 때도 있었다. 아들은 아버지의 나쁜 버릇을 하나씩 고쳐 나갔고, 계속되는 장광설과 호기심 어린 질문도 더는 하지 못하도록 했다. 마침내 그는 아버지로 하여금 자기 말을 예언자의 말처럼 믿도록 했고, 아들의 허락 없이는 입도 뻥끗 못하게 해놓았다.

가엾은 노인은 아들 뼤쩬까(그는 아들을 이렇게 불렀다)를 보고도 반가워하거나 좋아할 수 없었다. 아들 집에 올 때면, 아들이 자기를 어떻게 맞을지 걱정이 되어서인지 그는 항상 근심하며 의기 소침해 있었다. 문 밖에서 한참 동안 들어가지도 못하고 서 있다가 내가 나타나기라도 하는 날이면 20분은 족히 세워 놓고 이것저것 캐물었다. 〈뻬쩬까는 어떤가요? 건강한가요? 지금 기분이 어떻죠? 뭔가 중요한 일을 하고 있는 것은 아닌가요? 정확하게 지금 하고 있는 일이 뭔데요? 뭘 쓰고 있나요, 아니면 생각에 잠겨 있나요……?〉 내가 한참 동안 용기를 북돋아 주고 안심을 시키고 나서야 노인은 마침내 들어갈 결심을 하고 아주 조용히 조심스럽게 문을 빠끔히 열었다. 처음엔 고개만 들이밀고 살펴보다가 아들이 화를 내지 않고 고개를 끄덕이면 조용히 방 안으로 들어가서 언제나 구깃구깃 구멍나고 해진 외투와 모자를 벗어서 아무 소리도 안 나게, 아주 조용히 옷걸이에 걸었다. 그 다음엔 조심스럽게 의자에 걸터앉아서 아들 뻬쩬까에게서 눈도 떼지 않고 일거수일투족을 살피며 그의 기분이 어떤지 살피려 애썼다. 만약 아들이 조금이라도 언짢아하는 기색이면 노인은 바로 알아차리고 재빨리 자리에서 일어나 해명을 했다. 「저 말이지. 나는 말이다, 뻬쩬까. 그저 잠깐 들른 거야. 어디 먼데 갔다 오는 길인데 요 옆을 지나게 되었기에 잠깐 쉬려고 온 거야.」 그러고는 아무 말 없이 얌전히 외투와 모자를 집어 들고, 다시 조용히 문을 열고, 가슴속에 번지는 슬픔을 아들에게 보이지 않으려고 애를 쓰며 억지 미소를 띠고는 밖으로 나가는 것이었다.

하지만 가끔 아들이 환대라도 하는 날엔 노인은 기뻐서 어쩔 줄 몰라했다. 그의 얼굴과 몸짓, 행동 하나하나에 만족스러운 기색이 역력히 나타나곤 했다. 아들이 말이라도 시키면 그는 항상 의자에서 몸을 일으키며 조용하고 고분고분하게, 공경심을 가지고 대답을 했다. 그리고 항상 엄선된 말, 다시 말해서 아주 우스꽝스러운 표현만 사용하려고 무척 애를 썼다. 하지만 그에게는 말재주가 없었다. 항상 뒤죽박죽 앞뒤가 안 맞는 말만 하거나 겁을 먹고 있었다. 그래서 손도 어디에 두어야 할지 모르고 한마디로 몸둘 바를 몰라 했다. 대답을 잘못한 뒤에는 그것을 시정해 보려는 듯 오랫동안 혼자 중얼거리기도 했다. 또 대답이 잘된 날엔 옷을 팽팽히 당겨 입고, 조끼며 넥타이며 옷매무새를 고치면서 거드름을 피우곤 했다. 한번은 의자에서 일어나 책꽂이 쪽으로 다가가 책을 한 권 꺼내 들고 그 자리에서 몇 줄 읽어 보는 용기를 내본 적도 있었다. 마치 아들의 책 정도는 항상 그렇게 할 수 있다는 듯이 그는 아무렇지도 않은 표정으로 침착하게 행동했다. 하지만 어느 날 뽀끄로프스끼가 책을 만지지 말아 달라고 했을 때 그 가엾은 사람이 깜짝 놀라던 모습을 나는 본 적이 있다. 그는 당황해서 허둥거리다가 책을 거꾸로 꽂았고, 다시 시도했을 때는 절단면이 밖을 향하도록 꽂고 말았다. 웃음을 지어 보이며 얼굴이 새빨개져서는 어쩔 줄 몰라했다. 뽀끄로프스끼는 충고를 계속하면서 노인의 나쁜 술버릇을 어느 정도 고쳐 놓았다. 만약 그가 세 번 이상 말짱한 정신으로 찾아오면 격려의 뜻으로 25꼬뻬이까나 50꼬뻬이까, 혹은 그 이상을 주기도 했다. 가끔은 신발이며, 넥타이며, 조끼를 사주기도 했다. 그럴 때면 새로 산 것들을 입고 어찌나 거드름을 피우던지 그 모습이 마치 수탉 같았다. 그는 가끔 우리 방에도 들렀다. 나와 사샤에게 닭이나 사과 모양으로 된 과자를 주면서 우리에게 온통 뻬쩬까 얘기만 늘어놓았다. 수업 시간에 그가 하는 말을 잘 들으라고, 또 말 잘 듣는 학생이 되어야 한다고도 했다. 뻬쩬까는 착하고 모범적이며 배운 것도 많은 아들이라며 자랑하기도 했다. 그러면서 그는 왼쪽 눈을 우스꽝스럽게 찡긋거리며 거드름을 피웠기 때문에 우리는 도저히 웃음을 참을 수가 없었고 배꼽이 빠지도록 깔깔거렸다.

엄마도 그를 무척 좋아하셨다. 하지만 노인은 안나 표도로브나를 싫어했다. 비록 그녀 앞에서는 꿀 먹은 벙어리가 되었고 머리도 제대로 못 들긴 했지만 말이다.

얼마 안 있어 나는 뽀끄로프스끼에게 수업받는 것을 그만두었다. 그는 나를 여전히 어린아이로, 그것도 사샤와 똑같은 말괄량이 계집애로 생각하고 있었다. 그래서 갖은 노력을 다해 이전 행동을 만회해 보려 애썼던 나는 가슴이 아팠다. 하지만 그는 아무것도 알아차리지 못했다. 그래서 나는 더욱 화가 났고, 수업 시간 외엔 나는 뽀끄로프스끼와 거의 말도 하지 않았다. 하긴 말을 할 수도 없었다. 그 사람 앞에서 나는 항상 얼굴을 붉히며 어쩔 줄 몰라했고, 그런 순간이 지나면 아무 구석이고 틀어박혀서 스스로 화가 나 울어 버렸으니까.

만약 그 이상한 사건이 우리가 가까워지는 것을 돕지 않았더라면 일이 어떻게 되었을지 정말 알 수 없는 노릇이다. 어느 날 저녁 어머니가 안나 표도로브나의 방에 가신 사이 나는 살짝 뽀끄로프스끼의 방에 들어갔다. 그가 집에 없다는 것은 알고 있지만, 그래도 무슨 생각으로 그의 방에 들어갈 엄두를 냈는지 나도 모르겠다. 바로 옆방에서 1년이 넘게 같이 살았지만 한번도 그의 방을 엿본 적이 없었는데 말이다. 그때 내 가슴이 어찌나 세게 뛰던지, 나는 심장이 밖으로 튀어나오는 줄 알았다. 나는 각별한 호기심을 가지고 그의 방을 둘러보았다. 뽀끄로프스끼의 방엔 있는 게 별로 없었다. 정리 정돈하고는 거리가 멀었다. 벽에는 기다란 책 선반이 다섯 개나 매달려 있었고, 책상이며 의자 위에는 종이가 널려 있었다. 책과 종이, 그게 다였다! 그때 이상한 느낌이 들었다. 울분 같은 어떤 기분 나쁜 감정이 나를 감쌌다. 그에 대한 우정이나 사랑만으로는 뭔가 부족하다는 생각이 들었다. 그는 많이 배운 사람이었고 나는 어리석은 아이였다. 아는 것도 없었고, 책은 한 권도 읽은 적이 없었다……. 나는 책의 무게로 인해 금방이라도 꺾어질 듯 휘어 있는 기다란 선반을 부러운 눈으로 쳐다보았다. 화가 났고 슬펐다. 어떤 광기 같은 것이 나를 엄습해 왔다. 나는 그의 책을 마지막 한 권까지 전부 다 읽고 싶었다. 그래서 아주 빠른 시간 안에 꼭 그렇게 하고 말리라며 그 자리에서 마음을 먹었다. 나도 모를 일이다. 아마도 나는 그가 아는 것을 나도 다 알아야 그와 우정을 나눌 자격이 생기는 거라고 생각했었나 보다. 나는 첫번째 선반으로 냉큼 다가섰다. 아무 생각 없이, 조금도 주저하지 않고 먼지투성이의 낡은 책 한 권을 움켜잡았다. 흥분과 두려움으로 얼굴이 벌겋게 상기되고 다시 하얗게 창백해지면서 온몸이 덜덜 떨렸다. 나는 어머니가 잠들면 등잔불을 켜놓고 읽으리라 결심하면서 훔친 책을 우리 방으로 가져왔다.

하지만 우리 방으로 돌아와서 서둘러 책장을 넘겼을 때 그 책이 반쯤 썩은 좀먹고 낡은 라틴 어 작문책이라는 것을 알고 나는 얼마나 울화통이 터졌는지 모른다. 나는 조금도 지체하지 않고 다시 그의 방으로 들어갔다. 내가 선반에 책을 꽂으려 할 때, 현관에서 무슨 소리가 들렸다. 누군가 점점 가까이 걸어오는 소리도 들렸다. 나는 서둘렀다. 허둥거렸다. 하지만 그 얄미운 책은 원래 책장에 아주 빽빽하게 꽂혀 있던 터라, 내가 그것을 빼냈을 때 다른 책들이 이미 그 자리를 메우고 저희들끼리 붙어 버려서 이제는 옛날 동료를 위한 자리 같은 것은 남아 있지도 않았다. 책을 다시 꽂아 넣기엔 내

힘이 너무 부족했다. 그 순간 나는 있는 힘을 다해 책들을 밀었다. 하지만 선반을 지탱하고 있던 녹슨 못이 마치 그때를 기다리고 있었던 듯, 누가 일부러 그러기라도 한 것처럼 부러지고 말았다. 선반의 한쪽 끝이 아래로 떨어졌다. 책들은 우당탕 소리를 내며 방바닥에 굴러 떨어졌다. 그때 문이 열리고 뽀끄로프스끼가 방으로 들어왔다.

여기서 한마디하자면 그는 누가 자기 물건에 마음대로 손대는 것을 아주 싫어하는 성격이었다. 특히 책을 건드린 사람에겐 날벼락이 떨어졌다! 그러니 크고 작고, 두껍고 얇은 책들이 선반에서 퉁겨 나와 이리저리 책상 밑이며 의자 밑이며 그의 온방으로 떨어졌을 때, 나의 놀라움이 어떠했겠는가! 달아나려고 했지만 그것도 늦고 말았다. 〈그래, 이렇게 될 줄 알았어, 이렇게 될 줄 알았다고! 나는 망했어, 다 망쳐 버렸어! 열 살 먹은 어린애처럼 언제나 말썽만 부리고 못된 짓만 하고! 나는 정말 어리석은 계집애야! 바보, 멍청이!〉 뽀끄로프스끼는 불같이 화를 냈다. 「이게 무슨 짓이에요! 별 짓 다하는군요, 이젠!」 그는 고함을 질렀다. 「이렇게 말썽을 부리는 게 부끄럽지도 않습니까……! 도대체 언제쯤 얌전해지겠어요?」 그러고는 책을 줍기 위해 방 안으로 뛰어 들었다. 나도 그를 도우려고 허리를 굽혔다. 「그만둬요, 됐다고요!」 그가 소리를 질렀다. 「그보다는 앞으로 주인이 오라고 하지 않는 곳엔 가지 않도록 하는 게 좋겠군요.」 그러다가 나의 고분고분한 행동에 약간 누그러진 그는 목소리를 낮추고 얼마 전까지 나를 가르쳤던 사람으로서 선생님다운 말투로 말을 이었다. 「언제나 좀 침착해질래요? 언제 달라질 거냐고요? 당신 모습을 한번 보세요. 당신은 이제 어린애가 아니잖아요. 꼬마 소녀가 아니라고요. 벌써 열다섯 살이나 먹었잖아요!」 그때 그는 내가 어린애가 아니라는 자기 말이 맞는지 안 맞는지 확인이라도 하려는 듯 나를 쳐다보았고 갑자기 귀까지 새빨개졌다. 나는 영문을 몰랐다. 어쩔 줄 몰라서 그냥 그를 보고만 있었다. 그는 몸을 일으키고 어쩔 줄 몰라하며 허둥지둥 내게 다가왔다. 그리고 뭔가 사과의 말을 했는데, 마치 내가 그렇게 다 큰 처녀였다는 것을 뒤늦게 알아차린 것에 대해 미안해 하는 것 같았다. 마침내 나는 상황을 파악했다. 그 후 나는 내가 뭘 어떻게 했는지 모른다. 나는 당황했고 제정신이 아니었다. 뽀끄로프스끼보다 얼굴이 더 빨개졌다. 나는 손으로 얼굴을 가리고 밖으로 뛰쳐나왔다.

나는 어떻게 해야 하는 건지, 어디로 숨어야 하는 건지 알 수가 없었다. 내가 그의 방에 있었고, 그것을 그에게 들켜 버렸다는 사실만이 머릿속에 맴돌았을 뿐이다! 사흘 동안 나는 그의 얼굴을 제대로 쳐다보지도 못했다. 눈물이 나올 만큼 얼굴만 붉힐 뿐이었다. 머릿속은 기괴망측하고 우스꽝스러운 생각으로 가득 차 있었다. 그중에서 가장 어리석은 생각은 그에게 찾아가서 해명을 하고, 모든 것을 고백하겠다는 것이었다. 그것은 모든 것을 솔직하게 털어놓고 내가 그런 행동을 한 건 어리석은 계집애의 장난이 아니라 좋은 뜻에서였다는 것을 밝히겠다는 것이었다. 정말 그의 방에 찾아가려고 한 적도 있었다. 다행스럽게도 용기가 부족해서 행동에 옮기지는 못했지만 말이다. 안 그랬으면 나는 또 무슨 짓을 더 저질렀을까! 생각만 해도 부끄럽다.

며칠 후 어머니의 병세가 갑자기 위독해졌다. 어머니는 이틀 동안 자리에서 일어나지도 못하고 세 번째 되던 날 밤엔

열 때문에 의식까지 흐려지셨다. 나는 어머니를 돌보느라 하룻밤을 꼬박 새웠고 계속 옆에 앉아서 마실 것도 드리고 약도 제때 드렸다. 이틀째 되던 날 밤 나는 지칠 대로 지쳐 있었다. 졸음이 쏟아지고 눈앞이 흐릿해지고 머리가 빙빙 돌았다. 나는 너무 피곤해서 금방이라도 곯아 떨어질 것 같았다. 하지만 어머니의 희미한 신음소리에 정신이 번쩍 들어 깜짝 놀라 일어나곤 했다. 하지만 그것도 잠깐, 수마는 다시 엄습해 왔다. 나는 괴로웠다. 의식과 잠이 싸우고 있던 괴로운 순간에, 뒤죽박죽이 되어 버린 내 머릿속으로 기억도 안 나고 이해도 할 수 없는 이상한 꿈과 끔찍한 환영들이 기어들었다. 나는 기겁을 하고 잠에서 깼다. 방 안은 어두웠고 등잔불은 꺼져 가고 있었다. 불빛이 갑자기 방 안을 훤히 비추는가 하면 금세 벽에 희미한 그림자만 남긴 채 흔들거렸다. 그러다가 완전히 꺼졌다. 나는 갑자기 무서워졌다. 끔찍한 생각이 나를 덮쳤다. 그렇지 않아도 내 머릿속은 무서운 꿈 때문에 혼란스러웠다. 슬픔이 내 가슴을 짓눌렀다……. 나는 갑자기 의자를 박차고 일어나 괴롭고 무섭고 고통스러워서 나도 모르게 외마디소리를 질렀다. 그때 문이 열리고 뽀끄로프스끼가 들어왔다.

그 다음으로 내가 기억하는 것은 정신을 차리고 보니 내가 그의 팔에 안겨 있었다는 것이다. 그는 조심스럽게 나를 소파에 앉히고 물을 갖다 주며 질문을 퍼부어 댔다. 내가 무엇이라고 대답을 했는지는 기억에 없다. 「당신은 몸이 안 좋아요. 아프다고요. 열도 있잖아요.」 그는 내 손을 잡으며 말했다. 「이렇게 스스로를 못살게 굴다니. 자기 건강은 돌보지도 않는군요. 진정하시고 여기 누워서 좀 자요. 두 시간 후에 내가 깨워 줄 테니까 좀 쉬세요……. 누우라니까요. 자, 어서 누워요!」 그는 내게 대꾸할 틈도 주지 않고 계속 말했다. 피로가 내 마지막 힘까지 앗아 갔다. 기운이 다 빠져서 눈이 저절로 감겼다. 나는 30분만 눈을 붙여야지 생각하며 자리에 누웠다. 하지만 일어나 보니 벌써 아침이 오고 있었다. 뽀끄로프스끼는 어머니에게 약을 드릴 시간이 되어서야 나를 깨운 것이다.

다음날 낮엔 좀 쉬었다. 그리고 저녁때 오늘은 졸지 않고 밤을 새우겠다고 굳은 결심을 하며 어머니 침대 옆 소파에 앉았다. 열한 시쯤 뽀끄로프스끼가 방문을 두드렸다. 나는 문을 열어 주었다.「혼자 앉아 있기 심심할 것 같아서요.」 그가 말했다.「책을 한 권 가져왔어요. 받으세요. 그걸 읽으면 심심하지는 않을 거예요.」 나는 책을 받았다. 어떤 책이었는지 지금은 기억 나지 않는다. 밤을 꼬박 새우긴 했지만, 그 책을 보았을 리는 없다. 묘한 흥분 때문에 잠을 잘 수가 없었다. 나는 한자리에 잠자코 앉아 있을 수가 없었다. 소파에서 몇 번이고 일어나서 방 안을 왔다 갔다 했다. 내면에서 생긴 희열 같은 것이 온몸으로 퍼져 나가는 것 같았다. 뽀끄로프스끼가 보인 관심 때문에 나는 뛸 듯이 기뻤다. 나를 걱정하고 근심하는 그의 마음을 사람들에게 자랑하고 싶었다. 그날 뽀끄로프스끼는 더 이상 우리 방에 오지 않았다. 그건 내가 이미 알고 있던 바였다. 그래서 나는 다음날 저녁을 기대해 보기로 했다.

다음날 저녁 모두 잠자리에 든 시각에 뽀끄로프스끼는 자기 방문을 열어 놓고 우리 방 문턱에 서서 나와 얘기를 나누었다. 지금은 그때 우리가 서로 무슨 얘기를 했는지 하나도 기억할 수 없다. 내가 생각나는 것은 지나치게 수줍어하고 당황해 하는 스스로에게 너무 화가 나서 얼른 대화가 끝나기만을 고대했었다는 것뿐이다. 그렇게도 고대하던 대화였고, 하루 종일 그 순간만을 꿈꾸며 혼자서 질문과 대답을 만들어 보기도 했건만……. 우리 우정의 고리는 그날 저녁 시작되었다. 어머니가 병석에 계시는 동안 우리는 매일 밤 몇 시간씩 함께 보냈다. 나는 차츰 수줍음도 극복해 갔다. 매번 대화가 끝나고 나면 무슨 이유로든 어김없이 스스로 못마땅해지곤 했지만 말이다. 하지만 그가 나로 인해 지긋지긋한 책들을 잊고 있는 것을 볼 때마다 나는 은밀한 기쁨과 만족감을 느꼈고 스스로를 대견스러워했다. 한번은 농담 삼아 내가 선반에 있던 책들을 떨어뜨렸던 이야기를 꺼낸 적이 있다. 이상한 순간이었다. 나는 갑자기 솔직하고 대담해졌다. 뜨거운 열정과 기이한 격정에 휩싸여 나는 그에게 모든 것을 털어놓았다……. 공부가 하고 싶어졌던 거며, 무엇인가를 알고 싶었던 거며, 그가 나를 어린애나 소녀라고 생각해서 화가 났던 거며……. 다시 말하지만, 나는 그때 매우 묘한 기분이었다. 가슴속은 부드러워지고 두 눈에는 눈물이 그렁그렁 맺혔다. 나는 아무것도 숨기지 않고 그에 대한 우정이며, 그를 사랑하고 싶은 마음이며, 그와 함께 마음을 열고 지내고 싶은 거며, 그를 위로하고 편안함을 주고 싶은 것까지 모두, 모두 애기했다. 그는 당황하고 혼란스러워하면서 나를 이상한 눈으로 쳐다보았고 가타부터 입도 뻥끗하지 않았다. 나는 갑자기 마음이 너무 아프고 슬펐다. 그가 내 마음도 모르면서 날 비웃고 있는 것만 같았다. 나는 아이처럼 갑자기 울음을 터뜨렸다. 펑펑 울었다. 스스로를 걷잡을 수가 없었다. 무슨 발작이라도 하는 것 같았다. 그는 내 손을 잡아 손등에 키스를 하고 자기 가슴에 갖다 대며 나를 달래고 위로했다. 그는 깊은 감동을 받았던 것 같다. 그가 무슨 얘기를 했는지 지금은 기억 나지 않는다. 다만 내가 울다가 웃다가 또 울었고, 어느 순간 얼굴을 붉히며 너무 기뻐서 한마디도 할 수 없었던 것만 기억 날 뿐이다. 하지만 그런 감동에도 불구하고, 나는 뽀끄로프스끼에게 뭔가 황당하고 부자연스러운 느낌이 남아 있다는 것을 눈치 챘다. 아마 나의 집착과 열정, 그렇게 갑작스럽고, 정열적인 우정에 소스라치게 놀랐던 모양이다. 어쩌면 처음 그는 그냥 흥미로웠을 뿐인지도 모른다. 하지만 주저하는 모습은 점차 사라지고, 나처럼 단순하고 솔직한 감정으로 나의 애정과 친근한 표현, 관심을 받아들여 주었다. 뿐만 아니라 절친한 친구나 친오빠처럼 따뜻하고 다정 다감하게 내가 그에게 보이는 관심과 똑같은 관심과 배려로 답해 주었다. 그때 내 마음이 얼마나 따뜻하고 좋았는지 모른다……! 나는 그에게 아무것도 숨기거나 감추지 않았다. 그도 그런 사실을 잘 알고 있었고 하루가 다르게 내게 더 깊은 애정을 보여 주었다.

병든 가여운 어머니의 머리맡에서, 한밤중에 흔들리는 등불을 사이에 두고 우리가 함께했던 괴롭고도 달콤했던 시간, 하지만 나는 그때 그와 무슨 얘기들을 나누었는지 생각이 잘 나지 않는다……! 다만 그때그때 머릿속에 떠오르는 얘기, 가슴속에서 솟아나오는 얘기, 털어놓을 수밖에 없던 얘기들 등 할 수 있는 모든 얘기를 다 했었다는 것밖에는. 우리는 행복에 가까운 감정을 느꼈다……. 아아, 그것은 정녕 슬픔과 기쁨이 공존하는 시간이었다. 그 일을 돌이켜 보는 지금도 나는 슬픔과 기쁨을 동시에 느끼고 있으니……. 추억은 기쁜 것이든 슬픈 것이든 항상 괴로운 것이다. 최소한 나한테는 그렇다. 그러나 그 괴로움은 또 달착지근한 것이다. 마치 타는 듯한 하루가 지나고 밤이 되면 이슬이 폭염에 바싹 마른 꽃에 신선함을 주어 소생시키듯이, 추억은 괴롭고 아프고 지치고 슬픈 내 가슴에 새로운 힘을 주어 소생시키는 것이다.

어머니는 건강해지셨지만 나는 밤마다 어머니의 머리맡을 지켰다. 뽀끄로프스끼는 내게 책을 자주 가져다 주었다. 처음 나는 잠이 들지 않기 위해서 책을 읽었고, 시간이 좀 지나자 진지하게, 그리고 나중엔 책 속으로 몰입하게 되었다. 그 때까지 알지 못했던 낯설고 새로운 것들이 갑자기 한꺼번에 내 눈앞에 펼쳐졌던 것이다. 새로운 사상과 새로운 느낌들이 거센 물결처럼 한꺼번에 가슴속으로 밀려 들어왔다. 그런 흥분이 거세어질수록, 새로운 느낌을 받아들이는 것이 당황스럽고 벅찰수록, 나는 점점 더 깊이 그 낯선 느낌에 빠져 들었고, 그 느낌은 점점 더 달콤하게 내 영혼을 뒤흔들어 놓았다. 새로운 느낌들은 한꺼번에 내 가슴속에 들어와 북적거렸고 잠시도 쉴 틈을 주지 않았다. 기이한 혼돈 상태가 나의 존재를 뒤흔들었다. 하지만 그런 정신적인 충격도 나라는 사람을 완전히 뒤바꿀 만큼 혼란을 야기하지는 못했다. 나는 공상 속에 사는 사람이었고, 그것이 나를 지켜 주었던 것이다.

어머니가 완쾌되었을 때 우리의 한밤 밀회와 길고 긴 대화도 끝이 났다. 그 다음부터 우리는 가끔 공허하고 의미 없는 말만 몇 마디씩 주고받을 수 있었을 뿐이다. 하지만 그 말 한 마디 한 마디에 나만의 의미를 부여하고, 특별한 가치를 부여하고 숨겨진 다른 뜻이 있을 것이라고 생각하면서 나는 즐거웠다. 내 삶은 충만했다. 나는 행복하고 평온했다. 잔잔한 행복 속에서 몇 주일이 흘렀다……

어느 날 우리 방에 뽀끄로프스끼 노인이 찾아와서 한참을 얘기했는데 평소와는 달리 즐겁고 활기차 보이고 말도 더 잘 하는 것 같았다. 웃기도 잘 하고 나름대로 재치 있는 말도 했다. 그러다 결국은 자신이 흥분하고 있는 이유, 그 비밀을 털어놓았다. 정확하게 1주일 후가 뻬쩬까의 생일인데 이번 생일엔 꼭 아들 집에 와서 함께 보내겠다는 것이었다. 그날 새 조끼를 입을 계획이고, 아내가 새 신발도 사주마고 약속했다는 것이다. 한마디로 노인은 날아갈 듯 기뻐하며 생각나는 대로 떠들어 댔다.

그의 생일! 이것은 나를 밤이고 낮이고 들떠 있도록 만든 대사건이었다. 이번 기회를 빌어 나는 뽀끄로프스끼에게 반드시 내 우정을 상기시키고 선물도 하리라 마음먹었다. 그런데 어떤 선물을 하지? 마침내 나는 책을 선물하기로 마음먹었다. 나는 그가 뿌쉬낀 전집 최신판[15]을 갖고 싶어한다는 것을 알고 있었기 때문에 그것을 선물하려고 결심한 것이다. 내겐 삯바느질을 해서 모은 돈 30루블이 있었다. 새 옷을 사려고 모아 둔 돈이었지만……. 나는 조금도 지체하지 않고 우리 집 요리사 마뜨료나 할머니를 보내서 뿌쉬낀 전집이 얼마나 하는지 알아봤다. 그러나 이 일을 어쩐단 말인가! 열한 권 전집을 사려면 표지에 드는 비용까지 합쳐서 최소한 60루블은 있어야 한다는 것이다. 그 돈을 어디서 다 구한단 말인가! 나는 궁리에 궁리를 거듭했지만 아무 결정도 내릴 수가 없었

---

15 1838~1841년 동안 뻬쩨르부르그에서 발행된 11권으로 된 전집.

다. 어머니에게 부탁드리고 싶지는 않았다. 어머니는 틀림없이 나를 도우셨을 테지만, 그렇게 되면 이 집 사람들이 모두 나의 선물에 대해서 알게 될 것이고, 선물은 뽀끄로프스끼가 1년 동안 우리를 가르쳐 준 데 대한 감사의 대가로 탈바꿈할 것이기 때문이었다. 나는 아무도 모르게 혼자서만 선물을 하고 싶었다. 그에게 배운 것에 대해서는 아무 대가도 치르지 않고 그냥 영원한 나의 빚으로 남겨 두고 싶었다. 나의 우정으로 갚아 준다면 또 모를까……. 마침내 나는 그 난관을 헤쳐 나갈 방법을 생각해 냈다.

고스찌니 광장[16]에 늘어서 있는 고서점에 가면 가끔 책을 반값으로 싸게 살 수 있다는 얘기를 나는 들어서 알고 있다. 흥정만 잘 하면 사람의 손때가 거의 묻지 않은 새 책이나 다름없는 것도 구할 수 있었다. 나는 당연히 고스찌니 광장으로 가리라 마음먹었다. 일은 순조로웠다. 그 다음날 어머니도 안나 표도로브나도 그곳에 가야 할 일이 있었는데, 어머니는 병석에 있었고 안나 표도로브나는 굉장한 게으름뱅이였기 때문에 모든 심부름은 내 몫이었다. 그래서 나는 마뜨료나와 함께 직접 그곳으로 갈 수 있었다.

다행히 나는 아주 손쉽게 뿌쉬낀 전집을 찾았다. 제본도 보기 좋게 잘돼 있었다. 나는 흥정을 시작했다. 처음엔 서점보다 값을 더 비싸게 불렀다. 하지만 그저 몇 번 돌아서서 가는 척했더니 상인은 스스로 가격을 깎고 깎아서 은화 10루블[17]만 달라고 하기에 이르렀다. 가격을 흥정하는 동안 나는 얼마

---

16 당시 뻬쩨르부르그에 있었던 시장으로 지금도 그곳에는 동명의 시장이 있다.
17 은화 1루블은 지폐로 3루블 50꼬뻬이까.

나 유쾌했는지 모른다……! 가엾은 마뜨료나는 내가 무슨 일을 하고 있는지, 왜 그렇게 많은 책을 갑자기 사려고 하는지 알지도 못했다. 하지만 그 다음이 큰일이었다! 내가 가진 돈은 지폐로 30루블뿐이었는데 상인은 더 이상은 깎아 줄 수가 없다는 것이었다. 결국 나는 그에게 사정을 하기 시작했다. 애걸복걸을 했더니 마침내 그가 손을 들었다. 하지만 그가 깎아 준 돈은 2루블 50꼬뻬이까뿐이었다. 그는 순전히 나 때문에 싸게 해주는 거라고, 내가 예뻐서 싸게 주는 거라고, 다른 사람 같았으면 어림도 없는 일이었을 거라며 신을 걸고 맹세한다고 했다. 하지만 2루블 50꼬뻬이까가 부족했다! 나는 너무 화가 나서 울고 싶었다. 하지만 뜻밖의 사건이 나를 슬픔에서 구해 주었다.

 나는 멀리 떨어지지 않은 다른 책방에서 뽀끄로프스끼 노인을 발견했다. 네댓 명의 책장수가 그를 에워싸고 사람의 혼을 쑥 빼며 밀고 당기고 있었다. 모두들 그에게 자기 책을 사라고 권하고 있었다. 그들은 별의별 책을 다 권했고, 그는 그 별의별 책들을 다 사고 싶어했다! 얼이 빠져 버린 가엾은 노인은 그들에게 빙 둘러싸여서 그중에서 무엇을 사야 할지도 모르고 있었다. 나는 그에게 다가가서 여기서 무엇을 하느냐고 물었다. 노인은 나를 보고 무척 반가워했다. 그는 나를 뻬쩬까만큼이나 좋아했다.

「예, 보시다시피 책을 사려고요, 바르바라 알렉세예브나.」 그가 대답했다. 「뻬쩬까에게 줄 책을 사고 있지요. 곧 그 아이 생일인데 걘 책을 좋아하잖아요. 그래서 이렇게 책을 사 볼까 하고 있는 겁니다……」 노인은 항상 우스꽝스럽게 말을 늘이는 버릇이 있었는데 그날은 거기에 당황까지 하고 있었던 것이다. 웬만한 책은 은화로 1루블, 2루블, 3루블이나 했기 때문에 그는 커다란 책은 더 이상 값을 묻지도 않았다. 그저 안타까운 눈으로 쳐다보며 손가락으로 책장을 넘겨 보고 손에 들고 한참을 주물럭거리다가 다시 제자리에 놓을 뿐이었다.「아뇨, 아뇨. 그건 너무 비싸요.」그는 기어들어 가는 목소리로 말했다.「그럼 여기서 한번 골라 볼까?」

그러고는 얇은 노트와, 노래책, 문예 작품 연감 같은 것을 들추어 보았다. 그런 것들은 아주 쌌다.「왜 이런 것을 사려고 하세요?」내가 물었다.「이건 아무 데도 쓸모없는 책들이에요.」「아뇨, 그렇지 않아요.」그가 대답했다.「그렇지 않아요. 자, 좀 보세요. 이게 얼마나 좋은 책들이라고요. 아주아주 훌륭한 책들이라고요……!」그는 말끝을 너무 애처롭게 늘여 뺐다. 그 때문에 나는 그가 너무 화난 나머지 울어 버릴지도 모르겠다는 생각이 들었다. 왜 좋은 책들은 다 비싸야 하는지 따지고 들며 당장이라도 그의 창백한 볼에서 빨간 코로 눈물이 떨어질 것만 같았다. 나는 그에게 돈이 많은지 물었다.「자, 이게 다예요.」가여운 노인은 기름때가 줄줄 흐르는 신문지에 말아 둔 돈을 그 자리에서 몽땅 꺼내 보여 주었다.「보시다시피 50꼬뻬이까짜리 은화 한 닢하고요, 20꼬뻬이까짜리 은화 한 닢, 그리고 그냥 동전으로 20꼬뻬이까쯤 있어요.」나는 그를 내가 흥정했던 책장수에게 바로 데려갔다.「이렇게 열한 권짜리 전집이 겨우 32루블 50꼬뻬이까밖에 안 해요. 제게 30루블이 있으니까 여기에 2루블 50꼬뻬이까를 보태세요. 우리 둘이 같이 사서 선물하는 거예요.」노인은 너무 좋아서 잠시 멍해 있더니 가진 돈을 전부 쏟아 놓았다. 책장수는 그에게 우리 공동의 뿌쉬낀 전집을 넘겨주었다. 노인은 다음날 아무도 몰래 책을 가져다 주마고 약속하더니 책을 주머니란 주머니에 가득 집어넣고 나머지는 두 손으로 쥐고 겨드랑이에 꼈다.

 다음날 노인은 아들을 찾아와서 한 시간 정도 평소와 다름없이 그의 방에 앉아 있다가 우리 방에 와서 비밀스럽고 재미있는 표정을 가득 지으며 내 옆에 앉았다. 혼자서 비밀을 간직하고 있다는 사실에 우쭐하고 기분이 좋아서 그는 두 손을 마구 비비댔고, 웃는 얼굴로 내게 말했다. 쥐도 새도 모르게 책을 우리 집에 가져와 부엌 한쪽 구석에 잘 놓아두었노라고, 마뜨료나의 보호 아래 책은 잘 있노라고……. 우리의 대화는 당연히 고대해 마지않는 뻬쩬까의 생일날로 옮겨 갔다. 노인은 우리가 어떻게 선물을 전달하면 좋을지 장황하게 늘어놓았다. 그런데 그가 하고 싶은 얘기는 따로 있었다. 나는 그가 얘기를 많이 하면 할수록 그의 가슴속에 뭔가 다른 생각이 있음을, 감히 입 밖에 낼 수 없고 표현할 수 없고 말하기조차 두려운 뭔가가 있음을 분명히 알아차릴 수 있었다. 나는 잠자코 기다렸다. 기이한 거동이나 찡그린 얼굴, 깜박거리는 왼쪽 눈에 깃들여 있던 비밀스러운 기쁨과 만족감은 그에게서 이미 사라지고 없었다. 그는 점점 더 불안해 하면서 침울해졌다. 마침내 그는 더 참을 수 없다는 듯 입을 열었다.

 「저기 말이죠.」 그는 몹시 수줍어하며 작은 목소리로 말을 꺼냈다. 「저기, 바르바라 알렉세예브나……. 그러니까 말입니다, 바르바라 알렉세예브나.」 노인은 당황해서 어쩔 줄 몰라했다. 「아시다시피 그 애 생일이 곧 다가오잖아요. 저기, 당신은 열 권만 그 애에게 주시면 안 될까요. 그러니까 당신이 주시는 당신의 선물로 열 권만……. 그럼 저는 마지막 열한 번째 책을 제가 주는 선물로, 저만의 선물로 해서 그 아이에게 주도록 하겠습니다. 그러니까 그게, 그렇게 되면 당신도 선물을 하고 저도 뭔가를 선물하게 되는 거란 말입지요. 우리 둘 다 선물을 하게 되는 거라고요.」 노인은 계면쩍어하면서 입을 다물었다. 나는 그를 쳐다보았다. 그는 조심스럽게 나의 선고를 기다리고 있었다. 「자하르 뻬뜨로비치, 우리가 같이 선물하는 것이 싫은 이유가 뭐죠?」 「그게 그러니까, 바르바라 알렉세예브나, 그게 말입니다……. 나는 그저, 그게 저…….」 한마디로 노인은 얼굴이 새빨개져서 대답할 말도 찾지 못한 채 이러지도 저러지도 못하고 끙끙거렸다.

「저기 말입니다.」 마침내 그가 해명을 시작했다. 「저는 말이죠, 바르바라 알렉세예브나, 가끔 아무렇게나 살아 버리는 때가 있습니다……. 그러니까 제가 하려는 얘기는, 저기, 저는 거의 언제나 아무렇게나 살면서 항상 술만 마신다는 겁니다……. 안 좋은 습관인 줄 알면서도 그것을 끊어 버릴 수가 없어요. 그게 그러니까 혹한이 찾아오듯 말입니다, 가끔 사람에게도 여러 가지 안 좋은 일들이 생긴단 말이지요. 기분이 우울해진다든지, 뭔가 안 좋은 일이 생긴다든지, 그러면 저는 이따금 그런 것을 참아 내지 못하고 몹쓸 행동을 하게 되는 겁니다. 고주망태가 되도록 마신단 말이지요. 뻬뜨루샤가 몹시 싫어하는데도요. 바르바라 알렉세예브나, 당신도 아시다시피 그럴 때 그 아인 제게 화를 내기도 하고 욕을 하기도 하고 도덕에 대해서 일장 연설을 늘어놓기도 하지요. 그래서 지금 저는 저만의 선물을 통해 제가 나아지고 있고 바르게 살기 시작했다는 것을 그 아이에게 증명해 보이고 싶은 겁니다. 책을 사기 위해서 제가 돈을 모았다는 사실, 제겐 돈

생길 일이 거의 없기 때문에 아주 오랫동안 모았다는 사실을 그 아이에게 증명해 보이고 싶은 겁니다. 가끔 생기는 돈은 뻬뜨루샤가 어쩌다 주는 푼돈뿐이었으니까요. 그 아이도 잘 알고 있는 일입니다. 이번 일로 그 아인 제가 그 돈을 모아 어디에 썼는지 확실히 알게 되는 것이고, 오로지 그 아이 하나만을 위해서 제가 술도 안 마시고, 돈도 모으고, 책도 샀다는 것을 알아주게 될 테죠.」

나는 노인이 불쌍해서 견딜 수가 없었다. 나는 오래 생각하지 않았다. 노인은 걱정스러운 눈으로 나를 쳐다보고 있었다.

「자하르 뻬뜨로비치, 잘 들으세요.」 내가 입을 열었다. 「당신이 다 선물하세요!」 「다라뇨? 그 책을 모두 제가 주란 말입니까?」 「그래요, 그 책 모두 당신이 선물하세요.」 「제가요?」 「네, 당신이오.」 「저 혼자서요? 그러니까 제 이름으로요?」 「그래요. 당신 이름으로요······.」 나는 내가 정말 알아듣기 쉽게 말하고 있다고 느꼈지만 노인은 오랫동안 내 말을 알아듣지 못했다.

「좋습니다.」 그가 잠시 생각하더니 입을 떼었다. 「그래요! 정말 괜찮겠군요. 아주 좋을 것 같군요. 하지만 당신은 어떻게 하시렵니까, 바르바라 알렉세예브나?」 「저야 뭐······ 선물을 안 하는 거죠.」 「어떻게 그럽니까?」 노인은 깜짝 놀라서 외쳤다. 「뻬쩬까한테 아무 선물도 안 하신다고요? 그 애한테 아무 선물도 하고 싶지 않으시다고요?」 노인은 정말 놀란 것 같았다. 그리고 내가 당신 아들에게 선물할 수 있도록 좀 전에 당신이 한 부탁을 철회할 것처럼 보였다. 착하신 분! 나는 나도 선물을 할 수 있다면 좋겠지만 노인의 만족을 빼앗고 싶지는 않다며 설득했다.

「선물이 아드님의 마음에 들기만 한다면,」 나는 덧붙여 말했다. 「그것으로 당신이나 저나 기쁠 수 있을 겁니다. 가슴속으로는 혼자 몰래 정말로 제가 선물한 것처럼 느낄 수 있을 테니까요.」 노인은 이 말에 전적으로 안심했다. 그는 우리 방에서 두 시간 정도 더 머물렀다. 그동안 그는 한곳에 앉아 있지 못하고 일어났다 앉았다, 왔다 갔다 했고, 시끄럽게 굴면서 사샤와 장난도 쳤고, 어느새 내게 키스를 하는가 하면 손등을 살짝 꼬집기도 했다. 안나 표도로브나에게는 그녀가 안 보는 사이 찡그린 얼굴을 짓기도 했다. 그러다 그는 마침내 안나 표도로브나에게 쫓겨나고 말았다. 한마디로 노인은 예전엔 그렇게 좋았던 적이 없었는지 너무 들뜨고 흥분해서 제정신이 아니었다.

마침내 생일날이 왔고, 그는 정확하게 열한 시에 나타났다. 오전 예배를 마치고 오는 길이었는데 말끔하게 꿰맨 예복을 입고, 정말 새 조끼에 새 신발까지 신고 나타났다. 양손에는 줄로 동여맨 책들이 들려 있었다. 우리는 그때 안나 표도로브나의 응접실에 앉아서 커피를 마시고 있었다. (일요일이었다.) 내 기억에 노인은 뿌쉬낀이 정말 훌륭한 시인이라는 얘기로 말문을 열었던 것 같다. 그러다가 옆길로 새더니 갑자기 처신을 잘해야 한다는 둥, 만약 사람이 처신을 잘 못하고 몹쓸 행동을 하면 인생을 망치게 된다는 둥, 나쁜 버릇은 사람을 망치고 파탄을 초래한다는 둥 횡설수설했다. 그는 무절제한 행동으로 인생을 망친 사람들의 예까지 몇 가지 들더니, 자신은 얼마 전부터 완전히 새사람이 되어 지금은 남의 귀감이 될 정도로 처신을 아주 잘하고 있다고 했다. 아들이 해주었던 교훈적인 얘기들은 이전부터, 아주 오래전부터 옳다고 느꼈기 때문에 전부 마음속 깊이 간직해 두었으며, 이제는 정말로 술을 안 마시고도 잘 견디고 있다고 했다. 오랜 시간 동안 모은 돈으로 사서 선물하는 이 책이 바로 그 증거라고 했다.

나는 가엾은 노인의 말을 듣는 동안 내내 눈물과 웃음을 참지 못했다. 필요한 상황이 되니까 그렇게도 잘 둘러대는 것을! 책은 뽀끄로프스끼 방으로 옮겨지고 선반에 자리도 잡았다. 뽀끄로프스끼는 어찌 된 영문인지 금방 눈치 챘다. 우리는 노인에게 같이 식사하자고 청했고 그날 우리는 모두 정말 즐겁게 보냈다. 식사 후에는 게임도 하고 포커도 쳤다. 나는 계속 장난을 쳐대는 사샤 곁에 꼭 붙어 있었다. 뽀끄로프스끼는 나의 시선을 잡으려 애쓰며 계속 단둘이 얘기할 기회를 찾았지만, 나는 기회를 주지 않았다. 그날은 그 4년의 세월 중에서 내게 가장 멋진 하루였다.

하지만 지금부터는 모두 슬프고 괴로운 추억뿐이다. 내 인생에서 어두웠던 순간의 이야기가 시작되는 것이다. 그래서인지 손에 쥐고 있는 펜도 더 이상 써 내려가기 싫다는 듯 천천히 움직이고 있다. 여태껏 나는 이 얘기를 조금이라도 늦게 하려고 행복했던 나날들의 아주 소소하고 상세한 일상까지 기억 속에서 끄집어내어 각별한 애정을 가지고 몰입하며 써 내려왔던 모양이다. 하지만 행복은 너무도 짧았다. 그 자리는 슬픔, 암울한 슬픔이 곧 대신했으니까. 불행이 언제 끝날지는 오직 신만이 아는 일이었다.

나의 불행은 뽀끄로프스끼의 질병과 죽음에서 시작되었다. 내가 여기에 쓴 마지막 사건이 있고 두 달이 지났을 때 그는 앓아 눕게 되었다. 두 달 동안 그는 피로도 잊은 채 살아 볼 궁리를 하느라 고생을 하고 다닌 것이다. 그때까지 그는 마땅한 일자리를 찾지 못하고 있었으니까. 여느 폐병 환자들이 모두 그렇듯이, 그도 자신이 아주 오래 살 것이라는 희망을 마지막 순간까지 버리지 않았다. 그에게 어딘가 선생님 자리가 났지만 그는 이 직업을 몹시 싫어했다. 관청 같은 곳에서는 건강이 허락하지 않아서 일을 할 수가 없었다. 게다가 그런 곳에서는 첫 월급을 타기까지 너무 오래 기다려야 했다. 간단히 말해서 뽀끄로프스끼는 뭐 하나 제대로 되는 일이 없었고 성격도 포악해져 갔다. 건강도 악화되고 있었지만 그는 그것을 눈치 채지 못했다. 가을이 되었다. 그는 매일 얇은 외투 하나만 걸치고 계속해서 일자리를 찾아다녔다. 어디든 좋으니 자리를 달라고 부탁하고 애걸하면서 비까지 맞으며 분주하게 돌아다녔다. 그러다 그는 끝내 자리에 눕고 말았다. 그리고 다시는 일어나지 못했다……. 10월 말, 가을이 한참 깊어 갈 무렵 그는 죽었다.

나는 그가 앓고 있는 동안 줄곧 그의 방에서 시중을 들며 간호했다. 밤새도록 눈을 붙이지 않은 날도 많았다. 그는 정신이 들 때가 거의 없었다. 자주 혼수 상태에 빠져서 직장과 책, 자기 아버지와 나에 대해 앞뒤가 안 맞는 말을 중얼거리곤 했다……. 이전에는 몰랐던, 아니 전혀 상상도 할 수 없었던 그의 환경에 대해 많이 알게 된 것은 바로 그때였다. 그가 처음 병이 났을 때, 우리 집 사람들은 모두 나를 이상한 눈으로 쳐다보았다. 안나 표도로브나는 고개를 가로젓곤 했다. 하지만 내가 그들의 눈을 똑바로 응시하자 더 이상은 내가 뽀끄로프스끼를 간호하는 것에 대해 왈가왈부하지 않았다.

최소한 우리 어머니는 그랬다.

뽀끄로프스끼는 가끔 나를 알아보았다. 하지만 거의 드문 일이었다. 그는 거의 항상 제정신이 아니었다. 가끔 그는 잘 알아들을 수도 없는 말을 음산하게 웅얼거리며 밤새도록 누군가와 아주 오래, 오래 얘기를 나누곤 했다. 그의 쉰 목소리는 관 속에서 나는 소리처럼 좁은 방에서 공허하게 울렸다. 그럴 때 나는 너무 무서웠다. 특히 마지막 날 밤 그는 거의 미친 사람 같았다. 그는 몹시 고통스러워하고 괴로워했다. 그의 신음소리가 내 가슴을 찢었다. 집 안에 있던 사람들도 모두 놀라며 두려워했다. 안나 표도로브나는 빨리 그를 데려가 달라고 계속 신께 기도했다. 의사를 모셔 왔다. 그는 환자가 새벽녘이면 운명하게 될 것이라고 한마디로 뚝 잘라 말했다.

뽀끄로프스끼 노인은 밤새도록 아들 방문 앞 복도에 있었다. 사람들이 거기에 거적 같은 것을 깔아 주었다. 그는 계속 방 안을 들락거렸다. 그의 모습은 쳐다보기도 두려울 정도였다. 괴로움으로 녹초가 되어 아무 생각도 느낌도 없는 사람 같았다. 머리는 공포로 흔들거렸고 온몸을 덜덜 떨며 줄곧 뭐라고 중얼거렸다. 자신을 질책하기도 했다. 그는 괴로움 때문에 금방이라도 미쳐 버릴 것만 같았다.

정신적인 고통으로 녹초가 된 노인은 동이 터올 무렵 마치 죽은 사람처럼 거적 위에서 잠이 들었다. 일곱 시가 넘어서 그의 아들에게 임종의 순간이 왔다. 나는 그의 아버지를 깨웠다. 뽀끄로프스끼는 정신을 회복했고 우리 모두와 작별 인사를 했다. 기적 같은 일이었다! 나는 차마 울 수 없었지만 마음은 갈기갈기 찢겨 나가는 듯했다.

하지만 무엇보다 괴롭고 힘들었던 것은 마지막 순간들이었다. 굳어 가는 혀로 그는 오랫동안 무엇인가를 해달라고 했는데 나는 그의 말을 하나도 알아들을 수가 없었다. 그것은 가슴이 부서지는 것 같은 고통이었다! 거의 한 시간 내내 그는 애타게 무엇인가를 원했고, 벌써 차가워지고 있는 손으로 있는 힘을 다해서 무슨 표시를 해보이려 애썼다. 그러다가 다시 쉿소리를 내며 애원했다. 하지만 그의 말은 아무런 상관 관계도 없는 소리의 결합에 불과했으며 나는 여전히 아무것도 이해할 수가 없었다. 나는 우리 집 사람들을 모두 불러 하나하나 그에게 데려가 보기도 했고 물도 주어 보았지만 그는 슬픈 얼굴로 고개만 흔들 뿐이었다. 마침내 나는 그가 무엇을 원하는지 알게 되었다. 그는 커튼을 젖히고 창문을 열어 달라고 한 것이었다. 마지막으로 그는 신이 주는 빛, 태양을 보고 싶었던 것이다. 나는 커튼을 젖혔다. 하지만 그때 막 시작하는 하루는 죽어 가는 환자의 가엾은 삶처럼 슬프고 음울했다. 해도 보이지 않았다. 하늘은 구름과 안개 장막으로 갇혀 있었다. 그날은 비가 추적추적 내리고 잔뜩 찌푸린 음산한 날이었다. 가랑비가 창문에 부딪혀서 차갑고 더러운 물줄기가 되어 흘러내렸다. 밖은 흐릿하고 어두웠다. 방 안으로 희미한 빛이 겨우겨우 비집고 들어왔지만, 그것은 성상 앞에 켜놓은 흔들거리는 램프 불빛보다 그리 나을 것이 없었다. 죽어 가는 환자는 나를 슬프디슬픈 눈으로 바라보다가 고개를 끄덕였다. 잠시 후 그는 숨을 거두었다.

장례는 안나 표도로브나가 직접 주도했다. 아주 평범한 관을 하나 샀고 마부 딸린 짐마차도 빌렸다. 경비를 충당하기 위해 안나 표도로브나는 고인의 책과 유물을 모두 가져갔다.

노인은 그녀와 말다툼을 하고 소란을 부리면서 뺏을 수 있는 만큼 책을 빼앗아 옷에 달린 주머니란 주머니에 모두 쑤셔 넣고, 모자 안에도 넣고, 그 밖에 넣을 수 있는 곳에는 다 넣었다. 그리고 사흘 내내 그렇게 가지고 다녔다. 심지어는 교회에 갈 때조차 책을 손에서 놓지 않았다. 그 며칠 동안 그는 제정신이 아닌 사람 같았다. 바보라도 된 것처럼 비정상적인 분주함을 보이며 관 주위를 줄곧 왔다 갔다 했다. 사자(死者) 이마에 붙인 그리스도 그림을 바로 놓는다고 만지작거리는가 하면 촛불도 켰다가 다시 끄곤 했다. 아마 그의 머릿속에서 여러 생각이 갈피를 잡지 못하고 어지럽게 떠다녔던 것 같다. 어머니도 안나 표도로브나도 교회에서 열리는 교회 추모식에는 가지 않았다. 어머니는 몸이 불편했고, 안나 표도로브나는 가려고 옷까지 다 차려입었었지만 뽀끄로프스끼 노인과 싸우는 바람에 집에 남아 버렸다. 나와 노인뿐이었다. 추모식이 열리는 동안 갑자기 내게 공포가 엄습해 왔다. 미래에 일어날 어떤 일에 대한 예견 같은 것이었다. 추모식이 끝날 때까지 나는 간신히 서 있었다. 마침내 관을 덮고 못을 박고 마차에 실었다. 나는 거리가 끝나는 데까지만 그를 전송했다. 마부가 속력을 냈다. 노인이 그 뒤를 쫓아가면서 큰 소리로 울부짖었다. 그의 울음소리는 달리는 속도에 따라서 떨리기도 하고 끊어지기도 했다. 가엾은 노인은 모자를 떨어뜨렸지만 그것을 줍기 위해 멈춰 서지도 않았다. 그의 머리가 비에 젖었다. 바람도 불어왔다. 찬 서리가 그의 얼굴을 때리고 찔렀다. 노인은 궂은 날씨도 느끼지 못하는지 마차 이쪽 저쪽을 번갈아 달리면서 울부짖었다. 그의 낡은 프록코트 자락이 날개처럼 바람에 펄럭였다. 옷에 달린 주머니에서는 온통 책들이 비어져 나왔다. 그가 내내 꼭 쥐고 있던 커다란 책은 여전히 손에 들려 있었다. 길 가던 사람들은 모자를 벗고 성호를 그었다. 어떤 사람들은 가던 길을 멈추고 가여운 노인을 놀란 눈으로 바라보았다. 그의 주머니에선 계속 책들이 빠져나와 진흙탕 속으로 떨어졌다. 사람들이 그를 멈춰 세우고 떨어뜨린 물건을 가리켜 보였다. 그는 그것을 주워 들고 다시 관을 쫓아 달렸다. 길모퉁이에서 거지 노파 하나가 그에게 달라붙어 함께 관을 전송했다. 마차는 길모퉁이에서 천천히 돌더니 마침내 나의 시선을 벗어났다. 나는 집으로 향했다. 무서운 슬픔에 사로잡힌 나는 어머니의 품으로 파고들었다. 내 두 손으로 어머니를 꼭 끌어안고 입을 맞추었다. 겁에 질려 어머니의 품에 파고들며 목 놓아 울었다. 마치 이 세상에 남은 나의 마지막 친구를 그렇게라도 꼭 붙잡아서 죽음에게 내주지 않겠다는 듯이……. 하지만 죽음은 그때 이미 내 가여운 어머니의 머리맡에 와 있었다!

....

6월 11일

마까르 알렉세예비치, 어제 섬으로 소풍을 데려가 주셔서 정말 얼마나 감사한지 모르겠어요! 어쩌면 그렇게 공기도 맑고 좋은지! 신록은 또 어땠고요! 그토록 짙푸른 나무들을 본 게 정말 얼마 만인지 모른답니다. 앓고 있었을 때는 항상 제가 곧 죽을 거라고, 그럴 운명이라고 생각했어요. 하지만 어제 제 느낌이 어땠는지, 어떤 기분이 들었는지 한번 상상해 보세요! 어제 제가 우울해 보였다면서 당신은 골을 내셨지만, 이젠 그러지 마세요. 전 정말 기분이 좋았어요. 몸도 날아갈 것만 같았고요. 하지만 가장 행복한 순간에 저는 왠지 항상 슬퍼지곤 한답니다. 그러니까 제가 울음을 터뜨렸던 것도 사실은 별일 아니에요. 제가 왜 항상 눈물을 달고 사는지 실은 저도 잘 몰라요. 저는 지나치게 감상적이에요. 가끔 어떤 느낌을 받아들일 때 저는 극도로 흥분을 하게 됩니다. 한마디로 제 감성은 병적이죠. 구름 한 점 없이 말간 하늘, 석양으로 지는 태양, 저녁나절의 고요함, 이 모든 것이…… 글쎄요, 저도 잘 모르겠군요. 왠지 어제는 그 모든 감흥을 받아들이기가 버겁고 괴롭기만 하더라고요. 가슴은 터질 것 같고 울고 싶은 심정뿐이었어요. 제가 왜 이런 얘길 당신께 쓸까요? 혼자 삭이기에는 너무 힘들어서일 거예요. 하지만 이렇게 글로 옮기자니 그건 더 힘들군요. 다만 당신은 저를 이해해 주실지도 모른다는 생각이 들어요. 저의 슬픔도 웃음도 모두요! 마까르 알렉세예비치, 당신은 정말 좋은 분이세요! 당신은 어제 제 기분이 어떤가 알아내시려고 자주 제 눈을 깊이 들여다보셨지요. 제가 감탄사를 내뱉을 때마다 당신이 좋아하시던 모습이란! 덤불 속에서도, 오솔길에서도, 졸졸 흐르는 시냇물을 보면서도 당신은 마치 당신의 영지라도 보여 주시는 듯 옷매무새를 가지런히 하고 바로 제 앞에 서서 저의 눈만을 들여다보셨습니다. 마까르 알렉세예비치, 그건 당신이 고운 심성을 갖고 계시다는 증거였어요. 바로 그런 점 때문에 저는 당신을 사랑합니다. 그럼 안녕히 계십시오. 저는 오늘 또 아픕니다. 어제 발이 좀 젖더니 감기가 들고 말았어요. 표도라도 어디가 아프대요. 그래서 지금은 둘 다 환자가 됐어요. 부디 저를 잊지 마시고 자주 찾아와 주세요.

당신의 V. D.

6월 12일

소중한 나의 바르바라 알렉세예브나!

사랑스러운 나의 아가씨, 어제 있었던 일을 한 편의 시로 완성해서 묘사해 주실 거라고 생각했는데 겨우 편지만 한 장 간단하게 쓰셨군요. 사실 이건 당신의 편지가 짧기는 해도 정말 아주 훌륭하고 아름답게 묘사되었기에 그냥 해본 소리였습니다. 자연이나 농촌 풍경, 당신의 감상에 대한 기타 등등 여러 가지……, 한마디로 그 모든 것을 정말 잘 그려 내셨더라고요. 하지만 제게는 그런 재주가 없습니다. 열 장을 끼적거려 본들 나오는 것은 아무것도 없고, 도무지 아무것도 글로 표현할 수가 없어요. 이미 여러 번 시도해 보았었죠. 나의 소중한 사람, 저보고 착하다고, 악의가 없는 사람이라고 쓰셨던가요. 주위에 있는 사람에게 해를 끼치지 않을 사람이라고, 자연 속에 나타나는 신의 은혜를 이해하는 사람이라고 하셨던가요. 그 밖에도 여러 가지 제 칭찬을 쓰셨더군요. 네, 그건 다 사실입니다. 틀림없는 사실이지요. 전 정말 당신 말씀대로 그런 사람입니다. 저도 잘 알고 있는 일이에요. 하지만 당신 편지를 읽으면서 저도 모르게 가슴이 뜨거워지고 여러 가지 괴로운 생각들이 밀려왔습니다. 자, 제 말 좀 들어 보세요, 나의 소중한 사람. 당신께 해드릴 얘기가 있습니다.

제가 근무를 시작한 것은 겨우 열일곱이 되던 해였지만 이제 조금만 있으면 제 근무 경력도 30년이 된다는 얘기부터 우선 해드립니다. 글쎄요, 무슨 말이 더 필요하겠습니까. 저는 일을 하면서 수많은 제복을 닳도록 입었고, 직장에서 어른이 되었고, 삶의 지혜도 터득했고, 많은 사람들도 보아 왔습니다. 오래 산 셈입니다. 이만하면 세상을 겪을 만큼 겪었다고 얘기해도 되겠지요. 십자 훈장을 받을 뻔한 일도 있었습니다. 당신이 믿으실지 모르겠습니다만, 저는 당신께 거짓말 같은 것은 하지 않는다는 것만 알아주십시오. 하지만 이게 어찌 된 일입니까. 주변에 악당 같은 사람들이 나타나고 말았습니다. 내 소중한 사람, 제가 하고 싶은 얘긴 말이죠, 제가 비록 무지몽매하고 어리석기는 하지만 심장만큼은 저도 다른 사람들과 똑같을 거라는 얘깁니다. 바렌카, 그 못된 자들이 제게 무슨 짓을 했는지 아십니까? 말하기도 낯부끄럽습니다. 그렇다면 그자들이 제게 왜 그랬는지 물으시겠죠. 제가 온순해서 그런 겁니다, 제가 조용하고 착한 사람이라서요! 제가 그들의 마음에 들지 않으니까 저를 못살게 구는 겁니다. 처음엔 이렇게 시작합니다. 〈마까르 알렉세예비치, 당신은 좀 이상한 분이시군요.〉 그러다가 차츰 〈마까르 알렉세예비치에게는 물어보지도 마세요〉라는 말까지 들리더라고요. 지금은 아예 어떤 일이 끝나고 나면 〈그러면 그렇지, 마까르 알렉세예비치는 원래 그래〉라는 말로 결론을 내리기에 이르렀습니다. 자, 이제 당신도 어떻게 된 일인지 아시겠지요. 하나같이 마까르 알렉세예비치 핑계만 댄단 말입니다. 저희 관청에서 일하는 사람들이 할 수 있는 일이라곤 모든 속담에 마까르 알렉세예비치를 대입시켜 비웃는 일뿐입니다. 그것도 모자라 저를 빗대어 아예 우스갯소리를 만들어 내기도 하고 심지어는 욕설을 하는 사람도 있어요. 저들은 제 신발이며 제복, 머리카락이나 얼굴 생김새까지도 헐뜯고 있습니다. 모든 게 그들 마음에 안 드니 다 뜯어고쳐야 한다는 거죠! 이런 일은 모두 아주 오랜 옛날 시작되어 매일매일 되풀이되고 있습니다. 저는 아무것에나 곧잘 익숙해지는 사람이라 그런 일에도 익숙해지기는 했습니다만, 그래도 그렇지요. 대체 왜들 그럴까요? 제가 누구한테 나쁜 짓이라도 했습니까? 다른 사람의 지위를 가로채기라도 했습니까? 윗분들 앞에서 누구를 비방하기라도 했습니까? 아니면 상여금을 달라고 조르기라도 했습니까! 이도 저도 아니면 제가 맡은 서류들을 아무렇게나 작성해 올린 적이라도 있던가요? 그런 것은 생각만 해도 이미 커다란 죄악 아닙니까! 대체 제가 왜 그런 일을 벌이겠습니까? 당신도 한번 생각해 보세요, 내 소중한 사람. 제가 간교를 피우거나 야심에 찬 행동을 일삼는 데 소질이 있는 사람입니까? 아, 그런데도 사람들은 왜 제게 그러는 걸까요, 제게 왜 그런 일이 일어나느냐고요? 당신은 제가 인격적인 사람이라고 하시는데 말입니다. 당신이야말로 그들과는 비교도 안 되게 훌륭한 분입니다. 도대체 국민으로서 최고의 선행은 어떤 것일까요? 얼마 전 예프스따피 이바노비치는 사적인 대화에서 국민으로서 가장 중요한 덕목은 돈벌이를 잘하는 것이라고 하더군요. 그분은 그런 농담도 한답니다. (나는 그것이 농담이었다고 생각합니다.) 도덕이란 나 때문에 다른 사람들에게 피해가 가지 않도록 하는 것입니다. 그런데 전 아무에게도 피해를 주지 않는단 말입니다! 제게는 제가 먹을 빵도 있습니다. 사실 평범한 빵 한 조각이지만, 가끔은 말라 비틀어진 빵 한 조각이지만, 제 노동의 대가로 구한 빵입니다. 먹는 데 아무런 법적 하자가 없는 저만의 빵이란 말입니다. 어쩌겠습니까! 서류를 정서하는 일이 그렇게 대단한 일이 아니라는 것은 저 스스로도 잘 알고 있습니다. 하지만 그래도 저는 그 일이 자랑스럽습니다. 그것도 나름대로 노동이고 저도 땀을 흘리고 있단 말입니다. 그런데 제가 정서를 하는 게 대체 뭐가 어떻다고 그런단 말입니까! 정서를 하는 게 무슨 죄라도 된단 말입니까!「쳇, 정서나 하는 주제에!」「저 쥐새끼 같은 친구는 정서나 해먹고 살아!」제가 무슨 부끄러운 짓이라도 하고 있나요? 제 서류는 정확하고 훌륭하고 보기 좋기 때문에 각하께서도 만족해 하십니다. 저는 그분의 제일 중요한 서류를 정서하거든요. 물론, 문장력은 없습니다. 그놈의 저주받은 문장력을 타고나지 못한 것은 저 스스로도 잘 알고 있는 사실이니까요. 바로 그것 때문에 승진도 못 하고 있어요. 심지어는 지금 당신께 쓰는 이 편지도 아무 생각 없이 쓰고 있습니다. 가슴속에 쌓여 있는 생각들을 무미건조하게 별다른 수식어도 없이 털어놓을 뿐이죠……. 저도 알고 있어요. 하지만 말이죠, 세상 사람들 모두가 작문만 한다면 정서는 누가 합니까? 제가 묻고 싶은 것은 바로 이겁니다. 당신도 대답을 좀 해보세요, 나의 소중한 사람. 하지만 저는 이제 제가 필요한 사람이라는 것을, 꼭 필요한 사람이라는 것을 알게 되었습니다. 말도 안 되는 소리로 다른 사람을 못살게 굴면 안 된다는 것도 확실히 인식하게 되었습니다. 그래요, 정말 저한테 생쥐와 닮은 구석이 있다면 뭐, 그렇게 부르라죠! 하지만 이건 필요한 생쥐예요. 쓸모 있는 생쥐라고요. 사람들이 필요해서 놓치지 않으려 하고요. 가끔 상도 받는 생쥐예요! 그렇게 대단한 생쥐예요! 이 얘긴 이쯤에서 된 것 같군요. 제가 하려던 말은 이게 아니었는데 제가 좀 흥분을 했었나 봅니다. 그래도 당분

간은 저 자신을 다른 사람들과 동등하게 생각할 수 있게 되어 기분이 좋습니다. 그럼 내 소중하고 귀여운 사람, 내게 편안함을 주는 착한 사람이여, 안녕히! 당신 집에 가도록 하겠습니다, 꼭 들르겠습니다. 당연히 병문안을 가야죠, 내 귀여운 사람. 그러니 그동안 너무 심심해 하지 마세요. 책도 가져다 드리겠습니다. 그럼 안녕히 계십시오, 바렌까.

진심으로 당신의 행복을 기원하는 마까르 제부쉬낀

6월 20일

존경하는 마까르 알렉세예비치!

기한 내에 마쳐야 하는 일이 있어서 서둘러 당신께 글을 씁니다. 무슨 일이냐면요, 좋은 물건이 나왔으니 사시면 어떻겠냐고요. 표도라가 그러는데 자기 아는 사람이 거의 새것이나 다름없는 제복과 바지, 조끼에 모자까지 팔려고 내놓았대요. 값도 아주 싸고요. 전 당신이 그걸 사셨으면 좋겠어요. 요즘은 그렇게 궁색하지 않으시죠? 돈이 좀 있으시잖아요. 당신 스스로 여유가 있다고 하셨으니까요. 제발 부탁드리는데 돈 아끼지 마시고 필요한 물건은 사도록 하세요. 당신 모습을 좀 보세요. 얼마나 낡은 옷을 입고 다니시는가 말이에요. 부끄럽지도 않으세요! 온통 누더기투성인데……. 새 옷 없으신 거 저 다 알아요. 당신은 새 옷이 있다고 우기시지만 전 다 알고 있어요. 그걸 어디다 파셨는지는 하느님만이 아시겠죠. 그러니 부디 제 얘길 들으시고 이번엔 꼭 장만하세요. 저를 위해서 그렇게 해주세요. 저를 사랑하신다면 꼭 그렇게 하셔야 해요.

제게 내의를 선물로 보내셨더군요. 마까르 알렉세예비치, 제발 제 말 좀 들으세요. 이러다 당신 망하시겠어요. 지금까지 제게 쓰신 돈만 해도 장난이 아닌데, 그 헤픈 씀씀이를 다 어쩐단 말입니까! 아, 당신은 정말 너무 돈을 허투루 쓰세요! 이런 것은 제게 필요 없어요. 이미 있는데 왜 또 사셨어요. 당신이 저를 사랑하신다는 거, 저 잘 알고 있어요. 굳게 믿고 있어요. 그러니 선물로 그것을 상기시키는 일 따위는 정말 불필요한 일입니다. 당신이 선물을 주실 때마다 제가 얼마나 고통스러운지 아세요. 선물을 장만하시느라 당신이 어떤 희생을 치르시는지 잘 알고 있거든요. 이번이 마지막이에요. 이제 됐어요, 알아들으셨죠! 제발 부탁이에요, 이렇게 빕니다. 마까르 알렉세예비치, 당신은 저보고 수기를 끝까지 써서 보내 달라고 하십니다만, 지금까지 쓴 것도 저는 무슨 힘으로 썼는지 모르겠어요! 이젠 제 과거에 대해 얘기할 힘이 하나도 남아 있지 않아요. 생각도 하기 싫어요. 생각만 해도 무서워지는걸요. 불쌍한 자식을 괴물 같은 인간들에게 제물로 남겨 놓고 떠나신 가여운 어머니에 대한 얘기는 생각만으로도 견딜 수 없이 괴롭고 심장의 피가 역류하는 것 같습니다. 아직 기억이 너무 생생해요. 벌써 1년이 넘은 이야기인데도 마음의 안정은커녕 모든 일이 너무 뚜렷하게 떠오릅니다. 당신도 다 아시는 일이잖아요.

최근에 안나 표도로브나가 무슨 생각을 하고 있는지 말씀드린 적이 있었죠. 그녀는 제가 감사할 줄 모르는 사람이라고 험담을 하며, 비꼬프 씨와 합작으로 벌인 일에 대해서는 모든 비난을 부인하고 다닌답니다. 제가 밥도 굶으며 잘못된 길을 가고 있다면서 저보고 다시 자기 집에 오라고까지 한대요. 그렇게만 되면 비꼬프 씨와의 모든 일은 자기가 원만히 해결해 주고 그가 제게 지은 죄과를 시정하도록 만들겠다나요. 그녀가 그러는데 비꼬프 씨가 제게 거액의 위로금도 준다고 했대요. 당치도 않은 얘깁니다! 저는 여기서 당신과 함께 사는 것이 더 좋아요. 제게 지극한 애정을 쏟아 부으며 저로 하여금 돌아가신 우리 유모를 생각나게 하는 표도라와 함께 살고 싶어요. 당신과 제가 촌수가 먼 친척이라고는 하나, 당신은 명예를 걸고 저를 지켜 주시잖아요. 하지만 저들은 이해할 수 없는 사람들이에요. 가능하다면 저들을 빨리 잊고 싶습니다. 도대체 아직도 제게 바라는 게 남았단 말입니까? 표도라가 그러는데 그냥 다 헛소문일 거래요. 결국엔 저를 그냥 내버려 두게 될 거랍니다. 아, 제발 그랬으면!

V. D.

6월 21일

내 사랑!

글은 쓰고 싶은데 어디서부터 시작해야 할지 모르겠습니다. 당신과 제가 지금 이렇게 살고 있는 것이 얼마나 기이한 일인지……. 갑자기 왜 이런 말을 하냐고요? 저는 지금껏 단 한 번도 하루하루를 이런 기쁨과 만족 속에서 보낸 적이 없습니다. 아마도 신께서 저를 한 집의 가장도 되어 보고 가정도 꾸려 보도록 축복해 주셨나 봅니다! 당신은 저의 사랑스런 딸이에요! 그런데 당신은 제가 보내 드린 셔츠 넉 장 가지고 참 말도 많네요. 당신께 필요한 물건이잖습니까. 표도라한테 들었어요. 당신을 만족스럽게 해드리는 것이 제겐 더할 나위 없는 행복입니다. 그게 바로 저의 행복이에요. 그러니 절 내버려 두세요. 제가 하는 일에 자꾸 뭐라 그러지도 마시고 말리지도 마세요. 전에는 저도 이런 적 없었습니다. 하지만 이제는 참세상에서 살게 된 것 같아요. 우선은 당신이 이렇게 가까이에 살면서 제게 위안을 주시니 둘이 같이 사는 것 같아서 좋아요. 그리고 저희 집 하숙생 중에 옆방 사는 라따자예프라는 사람이 오늘 저녁에 차나 같이 하자고 저를 초대해서 또 얼마나 좋은지 모르겠어요. 작가 모임을 연다는 그 관리 말이에요. 오늘 모임이 있대요. 문학 작품을 읽게 된답니다. 나의 소중한 사람, 이제 우린 이렇게 사는 겁니다! 그럼 안녕히 계십시오. 오늘은 별로 뚜렷한 목적도 없이 편지를 쓰고 말았군요. 다만 저의 행운에 대해서 당신께 알려드리고 싶었습니다. 귀여운 내 사랑, 쩨레자에게 자수에 쓸 비단 색실이 필요하다고 전하라고 하셨다죠. 사드리죠. 꼭 사드리겠습니다. 비단 색실이고 뭐고 다 사드리겠습니다. 내일이면 당신을 기쁘게 해드릴 수 있는 행복을 한 가지 더 누리겠군요. 어디서 사야 하는지도 이미 알고 있습니다.

당신의 진실한 친구 마까르 제부쉬낀

6월 22일

친애하는 바르바라 알렉세예브나!

저희 집에 참으로 가혹한 일이 일어났기에 당신께 보고를 드립니다. 정말 너무 가엾어서 어찌할 바를 모르겠습니다. 오늘 새벽 다섯 시도 안 돼서 고르쉬꼬프의 어린 아들이 죽었습니다. 왜 죽었는지는 모르겠습니다. 성홍열이라나 뭐라나, 뭐 그런 거였대요. 신께서나 아시는 일이겠죠! 저는 고르쉬꼬프 집에 조문을 갔습니다. 세상에, 가난하다 가난하다 해도 어쩌면 그렇게도 가난할까요! 집 안은 엉망진창이었습니다! 그건 아무것도 아닙니다. 체면치레를 하려고 여기저기 널빤지로 막아 놓은 방에 온 가족이 살고 있었으니까요. 방 안엔 벌써 관이 들어와 있더군요. 흔한 것이긴 해도 꽤 좋은 거였어요. 이미 만들어진 것을 샀답니다. 아이는 아홉 살이었는데 아주 똘똘해서 부모가 희망을 걸고 있었대요. 바렌까, 그들은 보기도 민망할 정도로 딱했습니다! 어머니는 눈물은 흘리지 않았지만 얼마나 슬퍼 보이고 가엾던지. 어쩌면 입 하나를 덜게 되어 사는 게 조금은 수월해진 것인지도 모르겠습니다. 그들에겐 아이 둘이 더 있어요. 젖먹이하고 여섯 살이 조금 넘은 여자아이예요. 어린아이가, 자기 핏줄을 이어받은 어린아이가 고통받는 것을 보면서도 아무 도움을 줄 수 없다면, 아이의 존재가 어떻게 기쁨이 될 수 있겠습니까! 아이 아버지는 낡아서 기름때가 줄줄 흐르는 옷을 입고 의자에 앉아 있었습니다. 그는 울고 있었습니다. 어쩌면 그것은 슬퍼서 우는 게 아니라 눈이 짓물렀기 때문에 그냥 흘러내린 건지도 모르겠습니다. 그는 참으로 이상한 사람입니다! 누군가 말을 걸면 얼굴이 빨개지고 당황하면서 대답도 잘 못하니 말입니다. 그의 어린 딸아이는 관에 기대어 있었는데 너무 가엾고 우울해 보였습니다. 깊은 생각에 잠겨 있는 것 같았습니다! 바렌까, 저는 어린애가 생각에 잠기는 것이 정말 싫습니다. 기분이 안 좋아져요! 헝겊 조각으로 만든 인형이 아이 옆 마룻바닥에서 뒹굴고 있어도 관심이 없더군요. 손가락을 입에 넣은 채 꼼짝도 않고 그렇게 혼자 서 있었어요. 하숙집 주인 여자가 사탕을 줬는데도 받기만 할 뿐 먹지도 않고 말이에요. 우울합니다, 바렌까, 안 그렇습니까?

마까르 제부쉬낀

6월 25일

친절하신 마까르 알렉세예비치! 당신 책을 되돌려 드립니다. 이건 전혀 쓸모없는 책이에요! 이런 책은 손에 넣어서도 안 되죠. 이렇게 굉장한 보물을 대체 어디서 구하셨어요? 농담이 아니라, 이런 책이 정말 마음에 드십니까, 마까르 알렉세예비치? 며칠 전에 누가 제게 읽을 만한 책을 가져다 준다고 약속했어요. 원하시면 당신께도 빌려 드리겠습니다. 그럼 안녕히. 정말 더는 편지를 쓸 시간이 없어요.

V. D.

6월 26일

사랑하는 바렌까! 전 정말이지 이 책을 읽어 보지 않았어요. 사실은 몇 줄 읽어 보긴 했는데 어처구니없는 우스갯소리가 씌어 있더군요. 사람들을 웃기려고, 그냥 보고 웃어넘기라고 쓴 얘기가 담긴 재미있는 책인가 보다 싶어서, 어쩌면 당신 마음에도 들지 모르겠다고 생각하고 보내 드렸던 거예요.

참, 라따자예프가 제대로 된 문학 작품 중에서 읽을 만한 것을 주겠다고 약속했어요. 당신에게도 곧 괜찮은 책을 드릴 수가 있게 된 거죠. 라따자예프는 사리 분별 정확하고 재능도 갖춘 사람입니다. 직접 글도 쓰죠. 얼마나 잘 쓰는지 몰라요! 글솜씨며 문장력이 정말 훌륭해요. 단어 하나하나, 그러니까, 제가 가끔 팔도니와 쩨레자에게 쓸 수 있는, 별 뜻 없이 아주 평범하고 하찮은 말도 그의 손이 닿으면 훌륭한 표현이 되는 겁니다. 저는 그 사람 집에서 열리는 저녁 모임에 가끔 참가합니다. 우리는 궐련을 피우고 그는 작품을 낭독해요. 다섯 시간씩 읽는 적도 있지만 우린 그것을 끝까지 듣습니다. 그건 문학 작품이라기보다는 보기 드물게 잘 차려진 식탁 같아요. 얼마나 아름다운지 마치 꽃과 같답니다. 그래요, 그건 꽃이에요. 그가 읽어 주는 책 한 페이지, 한 페이지로 꽃다발을 만들어도 될 겁니다! 그는 붙임성도 있고 상냥하고 선량합니다. 그와 비교하면 저는 뭘까요. 뭐긴 뭐예요? 그냥 아무것도 아니죠. 명성을 갖춘 그에 비하면 전 정말이지 보잘것없는 사람입니다. 존재하지 않는 거나 마찬가지예요. 하지만 그는 저 같은 사람에게도 호의를 베푼답니다. 저는 그에게 정서를 해줍니다. 하지만 바렌까, 제가 정서를 해주기 때문에 그가 교활한 계산 속에서 저에게 호의를 베푼다고는 생각하지 말아 주십시오. 소문도 귀담아듣지 마시고. 추잡스러운 소문 같은 것은 믿지 말아요! 사실과 다르니까요. 제 스스로 결정한 일입니다. 제가 원해서, 제가 좋아서 하는 일이에요. 그가 제게 호의를 베푸는 것도 단순히 절 위해 그러는 거죠. 저도 사람의 행동 속에 숨어 있는 속뜻 정도는 이해할 수 있습니다. 그는 착한 사람입니다. 정말 착한 사람이에요. 게다가 뛰어난 작가라고요.

바렌까, 문학이란 정말 좋은 것이더군요. 정말 굉장해요. 저는 그것을 그저께 그들 모임에 참여하면서 깨달았습니다.

문학이란 정말 심오합니다! 사람의 마음을 강하게 만들기도 하고 교훈을 주기도 하고, 그리고 또 저기…… 아무튼 문학 속에는 그런 다양한 이야기가 씌어 있어요. 정말 훌륭합니다! 문학은 그림입니다. 그러니까 어떤 의미에선 그림 같고 또 거울 같기도 합니다. 욕망에 대한 표현, 신랄한 비평, 가르침을 주는 교훈들, 방대한 자료가 그 안에 들어 있어요. 이건 모두 모임에서 주워들은 말입니다. 솔직히 말씀드려서, 그들 사이에 끼여 작품을 듣고 있노라면 말이죠(그들과 마찬가지로 저도 입에 파이프를 뭅니다), 거기 모인 사람들이 어찌나 언성을 높이며 다양한 소재에 대해서 따지고 드는지 저는 저도 모르게 제가 얼마나 못난 사람인지 인정하게 되고 맙니다. 그런 면에서는 당신이나 저나 인정할 것은 깨끗이 인정해야 하겠죠. 저는 꿔다 놓은 보릿자루처럼 바보같이 앉아 있을 뿐입니다. 제가 너무 창피스럽습니다. 공동의 화제에 한마디라도 끼여 보려고 저녁 내내 할 말을 궁리하지만, 말 한마디 찾기가 어쩌면 그렇게도 어려운지요! 바렌카, 그러다 문득 저는 아무짝에도 쓸모없는 제 스스로가 불쌍해집니다. 속담에도 있듯이 몸만 자랐지 지혜는 얻지 못한 거예요. 요즘은 한가한 시간에 제가 뭘 하는지 압니까? 바보 멍청이처럼 잠만 잡니다. 쓸모없는 잠만 자지 말고 다른 유익하고 즐거운 일을 해보면 좋으련만……. 말하자면, 책상에 앉아 글을 써본다든지 하는 거요. 그러면 저도 좋고 다른 사람도 좋은 거 아니겠습니까? 그건 그렇고, 내 소중한 사람, 제 얘기 좀 들어 보세요. 아아, 세상에! 저들이 얼마나 돈을 잘 버는지 아십니까! 라따자예프만 예로 들더라도 얼마나 많이 벌어들인다고요! 종이 한 장 써내는 일이 뭐가 그렇게 힘들겠어요?

어떤 때는 하루에 다섯 장 정도 쓰는데 한 장에 3백 루블이나 받는다는군요. 뭐 좀 재미있는 콩트나 웃기는 이야기를 쓰면 5백 루블도 받고, 달라 놋 순다 아무리 저쪽에서 억지를 써도 이쪽에선 큰소리를 탕탕 친다는 거예요. 그래도 못 주겠다고 하면 〈좋다, 다음 기회에 천 루블씩 받고 넘기지, 뭐!〉 하고 배짱을 퉁긴다더군요. 어때요, 바르바라 알렉세예브나? 굉장하죠! 자작시를 써놓은 공책도 한 권 있는데 시라고 해봤자 다들 짤막짤막하더구만, 그는 노트 한 권에 7천 루블이나 달라고 한다더군요. 자그마치 7천 루블요. 당신도 한번 생각해 보세요. 그만한 돈이면 웬만한 영지나 커다란 집 한 채 값이죠! 누가 5천 루블을 주겠다고 하는데 그는 거절하고 있습니다. 그래서 제가 그에게 이런 말을 해주었죠. 〈그냥 그러자고 하세요. 5천 루블만 받으시고 침을 뱉고 돌아서시면 되잖아요.〉 세상에, 5천 루블이 어디 작은 돈인가요! 하지만 그는 〈아니오, 그 사기꾼 같은 자들, 꼭 7천을 내놓게 될 거요!〉라고 말하더군요. 정말 수단이 좋은 사람이라니까요!

나의 소중한 사람, 기왕 말이 나왔으니 당신께 『이탈리아의 열정』이라는 책에서 한 구절 적어 보냅니다. 이건 라따자예프 작품이에요. 자, 바렌까, 직접 한번 읽어 보시고 스스로 판단해 보세요.

…… 블라지미르는 몸을 부르르 떨었다. 광기 어린 열정이 가슴속에서 솟아오르고 뜨거운 피가 들끓었다…….

「백작 부인,」 그는 부르짖었다. 「백작 부인! 저의 열정이 얼마나 무서운 것인지 아십니까? 끝이 없을 것만 같은 이 격정을 이해하십니까? 제가 그토록 바라던 일들이 결코 저를 실망시키지 않고 현실로 드러났습니다! 당신을 사랑합니다, 열렬하게, 미칠 듯이 사랑하고 있습니다! 당신 남편의 몸속에서 흐르는 피를 전부 쏟아 부어도 제 가슴에서 부글부글 끓어오르는 미칠 것만 같은 이 환희의 불길을 꺼버릴 수는 없을 겁니다! 지칠 대로 지친 제 가슴에 깊은 골을 만들고 금방이라도 터질 것 같은 지옥의 불길을 하찮은 방해물로는 절대 막지 못합니다. 오, 지나이다, 지나이다……!」

「블라지미르……!」 백작 부인은 그의 어깨에 기대어 정신이 혼미해지는 것을 느끼며 속삭였다…….

「지나이다!」 격한 목소리로 스멜스끼가 외쳤다.

그의 가슴속에서 숨이 멎었다. 불길은 사랑의 제단에 선명한 불꽃을 피우며 활활 타올랐고 불행한 자들의 가슴에 깊은 골을 새겼다.

「블라지미르……!」 백작 부인이 환희에 들떠서 속삭였다. 그녀의 가슴은 부풀어오르고 볼은 빨갛게 달아올랐으며 두 눈은 활활 타고 있었다…….

무서운 결합이 새로이 성립된 것이다……!

....

30분 후 노백작이 아내가 있는 내실로 들어왔다.

「여보, 귀한 손님이 오셨는데 주방에 차라도 내오라고 말해주지 않겠소?」 그는 아내의 뺨을 가볍게 두드리며 말했다.

자, 내 소중한 사람, 소감이 어떠신지 묻고 싶군요. 하긴 내용이 지나치게 자유스럽기는 합니다. 그 점에 관해서는 동감이에요. 하지만 잘 쓰지 않았나요? 그냥 잘 쓴 게 아니라 아주 훌륭해요! 그러면 이번에는 『예르막과 쥴레이까』라는 소설에서 한 구절 발췌해 드리도록 하겠습니다.

내 소중한 사람, 한번 상상해 보세요. 까사끄 인 예르막은 시베리아에 사는 야만스럽고 무시무시한 정복자입니다. 그는 포로로 잡혀 온 시베리아 꾸춤 황제의 딸 쥴레이까를 사랑하게 되죠. 아시다시피 이 사건은 이반 황제 시대의 이야기입니다. 자, 이제 예르막과 쥴레이까의 대화입니다.

「쥴레이까, 나를 사랑한다고 했소? 오, 한 번 더 얘기해 주오. 한 번만 더……!」

「사랑해요, 예르막.」 쥴레이까가 속삭였다.

「하늘이여, 땅이여, 나는 그대들에게 감사를 표하노라! 나는 행복하다……! 그대들은 어릴 적부터 나의 피끓는 영혼이 쟁취하고자 했던 모든 것을 다 주었노라. 나를 인도하는 별이여, 네가 나를 인도한 곳이 여기였구나. 바로 이것 때문에 너는 나를 이곳, 까메니 뽀야스로 데려온 것이었구나! 나는 온 세상에 나의 쥴레이까를 보여 주겠노라. 사람이든 미친 괴물이든 감히 나를 탓하지는 못할 것이로다! 아, 그녀의 연약한 영혼이 겪는 비밀스러운 고통을 저들이 이해할 수만 있다면, 나의 쥴레이까의 눈물 한 방울에 담겨진 한 편의 대서사시를 저들이 읽을 수만 있다면! 오, 그 눈물은 내가 입을 맞추어 닦아 주리라. 하늘의 눈물…… 천상의 눈물은 내가 다 마셔 버리겠노라!」

「예르막,」 쥴레이까가 말했다. 「세상은 아주 험하고 사람들은 공정하지 못해요! 나의 사랑 예르막, 그들은 우리를 쫓아와서 죄의 값을 치르게 하고 말 거예요! 내 고향 시베리아의 눈 속, 아버지의 천막에서 자란 가엾은 처녀가 얼음으로 뒤덮여 차갑기만 한 당신의 세상에 가서 비정하고 자존심 강한 사람들 사이에서 무엇을 할 수 있을까요? 한없이 소중한 사랑하는 임이시여, 그들은 저를 이해하지 못할 겁니다!」

「그때는 까자끄의 장검이 그들 머리 위로 높이 날아올라 바람을 가르며 떨어지리로다!」 예르막은 눈을 부릅뜨며 외쳤다.

바렌까, 쥴레이까가 칼에 맞아 살해된 것을 알았을 때 예르막의 기분은 어땠을까요? 눈먼 노인 꾸춤은 예르막이 없는 줄도 모르고 어두운 밤을 틈타 그의 천막으로 잠입해서, 자신의 권좌와 왕관을 빼앗은 예르막에게 죽음의 일격을 가한다는 것이 그만 자신의 딸을 베어 버리게 된 겁니다.

「나는 기꺼이 칼을 갈고 있노라!」 예르막은 주술을 건 돌에 강철검을 갈면서 미친 듯이 격노하며 소리를 질렀다. 「내게 필요한 건 저들의 피다, 저들의 피! 그들을 베리라, 꼭 베어 버리리라, 반드시 베고야 말리라!」

모든 과정이 끝난 뒤 사랑하는 쥴레이까를 다시 살아나게 할 힘이 없는 예르막은 이르띠쉬 강에 몸을 던져 스스로 목숨을 끊었답니다.
자, 이번엔, 그러니까, 말하자면 순전히 웃음을 유발하기 위해서 씌어진 농담 같은 이야기 한 토막입니다.

당신은 이반 쁘로꼬피예비치 젤또뿌즈를 아십니까? 쁘로꼬피 이바노비치의 다리를 물어뜯은 바로 그 사람 말입니다.

이반 쁘로꼬피예비치는 단호한 성격을 가진 사람이지만 덕행은 그다지 쌓지 못했어요. 그와는 반대로 쁘로꼬피 이바노비치는 꿀을 바른 무를 아주 좋아합니다. 그러니까 뻴라게야 안또노브나가 아직 그와 알고 지낼 때의 일입니다만……. 아 참, 당신은 뻴라게야 안또노브나를 아시나요? 치마를 항상 뒤집어 입고 다니는 바로 그 여자 말입니다.

바렌까, 정말 재미있지 않습니까, 정말 웃기죠! 그가 이것을 읽어 주었을 때, 우린 모두 배꼽을 잡고 뒹굴었습니다. 아, 정말 그는 이런 사람입니다! 하지만 나의 소중한 사람, 이 얘기가 재미는 거의 없고 지나치게 익살스럽기는 해도 악의는 없는 얘깁니다. 자유 사상이나 방종한 사고 방식 같은 것은 전혀 들어 있지 않다는 거예요. 한마디 더 해야겠습니다, 나의 소중한 사람. 라따자예프는 행실이 바른 사람이고 게다가 뛰어난 작가입니다. 다른 작가들하고는 달라요.

가끔 제 머릿속에 이런 생각이 떠오릅니다……. 〈내가 글을 쓴다면 어떻게 될까? 그럼 무슨 일이 일어날까?〉 하는 생각 말이에요. 예를 들어 어느 날 갑자기 난데없이 『마까르 제부쉬낀 시집』이라는 표제의 책이 출간되었다고 칩시다! 그러면 당신은 뭐라고 말하겠어요, 나의 천사님? 나의 소중한 사람, 제 생각을 말씀드리자면, 제 책이 세상에 나오는 순간 저는 네프스끼 거리엔 얼씬도 못할 것 같습니다. 길 가는 사람마다 〈저기 문학자이자 시인인 제부쉬낀이 간다〉, 〈저 사람이 바로 그 제부쉬낀이야!〉라고 하면 저는 기분이 어떨까요? 그러면 저는, 예를 들자면, 이 신발을 어쩌지요? 내친김에 드리는 말이지만, 제 신발은 너덜너덜하게 거의 다 해진 데다가 덧대어 꿰맨 밑창은, 사실대로 털어놓으면, 꼴이 아주 흉측합니다. 그러니 사람들이 작가 제부쉬낀의 신발이 너덜너덜하다는 것을 알게 되면 어쩌죠! 무슨 백작 부인이니 공작 부인이니 하는 사람들이 알게 되면 뭐라고 하겠어요! 어쩌면 알아차리지 못할지도 모르겠군요. 제 생각에 백작 부인들은 신발 같은 것엔, 특히 관리의 신발 같은 것 따위에는 신경을 쓰지 않을 것 같네요. (왜냐하면 신발에도 정말 여러 가지가 있으니까요.) 어쩌면 사람들이 그들에게 얘기를 해줄지도 모르겠군요. 귀부인들의 애인들이 나의 단점을 폭로할지도 모른단 말입니다. 라따자예프가 제일 먼저 배신을 할지도 모르겠군요. 그는 V백작 부인 집에 자주 간대요. 본인 입으로도 아주 자주 간다고 하더군요. 별다른 이유도 없이 말입니다. 또 그녀는 꽤나 문학적이고 사랑스러운 여자라고 말했습니다. 라따자예프는 정말 약삭빠른 사람입니다!

자, 어쨌든 이 얘긴 그만 하죠. 나의 천사님, 당신을 위로하려고 그냥 장난 좀 하느라 쓴 얘기들이었답니다. 자, 그럼 안녕히 계십시오! 오늘은 제 기분이 너무 좋은 나머지 정말 많은 얘기를 편지에 썼습니다. 우리 모두 라따자예프 집에서 식사를 했거든요. (얼마나 익살스러운 사람들이던지!) 식사 도중 고급 포도주도 나왔었죠……. 제가 이런 얘길 왜 당신께 쓰죠! 바렌까, 어쨌든 이제 제 걱정은 하지 마세요. 보시다시피 그럭저럭 잘살고 있으니까요. 책은 보내겠습니다. 꼭 보내겠습니다……. 다만 저희 하숙집에 폴 드 콕[18]의 책이 한 권 굴러다니는데, 그것만은 당신께 보내지 않겠습니다…….

---

18 Paul de Kock(1793~1871). 프랑스 작가. 파리를 배경으로 한 그의 성애 소설은 당시 널리 읽혔다.

절대로 안 됩니다! 당신께 폴 드 콕 따위는 필요 없습니다. 나의 소중한 사람, 사람들이 그러는데, 뻬쩨르부르그의 비평가들이 모두 그에게 격노해 있다는군요. 당신께 사탕 1푼뜨를 보내 드립니다. 당신 드리려고 일부러 산 거예요. 맛있게 드시고, 내 귀여운 사람, 한개 한개 먹을 때마다 저를 생각해 주십시오. 다만 한 가지 알사탕은 깨물지 말고 빨아 드십시오, 명심해야 해요. 안 그러면 이가 아플 테니까요. 당신은 설탕에 절인 과일도 좋아하는지 모르겠군요? 말만 해주세요. 그럼, 안녕히 계십시오. 사랑스러운 사람, 주님이 늘 당신과 함께하시기를.

언제나 당신의 진실한 친구가 되고자 하는
마까르 제부쉬낀

6월 27일

존경하는 마까르 알렉세예비치!

표도라가 그러는데, 어떤 사람들이 제 처지를 가엾게 보고 제가 원하기만 하면 어떤 집에 좋은 가정교사 자리를 소개해 준다고 했대요. 나의 친구인 당신은 어떻게 생각하시나요, 갈까요, 말까요? 그렇게만 되면 저는 더 이상 당신께 짐이 되지 않을 것이고, 돈도 꽤 벌 수 있을 것 같은데요. 하지만 다른 한편으로는 생면부지의 사람 집으로 들어간다는 것이 꺼림칙하기도 합니다. 무슨 지주 집안이라나 봐요. 그곳으로 가면 저에 대해 여러 가지를 알아내려고 처음엔 이것저것 묻고 관심을 보이겠죠. 그럼 저는 무슨 말을 해야 합니까? 더군다나 저는 사교성도 없는 촌뜨기잖아요. 사실 전 잘 아는 사

람들 사이에서 오랫동안 한곳에 정착해서 살고 싶어요. 슬픔을 끌어안고 살아도 익숙한 곳에서 사는 게 아무래도 더 낫겠죠. 그럼요, 더 낫고말고요. 더군다나 아주 멀리 교외로 가야 한대요. 또 무슨 일을 시킬지 누가 알겠어요. 어쩌면 그냥 애들이나 보라고 할 수도 있는 거잖아요. 더구나 그 집 사람들도 좀 이상해요. 2년 동안 가정교사를 세 명이나 바꿨다는군요. 마까르 알렉세예비치, 부디 제게 조언을 좀 해주세요. 가야 할까요, 말아야 할까요? 그건 그렇고, 당신은 왜 저희 집에 한번도 들르시지 않는 거죠? 아주 가끔 얼굴만 내비치시는군요. 겨우 일요일에 기도회에서나 잠깐 뵙잖아요. 당신은 정말 사교성이 없는 분이세요! 꼭 저 같다고요! 하지만 저는 당신에게 가족이나 다름없는 사람이잖아요. 마까르 알렉세예비치, 저를 사랑하시는 게 아니었어요? 저는 혼자 있는 게 가끔 아주 슬프답니다. 어떤 때는, 특히 땅거미가 질 무렵에는 혼자서 외로이 앉아 있곤 하죠. 표도라가 어디 외출했을 때 말이에요. 혼자 앉아서 이런 저런 일을 생각해요. 기쁘고 슬펐던 옛날 일들을 회상해 보기도 하고요. 그러면 그게 바로 눈앞에 나타나는 것 같아요. 안개 속을 보는 것처럼 어렴풋이 말이에요. 아는 얼굴들이 나타나죠. (이젠 거의 실제와 다름없이 눈에 보여요.) 가장 자주 나타나는 사람은 어머니예요……. 또 제가 꾸는 꿈은 어떻고요! 제 건강이 나빠진 것을 느껴요. 힘이 너무 없어요. 오늘만 해도 아침에 잠자리에서 일어났을 때 기분이 너무 안 좋았어요. 게다가 기침도 아주 고약하답니다! 제가 곧 죽으리라는 것을 저는 느끼고 있어요, 알고 있다고요. 누군가 저의 장례를 치러 주긴 할까요? 누군가 제 관을 배웅해 주긴 할까요? 누군가 저를 불쌍하게 여기는 사람이 있을까요……? 어쩌면 낯선 곳, 다른 사람의 집, 남의 방구석에서 죽어야 할지도 모르겠군요……! 오, 세상에, 마까르 알렉세예비치, 산다는 것은 너무 슬픈 일이에요! 나의 친구시여, 당신은 왜 제게 항상 사탕을 보내 주는 거죠? 전 정말이지 당신이 그 많은 돈을 다 어디서 나서 쓰고 계신 건지 모르겠어요. 아, 소중한 분, 돈을 아끼셔야 해요. 제발 아끼세요. 표도라가 제가 바느질한 양탄자를 팔면 지폐로 50루블은 생길 거예요. 그만하면 정말 괜찮죠. 저는 그보다 적을 거라고 생각했는데. 그 돈을 받으면 표도라에게 은화로 3루블을 주고, 제 옷도 한 벌 짓겠어요. 수수하지만 따뜻한 것으로요. 당신께는 조끼를 만들어 드릴게요. 좋은 천을 골라서 제가 직접 만들겠어요.

표도라가 저에게 『벨낀 이야기』[19]라는 책을 가져다 주었어요. 여기 당신께 보내 드리니까 원하시면 읽으세요. 부디 더럽히지 마시고 너무 오래 갖고 계시지 마세요. 다른 사람 책이니까요. 이건 뿌쉬낀의 작품이에요. 이 책은 2년 전에 어머니와 함께 읽었었는데 지금 다시 혼자 읽으려니까 무척 우울하군요. 당신께 책이 있다면 보내 주세요. 하지만 라따자예프가 준 책은 보내지 마세요. 그는 아마도 출간된 자기 책을 주려 하겠죠. 마까르 알렉세예비치, 당신은 어떻게 그의 작품을 좋아하실 수가 있죠? 그런 형편없는 것들을 말이에요……. 그럼, 안녕히 계세요! 제가 수다를 많이 떨었네요! 기분이 우울할 때는 아무 얘기든 많이 하는 게 좋죠. 그건 약하고 같으니

19 이 작품은 1846년까지 세 번 — 1831년, 1834년에는 뿌쉬낀의 중편소설집에, 1838년에는 8권으로 출간된 뿌쉬낀의 전집 속에 — 실렸으며 이들 중에서 첫번째 발행된 작품을 바르바라는 제부쉬낀에게 보내 주었다.

까요. 그러고 나면 기분이 좀 나아지거든요. 특히 가슴속에 있는 말을 다 털어 내면 말이에요. 그럼 안녕히 계세요, 나의 소중한 친구여!

당신의 V. D.

6월 28일

소중한 나의 바르바라 알렉세예브나!

제발 그만 좀 하십시오! 정말 부끄럽지도 않아요! 나의 천사여, 부디 진정하세요. 어떻게 그런 생각을 하실 수가 있죠? 당신은 아프지 않아요, 사랑스런 나의 아가씨, 당신은 절대로 아픈 게 아니에요. 당신은 활짝 피어나고 있어요, 정말 그렇다니까요. 낯빛이 좀 창백하긴 하지만 꽃처럼 피어나고 있는걸요. 도대체 무슨 꿈이니 환영이니 그게 다 뭐란 말입니까! 부끄러운 일입니다, 제발 그만두세요. 그런 꿈 따위, 침이나 퉤 뱉어 버리세요. 침이나 뱉어 주라고요. 제가 왜 잠을 잘 자는지 아세요? 왜 제게는 아무 일도 일어나지 않는지 아세요? 나의 소중한 사람, 절 좀 보세요. 나름대로 평범하게 살면서 잠도 잘 자고 건강하고 하니까 보기에도 좋잖아요. 제발 그만 하세요, 그만. 귀여운 나의 아가씨, 정말 부끄러운 줄 아셔야 합니다. 그런 것은 고쳐야 해요. 제가 당신의 사고방식을 알잖습니까. 뭐든 눈에 띄기만 하면 당신은 벌써 공상을 시작하고 그러다가 무엇 때문인가 눈시울을 적시죠. 부디 저를 봐서라도 그만 하세요. 다른 사람들한테 가신다고요? 절대로 안 됩니다! 안 돼요, 안 돼요, 절대로 그럴 수 없습니다! 도대체 왜 그런 생각을 하십니까, 무슨 생각으로 그러세요! 더군다나 멀리 교외로 나가신다고요! 그렇게는 못합니다, 허락할 수 없어요! 가능한 모든 방법을 총동원해서라도 그런 시도는 막아 버리겠습니다. 제 낡은 프록코트를 팔아 버리고 셔츠 한 장만 입고 거리를 활보하는 한이 있어도 당신만은 궁핍하지 않게 할 겁니다. 안 돼요, 바렌카, 절대로 안 돼요. 저는 당신을 잘 알고 있습니다! 그건 당신의 고집이에요, 그냥 고집이라고요! 이 모든 일은 아마 틀림없이 표도라, 그 여자가 잘못해서 일이 이렇게 된 거겠죠. 그녀는 어리석은 여편네입니다. 당신에게 별 쓸데없는 것까지 미주알고주알 다 알려 주고 있어요. 나의 소중한 사람, 그 여자 말은 믿지 말아요. 당신은 아직 모르는 게 많은 것 같군요, 그렇죠, 내 소중한 사람? 그 여자는 어리석은 데다가 아무한테나 트집을 잡는 싸움꾼이에요. 자기 남편마저도 죽음으로 내몬 여자라고요. 혹시 그 여자가 당신을 화나게 하던가요? 안 돼요, 소중한 사람, 절대로 안 됩니다! 당신이 가시면 저는 어떻게 하죠, 혼자 남아서 무엇을 합니까? 안 됩니다, 바렌카. 그런 생각은 머릿속에서 지워 버리십시오! 여기서 사는 데 당신한테 부족한 게 뭐죠? 우리는 당신과 함께 있는 것이 아주 좋은데 말이에요. 당신도 우리를 사랑하잖습니까! 그러니까 여기 얌전히 계세요. 바느질도 하고 책도 읽으면서……. 아니 바느질은 하면 안 되겠군요. 어쨌든 우리하고만 사시는 겁니다. 당신이 그렇게 가버리면 일이 어떻게 될지 당신도 한번 생각해 보십시오……. 이제 곧 당신께 책도 보내겠습니다. 그 다음엔…… 그래요, 어디든 소풍이라도 한 번 더 갑시다. 다만 진정하시고 그런 생각은 하지 마세요. 정신 똑바로 차리고 그런 사소한 일로 고집 부리지 마세요! 될 수 있는 대로 빠른 시일 내에 당신께 들르도록 하죠. 당신은 저의 이 직설적이고 솔직한 충고를 받아들이기만 하면 됩니다. 나빠요, 아가씨, 이번 일은 정말 잘못하셨습니다! 저는 아시다시피 못 배운 사람입니다. 저도 잘 알고 있어요. 정말 배운 게 없습니다. 가난해서 변변한 교육 한번 제대로 못 받았으니까요. 사실 제가 이런 말을 꺼내는 것은 제 얘기를 하려고 그러는 게 아닙니다. 제 문제가 아니라, 당신이 뭐라 하시든 라따자예프를 변호하려는 것입니다. 제 친구이기 때문에 변호하려는 거예요. 그는 글을 잘 씁니다. 다시 한번 말씀드리지만, 그는 정말, 무척, 매우 글을 잘 씁니다. 따라서 저는 당신의 말에 동의하지 않습니다. 절대로 그럴 수 없습니다. 그의 글은 화려하고 억양이 잘 살아 있습니다. 수사를 통한 말의 묘미도 뛰어나고 여러 가지 사상까지도 내포하고 있습니다. 정말 훌륭하죠! 바렌카, 당신은 감정이 메말라 있던 순간에 그의 책을 읽었나 봅니다. 아니면 책을 읽을 때 기분이 별로 좋지 않았거나. 표도라에게 화가 나 있었다든지, 아니면 뭔가 다른 나쁜 일이 있었는지요. 당신의 말은 맞지 않아요. 다시 한번 감정을 가지고 읽어 보세요. 기분이 좋고 즐겁고 마음이 편할 때 읽으면 훨씬 더 나아질 거예요. 예를 들어 입에 사탕을 물고 읽으면 달라질 거예요. 라따자예프보다 더 나은 작가, 아니 아주 훨씬 더 나은 작가들이 있다는 의견에는 토를 달지 않겠습니다. (누가 그 의견에 감히 반대를 하겠습니까?) 하지만 그들도 훌륭하고 라따자예프도 훌륭합니다. 그들도 글을 잘 쓰지만 라따자예프도 글을 잘 씁니다. 그도 나름대로 특별한 사람입니다. 그는 글을 잘 쓰고, 또 그가 글을 쓰는 것은 아주 잘하는 일입니다. 그럼 안녕히 계십시오, 나의 소중한 사람. 서

둘러 해야 할 일이 있어서 더 이상은 편지를 쓸 수가 없군요. 아무리 보아도 싫증나지 않는 귀여운 아가씨, 잘 생각해 보고 부디 진정하세요. 신께서 당신과 함께하고 계십니다.
당신의 진실한 친구 마까르 제부쉬낀

추신 보내 주신 책은 고맙게 받겠습니다. 뿌쉬낀의 작품은 꼭 읽어 보지요. 오늘 저녁때쯤 꼭 당신 집에 들르겠습니다.

7월 1일

소중한 나의 마까르 알렉세예비치!
아니에요, 나의 소중한 친구여! 그렇지 않아요. 저는 당신들과 함께 살아선 안 돼요. 저는 생각을 고쳤습니다. 그렇게 좋은 자리를 마다하는 것이 얼마나 바보 같은 행동인지도 알게 되었어요. 거기 가면 최소한 먹을 것만은 틀림없이 해결되지 않겠어요? 노력하면서 살겠습니다. 그 사람들의 사랑을 받도록 노력하겠어요. 필요하다면 제 성격까지도 바꾸겠습니다. 물론 낯선 사람들 틈에서 동정을 바라며 자신을 숨기고 억누르면서 산다는 것은 마음 아프고 힘든 일이겠지만 신이 도와주실 거예요. 영원히 사교성이 없는 사람으로 남아서는 안 되겠지요. 이전에도 그와 비슷한 일이 있었어요. 제가 아직 어렸을 때, 기숙 학교를 다닐 때의 일입니다. 일요일엔 하루 종일 집 안을 뛰어다니며 장난을 쳤고, 그래서 가끔은 어머니가 혼을 내기도 하셨죠. 하지만 전 괜찮았어요. 마음이 그렇게 좋을 수가 없었죠. 가슴속이 탁 트인 것 같았어요. 그런데 저녁때가 되면 지독한 슬픔이 밀려오는 거예요. 아홉 시가 되면 기숙 학교에 가야 하는데 거긴 모든 것이 낯설고 냉정하고 엄격하고, 게다가 선생님들은 월요일만 되면 항상 잔뜩 화가 나 있었어요. 가슴이 조여서 울고 싶었던 적이 한두 번이 아니었습니다. 그래서 아무 구석에나 혼자 숨어서 외롭게 울곤 했어요. 사람들 앞에선 울지 않았습니다. 게으름뱅이라고 놀릴 테니까요. 저는 결코 공부가 하기 싫어서 우는 게 아니었습니다. 그런데 나중엔 어땠는지 아세요? 저는 그만 그곳 생활에도 익숙해져서 기숙 학교를 그만둘 때는 친구들과 헤어지면서 울음을 터뜨렸어요. 게다가 저는 당신들 두 분에게 커다란 짐이고 그건 분명 잘못된 거예요. 그 생각만 하면 저는 괴롭습니다. 당신과는 속에 있는 말을 솔직하게 털어놓는 것에 익숙해졌기 때문에 이런 얘기도 할 수 있는 겁니다. 표도라가 매일매일 새벽같이 일어나서 빨래를 하고 밤늦게까지 일하는 것을 제가 모르는 줄 아세요? 노인들의 육신은 잘 쉬어 줘야 하는데 말입니다. 당신이 마지막 한 푼까지 저에게 톡톡 털어 쓰시면서 가산을 다 탕진하고 있는 것을 제가 모르는 줄 아세요? 나의 소중한 친구여, 당신은 그럴 여유가 없으시잖아요! 마지막 남은 물건까지 파는 한이 있어도 제가 궁색하게 살도록 내버려 두시지 않겠다고 하셨던가요. 믿습니다, 당신의 착한 마음씨만은 믿습니다. 하지만 지금이니까 그렇게 말씀하시는 거예요. 지금 상여금을 받으셔서 뜻하지 않던 돈이 좀 있으니까 그렇게 말씀하시는 거라고요. 하지만 그 다음은 어쩌죠? 당신도 아시잖아요. 전 항상 몸이 아파요. 저는 당신처럼 일할 수가 없습니다. 일을 할 수만 있다면 얼마나 좋겠습니까만, 일도 항상 있는 건 아니에요. 그때 전 어쩌죠? 마음씨 착한 당신들 두 사람을 바라보며 괴로움에

애가 닳아야 하나요? 어떻게 하면 당신에게 아주 작은 도움이라도 되어 드릴 수 있을까요? 제가 무엇 때문에 그렇게도 당신께 필요하다는 겁니까? 제가 당신에게 뭐 좋은 일을 해 드린 게 있어요! 영혼으로 당신과 하나가 되어 당신을 깊이, 진심으로 사랑하고 있다는 것밖에는 없잖습니까! 하지만 ─ 아, 슬픈 내 운명이여! ─ 제가 할 수 있는 것은 사랑뿐, 다른 좋은 일을 해드릴 수도 없고 당신의 은혜에 보답을 해드릴 수도 없잖아요. 더 이상 저를 붙잡지 마세요. 잘 생각해 보시고 당신 결정을 말씀해 주세요. 기다리겠습니다.

당신을 사모하는 V. D.

7월 1일

고집, 고집, 바렌까, 정말 고집불통이시군요! 스스로를 좀 내버려 두세요, 그 작은 머리를 좀 내버려 두라고요. 자꾸 생각을 고쳐먹고 어쩌고 하지 말아요. 이건 이래서 안 되고 저건 저래서 안 되고! 이제 보니 그건 다 변덕에 지나지 않는 거군요. 우리와 함께 사는 게 뭐가 부족하다는 겁니까! 말 좀 해보세요! 우린 당신을 사랑하고 당신은 우리를 사랑하고, 우리 모두 이렇게 만족스럽고 행복한데……. 더 이상 뭐가 필요합니까? 낯선 사람들 틈에서 무엇을 하겠다는 겁니까? 어쩌면 당신은 낯선 사람들이라는 게 뭔지 아직 모르는가 보군요, 그래요? 그러지 말고 저한테 한번 물어보십시오. 낯선 사람이 뭔지 제가 말씀드리지요. 낯선 사람의 빵을 먹어 본 경험이 있기 때문에 전 그것을 압니다, 아주 잘 알고 있습니다. 바렌까, 낯선 사람은 사악합니다. 흉측하다고요. 너무나 사악해서 당신의 연약한 심장은 배겨 내지도 못할 겁니다. 질책과 비난과 섬뜩한 눈초리로 당신의 가슴을 갈기갈기 찢어 놓고 말 겁니다. 하지만 여기는 마치 안락한 보금자리에 있는 것처럼 따뜻하고 좋아요. 당신이 없으면 우리는 머리가 없는 것과 같아요. 우리가 당신 없이 무슨 일을 할 수가 있겠어요? 저 같은 노인은 어쩌라고요? 당신이 우리에게 필요 없는 사람이라니오? 도와주는 게 없다니오? 어떻게 도와주는 게 없습니까? 그렇지 않아요, 소중한 사람, 당신이 어떻게 우리에게 아무 도움도 안 된다는 것인지, 한 번 더 생각해 보세요. 당신은 저에게 큰 도움을 주고 계십니다, 바렌까. 당신이 얼마나 좋은 영향을 끼치고 계신데요……. 지금 이렇게 당신에 대해 생각만 해도 저는 즐거워지는걸요……. 가끔 당신께 편지를 쓰고 제 모든 감정을 거기에 토로하고 거기에 대한 자세한 답장도 받는걸요. 당신께 드리려고 작은 옷장을 샀습니다. 모자도 장만했어요. 당신께서 가끔 무슨 부탁이든 하시면 저는 그 부탁도 다 들어……. 아니, 아니, 당신이 제게 도움이 안 된다니오? 이 늙은 나이에 저 혼자 무엇을 하겠습니까? 제가 달리 어디에 쓸모가 있겠어요? 바렌까, 그런 생각은 안 하신 모양이죠. 아니오, 당신이 하셔야 할 생각은 바로 그런 거란 말입니다. 그러니까, 〈그래, 내가 없으면 그가 무엇을 하겠어〉 이렇게 말입니다. 저는 당신에게 익숙해졌습니다. 당신이 자꾸 이러시면 무슨 일이 일어날지 아십니까? 저는 네바 강으로 갈 수밖에 없고 일은 거기서 끝나는 겁니다. 정말이에요, 바렌까, 그렇게 될 거예요. 당신이 없는 곳에서 저 혼자 남아 할 일이 뭐가 있겠습니까? 오, 내 사랑, 바렌까! 당신은 짐마차꾼이 나를 볼꼬보 공동 묘지로 싣고 가기를 바라는가 봅니다. 어떤 거지 노파 하나만이 제 관을 배웅하고 제 위에 흙을 덮은 다음 저 혼자만 남겨 두고 다들 떠나 버리기를 바라는 거예요? 그것은 죄악입니다, 나의 사랑스런 아가씨! 정말 죄악입니다, 신께 맹세코 그건 죄악입니다! 바렌까, 당신의 책은 돌려드립니다. 만약 당신이 이 책에 대해 제 의견을 물으신다면, 제 평생 저는 이렇게 훌륭한 책은 읽어 보지 못했다고 말씀드리겠습니다. 저는 자문을 해봅니다. 〈아, 나는 어찌하여 여태껏 바보로 살아왔던가? 무엇을 했던가? 어디 산속에라도 들어갔다 온 걸까?〉 정말 저는 아무것도 아는 게 없어요. 아무것도 모른다고요! 백지 상태입니다! 바렌까, 당신에게 있는 그대로 말씀드리죠. 저는 배우지 못한 사람입니다. 지금까지 읽은 책도 별로 없고, 정말 몇 권 안 읽었습니다. 읽은 게 거의 없죠.『인간의 세계』[20]라고 지혜가 담긴 작품을 읽었고요, 『종으로 여러 가지를 연주하는 소년』[21]과 『이비꼬프의 학』[22]을 읽었어요. 그게 전부예요. 그 외에는 읽은 게 없어요. 이제 당신이 주신 책에서「역참지기」를 더 읽었군요. 제가 하고 싶은 얘기는, 마치 손바닥을 들여다보듯

20 A. I. 갈리취의 심리학적 체계의 저술서로 모든 교육받은 사회 계층을 위한 철학적이고 교육적인 책. 이 책에서 저자는 자신의 독서의 경험을 제시하고 있다. 아마도 도스또예프스끼의 유년 시절에는 아버지에 의해 〈가족들의 독서〉로 읽혀졌을 것이다. 갈리취는 심리학과 철학을 가르치던 뿌쉬낀의 리쩨이 교사이다.
21 프랑스 작가 F. G. 듀크레이 듀메니(1761~1819)의 소설 『작은 종지기』를 말한다. 이 소설에서 작가는 거지 소년의 불행한 운명을 묘사했다. 소설의 주인공 거지 소년은 혈육에게로 돌아가고, 유랑하는 음악가에서 고귀한 신분의 백작으로 바뀌어져 행복한 결말을 맺는다.
22 독일 작가 F. 실러의 발라드로 V. A. 쥬꼬프스끼에 의해 러시아 어로 번역됨.

내 이야기가 자세하게 씌어 있는 책이 바로 옆에 있는데도 살면서 그것을 모르고 지나치는 일이 가끔 있다는 것입니다. 이전에는 전혀 모르고 지나쳤던 일들이 이런 책을 읽으면서 조금씩 생각나게 되고, 기억이 되살아나고, 내막을 알게 되는 겁니다. 그리고 제가 당신의 책을 좋아하게 된 또 다른 이유는 바로 이런 겁니다. 어떤 작품이든 가끔 다른 책들은 아무리 읽어도, 아무리 애를 써도 마치 그 책은 이해하지 못하리라는 것을 염두에 두고 쓴 것처럼 아주 묘한 책들이 있습니다. 저로 말하면, 저는 어리석은 사람입니다. 타고나길 그렇게 타고났어요. 따라서 저는 너무 수준 높은 작품들은 읽을 수가 없습니다. 하지만 당신이 주신 작품은 마치 제가 쓴 것처럼 정말 제 생각을 그대로 옮겨다 놓은 것 같더군요. 제 마음을 있는 그대로 사람들 앞에서 뒤집어 보인 것 같았다니까요! 그 정도로 자세하게 씌어 있었습니다! 정말 그랬어요! 소설 속에서 일어나는 사건도 평범하더군요. 세상에, 어떻게 그런 글을 썼을까요! 정말 저라도 그렇게 썼을 거예요. 안 될 게 뭐예요? 저도 책에 씌어진 것하고 아주 똑같이 느끼고 있는데요. 게다가 저도 가끔은 가엾은 삼손 비린과 비슷한 처지에 처하는걸요. 더군다나 우리 사는 세상에는 삼손 비린들이, 그렇게 불운하고 착한 사람들이 또 얼마나 많습니까! 참으로 빈틈없이 모든 게 잘 묘사된 책입니다! 죄 많은 그가 술을 진탕 마시는 대목이나, 의식도 없는 채 서러워하며 하루 종일 양가죽 털을 뒤집어쓰고 잠을 자는 대목이나, 자신의 타락한 딸 두냐샤를 생각하며 펀치[23]로 고뇌를 잊고 더러운

---

23 과실즙에 설탕, 술 따위를 섞은 음료.

옷자락으로 눈물을 훔치며 서럽게 우는 대목에서는 하마터면 저도 울음을 터뜨릴 뻔했습니다! 이 책은 정말 생생합니다! 당신도 읽어 보세요. 얼마나 현실감 나는지! 살아 있는 것 같아요! 그런 일을 저도 보아 왔으니까요. 제 주위에서 실제 일어나는 일이에요. 쩨레자만 예로 들어도 그래요. 멀리 갈 게 뭐 있습니까! 저희 하숙집의 가난한 관리만 해도 그런 걸요. 그도 어쩌면 삼손 비린 같은 사람일지도 모르겠습니다. 〈고르쉬꼬프〉라고 성만 다를 뿐. 이 소설의 내용은 일반적인 것입니다. 당신에게도 일어날 수 있고, 제게도 일어날 수 있는 일이지요. 네프스끼 거리나 강변에서 산다는 백작도 마찬가지일 겁니다. 나름대로 지금은 고매한 품격이 있어서 좀 다른 사람으로 보인다 뿐이지, 그에게도 어떤 일이든 일어날 수 있는 거고 그러면 그도 마찬가지일 거예요. 바로 그런 겁니다, 나의 소중한 사람. 그런데 당신은 아직도 저희에게서 떠나려고만 하는군요. 그건 죄악입니다, 바렌까. 저를 죽이는 일이에요. 당신도 저도 망하게 할 수 있는 일이라고요. 아아, 사랑스러운 나의 사람이여, 제발 그런 방종한 생각들은 모두 머릿속에서 밀어내요. 쓸데없이 제게 고통을 주지 말아요. 의지가 없는 나의 연약한 새여, 어디로 가려고 합니까, 어떻게 스스로를 먹여 살리고, 파멸로부터 자신을 지키고, 악당들로부터 스스로를 보호하겠다는 것입니까! 그러지 말아요, 바렌까. 생각을 고쳐요. 어리석은 자들의 충고나 중상모략은 귀담아듣지 말고 당신의 책이나 한 번 더 읽어요. 찬찬히 주의해서 읽어 봐요. 당신에게 득이 될 테니까요.

라따자예프에게 「역참지기」에 대해서 얘기했더니, 그건 고전이라면서 지금은 책들이 모두 다양한 묘사로 이루어져 있고 삽화까지 그려져 나온다고 하더군요. 하지만 사실 저는 그가 무슨 말을 한 건지 잘 알아듣지 못했습니다. 그는 뿌쉬낀이 훌륭한 작가이고 성스러운 조국 루시[24]의 명예를 드높였다면서 그에 관해 다른 많은 이야기를 해주더군요. 네, 좋아요, 바렌까, 아주 좋아요. 당신도 이 책을 한 번 더 주의 깊게 읽고, 제 충고 명심하고 부디 제 말을 따르도록 해요. 그래서 이 노인을 행복하게 해줘요. 그러면 신께서 직접 당신에게 상을 내릴 겁니다. 내 소중한 사람, 반드시 그러실 겁니다.

당신의 진실한 친구 마까르 제부쉬낀

7월 6일

존경하는 마까르 알렉세예비치!

표도라가 오늘 제게 은화 15루블을 가져다 주었어요. 가엾은 사람, 제가 은화 3루블을 주었더니 얼마나 기뻐했는지 모릅니다! 당신께 급하게 몇 자 적습니다. 저는 지금 당신께 드릴 조끼를 마름질하고 있어요. 얼마나 천이 고운지 몰라요. 꽃무늬가 있는 노란색 천이에요. 당신께 책을 한 권 더 보내 드립니다. 여기엔 여러 작품이 씌어 있어요. 저도 몇 작품은 읽었죠. 그중에서 「외투」[25]라는 제목의 단편을 읽어 보세요. 저한테 극장에 같이 가자고 하셨죠. 너무 비싸지 않을까요? 어디 그럼 제일 싼 자리로 알아보시겠어요? 극장에 간 지 정

---

24 고대 러시아의 국가명.
25 N. V. 고골(1809~1852)의 단편소설. 1843년 초에 출간된 3권으로 된 고골의 전집에 처음으로 발표되었다. 이 단편소설의 주인공의 이름이 아까끼 아까끼예비치이다.

말 오래됐어요. 사실은 언제 갔었는지도 모르겠네요. 다만 너무 돈이 많이 들지 않을까 걱정되는군요. 표도라도 고개를 가로젓고 있어요. 당신이 지나치게 분수에 맞지 않는 생활을 하신다고요. 저도 역시 그렇게 생각해요. 저 하나 때문에 얼마나 많은 돈을 쓰셨나요! 큰 불행이 닥치지 않도록 항상 조심하세요. 표도라가 제게 밖에서 떠도는 이야기를 전해 주었는데, 당신이 하숙비를 지불하지 않아서 주인 여자와 말다툼을 하신 것 같다고 하더군요. 저는 당신이 걱정돼서 견딜 수가 없답니다. 그럼, 안녕히 계십시오. 별일 아니지만 서둘러야 할 일이 있어서 이만. 모자에 리본을 바꾸어 매려고요.

V. D.

추신 우리가 극장에 가게 되면 저는 새 모자를 쓰겠어요. 어깨에는 검은 망토를 두르고요. 괜찮을까요?

7월 7일

존경하는 바르바라 알렉세예브나!

……어제 하던 얘기를 계속하겠습니다. 그래요, 나의 소중한 사람, 저도 한때는 어리석은 바보 놀음을 했던 적이 있었죠. 어떤 여배우에게 홀딱 반해서 완전히 정신을 빼앗긴 적이 있었어요. 그 정도라면 괜찮죠. 이해할 수 없는 건 사실 전 그녀를 한 번도 본 적이 없다는 거죠. 극장에 간 것도 딱 한 번뿐이고요. 그럼에도 불구하고 그녀에게 홀딱 빠졌었다니까요. 그때 제가 살던 집엔 저와 벽 하나를 사이에 두고 혈기 왕성한 젊은 사람 다섯이 살고 있었습니다. 항상 적당한 선

을 긋고 대하긴 했지만 저는 그들과 어울렸습니다. 어쩔 수 없이 그렇게 된 거죠. 따돌림당하지 않으려고 그들이 하는 일에는 저도 맞장구를 쳤습니다. 저에게 그 여배우 얘기를 해준 것도 그 사람들이었어요! 필요한 곳에 쓸 돈도 없는 사람들이었지만, 매일 저녁 연극이 시작되면 그들은 무리를 지어서 극장의 가장 싼 좌석으로 몰려가곤 했습니다. 박수를 치고 또 치고, 여배우의 이름을 목이 터져라 부르고, 한마디로 발광을 했지요. 밤에는 잠도 못 자게 했습니다. 밤새도록 그녀 얘기만 하고, 모두 그녀를 자신의 글라샤[26]라고 부르며 그녀 한 사람만을 사랑했죠. 모두의 가슴속에서 그녀는 한 마리 카나리아였어요. 그들은 무방비 상태였던 저까지도 자극했어요. 저는 그때 아직 어렸었거든요. 저도 모르겠어요. 어쩌다 정신을 차리고 보니 저도 그들과 함께 극장의 4층 일반석에 와 앉아 있더군요. 제가 본 거라고는 커튼 끝자락뿐이었지만, 들을 것은 다 들었어요. 그 여배우는 정말 목소리가 좋았습니다. 꾀꼬리처럼 청명하고 달콤한 목소리였어요. 저희는 모두 손이 아프도록 박수를 쳐대며 환호성을 질렀죠. 조금만 더 했더라면 저희는 아마 혼쭐이 났을 겁니다. 실제로 한 명은 내쫓기기도 했어요. 그날 저녁은 마치 구름 위를 걷고 있는 것 같았습니다! 주머니에는 단돈 은화 1루블뿐이고 봉급날까지는 아직 열흘이나 남았는데도 말입니다. 그 다음엔 어쨌는 줄 아십니까? 다음날 저는 출근길에 향수를 파는 프랑스 인에게 가서 가지고 있던 돈을 톡톡 털어 향수와 향기 나는 비누를 샀어요. 그때 왜 제가 그것을 샀는지 지금

---

26 제부쉬긴이 한때 반했던 러시아 여배우의 이름.

생각하면 정말 모를 일이에요. 저는 식사하는 것도 잊고 그녀의 집 창문 아래서 배회했어요. 그녀는 네프스끼 거리에 있는 한 건물의 4층에 살고 있었는데, 저는 집으로 돌아와서 한 시간 정도 쉬었다가 오로지 그녀의 창문 근처를 왔다 갔다 할 생각으로 다시 네프스끼 거리로 가곤 했습니다. 한 달 반 동안이나 저는 그녀의 뒤꽁무니를 따라다니며 허비했어요. 고급 삯마차와 마부를 고용해서 그녀의 집 창문 아래서 계속 왔다 갔다 했죠. 그렇게 시간을 허비하고 빚을 잔뜩 진 다음에야 저는 그녀가 싫어지더군요. 싫증이 난 겁니다! 한낱 배우도 고상한 사람을 그런 지경에까지 몰고 갈 수가 있더라고요. 하지만, 그건 어릴 때 얘깁니다. 그땐 제가 아직 어렸어요……!

M. D.

7월 8일

존경하는 나의 바르바라 알렉세예브나!

이달 6일에 당신이 빌려 준 책은 서둘러 돌려드립니다. 아울러 이 참에 당신께 분명히 해둘 게 있어요. 당신 정말 나쁩니다, 저를 이렇게 극단적인 상황으로까지 몰고 가다니 정말 나쁘군요! 이런 말을 해서 어떨지 모르지만 모든 사람의 지위는 각자에게 합당하게 절대자께서 정해 주신 것입니다. 어떤 사람은 장군의 견장을 달도록 정하셨고, 또 어떤 사람은 9등 문관으로 근무하도록 하셨습니다. 이 사람에겐 진두 지휘를 하게 하셨고, 저 사람은 경외심을 가지고 묵묵하게 복종하게끔 만드셨습니다. 그것은 각자의 능력을 고려한 것이죠. 어떤 사람이 이런 능력을 갖고 있으면 다른 사람은 다른 능력을 갖게 마련이에요. 이 능력도 역시 신께서 정해 주신 것입니다. 저는 관청에서 근무한 지 30년이 다 되어 갑니다. 제가 맡은 일만큼은 나무랄 데 없이 수행하고 있고 행동도 착실해서 지적을 받은 일도 없답니다. 솔직히 제게 부족한 점이 있다는 것은 스스로도 인정하지만, 이 나라 국민으로서 갖추어야 할 덕목도 웬만큼은 갖추고 있죠. 윗분들께서도 저를 존중해 주시고 각하께서도 제게 만족하고 계십니다. 물론 아직 제게 각별하게 호의를 표하신 적은 없지만, 제게 만족하고 계시다는 것만큼은 저도 알고 있습니다. 흰머리가 나도록 세상도 살아 봤습니다만 큰 죄는 짓지 않고 살았습니다. 물론, 조그마한 잘못도 없는 사람이야 어디 있겠습니까? 모두들 죄인이죠, 심지어는 당신마저도요, 나의 소중한 사람! 하지만 커다란 실책을 저지르고 뻔뻔스러운 행동을 일삼아서 누구에게 손가락질을 받은 적도 없고, 법규를 어기고 우리 사회의 안녕을 해쳐서 사람들로부터 비난을 받은 일도 없었습니다. 절대로 없었습니다. 저는 십자 훈장까지 받을 뻔했다니까요. 이런 말은 지금 해서 뭐하겠습니까! 이건 당신도 이미 다 아는 일일 테고, 이 소설의 작가도 알고 있는 일일 텐데요. 이렇게 글까지 썼다면, 그도 모든 것을 다 알고 있다는 얘기겠죠. 나의 소중한 사람, 전 정말 당신이 이럴 줄 몰랐습니다. 이러는 거 아닙니다, 바렌까! 정말 당신이 제게 이럴 줄은 꿈에도 생각 못했습니다.

어떻게 이럴 수가 있죠! 이 책을 읽고 나서 생각해 보니 온순하게 살면 안 되는 거군요. 어떤 자리가 됐든 하느님께서 정해 주신 자기 자리에 조용하게 틀어박혀 살면 안 되는 거였군요. 속담대로 〈물을 흐리지 않고〉, 다른 사람을 절대로 건드리지 않으며, 신을 두려워하고 제 주제를 알아 가며 살려고 했는데, 그렇게 살면 안 되는 거였군요. 부디 다른 사람들이 나를 건드리지 않기를 바랐는데, 내 오두막집에 누가 쳐들어오거나 들여다보는 일이 없기를 바라며 살았는데, 그런 바람은 가지면 안 되는 거였군요. 〈당신 집 안에서는 어떻게 생활하지?〉, 〈조끼는 좋은 거 있나?〉, 〈아랫도리에 챙겨 입어야 할 것은 다 챙겨 입었고?〉, 〈구두는 있어? 밑창은 뭘로 댔지?〉, 〈뭘 먹고 살아? 마시는 건 뭐야? 무엇을 정서하는데?〉……. 예를 들어 제가 신발을 아끼느라고 포장 도로에서 발꿈치를 들고 걷는다고 칩시다. 그래, 그게 뭐 어쨌다는 겁니까! 다른 사람의 사생활을 글로 써내는 이유가 뭐냐고요! 누가 궁핍하게 살든 차를 못 마시든 그걸 왜 쓰느냐고요? 모든 사람들이 반드시 다 차를 마셔야 하는 겁니까! 제가 언제 다른 사람들이 무엇을 씹고 있는지 입 속을 들여다본 적이라도 있던가요? 제가 지금까지 다른 사람을 그런 식으로 모욕한 적이라도 있어요? 그런 적 없습니다. 저를 건드리지 않는데 제가 왜 다른 사람에게 모욕을 주겠습니까! 이게 무슨 말인지 예를 들어 말씀드리죠, 바르바라 알렉세예브나. 누군가 아주 열심히 성실하게 근무를 합니다. 윗사람들도 그를 존중하죠. (어쩌고저쩌고 해도 존중을 받고 있는 것은 틀림없습니다.) 그런데 누가 아무 이유도 없이, 정말 하등의 이유도 없이 그 사람 면전에다 대고 욕설을 퍼붓습니다. 누구든 새 물건을 장만하면 좋아하는 거야 당연한 일이죠. 좋아서 잠도 못 이룰 정도가 됩니다. 예를 들어 새 신발을 사면 누구든 좋아라 신고 다니죠. 그건 정말 맞는 얘기예요. 저도 그랬으니까요. 자기 발에 세련되고 멋진 신발이 신겨 있는 것을 보는데 누군들 기분이 좋지 않겠어요. 그런 얘기는 제대로 썼더군요! 하지만 제가 정말 놀라운 것은 표도르 표도로비치가 어떻게 그렇게 간단하게 그런 책을 내도록 했느냐는 것이고, 왜 자신의 입장을 옹호하지 않았느냐는 것입니다. 그래요, 그는 고관이지만 아직 젊고 가끔 사무실에서 고함도 잘 지릅니다. 하지만 고함을 지르지 못할 것은 또 뭡니까? 저희 같은 아랫사람을 비난해야 할 때 비난 못할 이유가 어디 있어요! 또 예를 들어 자신의 지위를 고려해서 아랫사람을 책망하게 됐다고 칩시다. 그도 그럴 수 있는 일 아닌가요. 아랫사람은 가끔 가르칠 필요도 있고 호통을 칠 필요도 있는 것이니까요. 왜냐하면, 바렌까, 이건 우리끼리 얘깁니다만, 저희 같은 사람들은 누가 혼을 내지 않으면 아무 일도 하지 않습니다. 모두들 어느 편이든 가담하려고 기회만 엿보면서 〈저는 저기 다른 일이 있는데요, 어쩌고……〉 하면서 일은 하려 들지 않고 요리조리 피해 다닌다고요. 계급이 여러 가지니까 질책도 각 계급에 따라 각자 걸맞은 게 있어요. 당연히 질타의 방법도 여러 가지죠. 이건 순리입니다! 이런 것을 토대로 세상이 돌아가는 거예요. 우리는 모두 누군가에게 모범을 보이면서, 동시에 다른 누군가에게는 책망을 듣는 것입니다. 만약 서로서로 이렇게 조심을 하지 않으면 세상도 돌아가지 않을 것이고 질서도 없을 겁니다. 표도르 표도로비치가 그런 모욕을 어떻게 그렇게 대수롭지 않게 넘겼는지 정말 놀라울 따름입니다!

도대체 그런 글은 왜 쓴답니까? 그런 게 왜 필요하대요? 이런 책이 나오면 독자 중 누군가가 외투라도 하나 장만해

준답니까? 새 신발이라도 사준대요? 아니오, 바렌까, 다 읽고 나면 다음 이야기나 또 써달라고 할걸요. 사람은 가끔 무엇인가를 감추고 숨길 때가 있어요. 자신이 갖고 있지 않은 그 무엇으로 자신을 감출 때가 있다고요. 가끔은 다른 사람에게 콧등을 보이는 것조차 두려워질 때가 있죠. 사람들이 험담을 할까 봐서요. 사람들은 마음만 먹으면 세상에 있는 아무 이유라도 대서 욕을 만들어 내니까 말이에요. 자, 보세요, 벌써 한 개인의 사회 생활과 가정사가 문학 작품에 실려 인쇄되고, 사람들에게 읽히고, 비웃음을 당하고, 도마 위에 올라가 이리저리 해부되고 있잖아요! 그러니 이젠 한 발짝도 밖으로 나가면 안 되는 거죠! 이 책엔 모든 게 너무 잘 묘사되어 있어서 이젠 저희 같은 사람들은 발걸음만 보아도 다른 사람들이 알아차릴 거예요. 책의 끝부분에서라도 상황이 호전되고 분위기가 좀 누그러졌다면 좋았을 텐데 그러지도 않았어요. 하다못해 그의 머리에 서류를 쏟아 부었다는 얘기 다음에라도 〈그럼에도 불구하고 그는 덕을 갖춘 사람이었다. 훌륭한 시민이었다. 동료들이 그렇게 함부로 대접해도 되는 사람이 아니었다. 윗사람들 말도 잘 들었다(여기서 다른 어떤 예를 들어도 좋겠죠). 다른 사람이 잘못되기를 바라지도 않았다. 그는 하느님을 믿다가 숨을 거두었다(만약 작가가 그의 죽음을 꼭 바란다면 말입니다). 사람들은 그를 애도했다〉라는 말들이 덧붙여졌다면 좋았을 거 아닙니까. 불쌍한 사람이 죽지 않고 살아남도록 끝을 맺었다면 더 좋았겠죠. 또 그가 외투를 도로 찾고, 후에 그의 선행을 자세하게 안 장군이 그를 당신 사무실로 발령 내서 계급도 올려 주고 봉급도 넉넉하게 주었다고 끝맺었으면 훨씬 더 좋았을 거고요.

당신도 한번 생각해 봐요. 그렇게 되었더라면 얼마나 좋았을 지요. 악은 응징되고, 선이 승리하는 거예요. 직장 동료들도 더 이상은 그에게 다른 짓을 못했겠죠. 제가 작가라면 전 아마 그렇게 썼을 거예요. 그런데 이 소설이 대체 뭐가 대단하다는 거죠? 뭐가 잘됐다는 거예요? 매일매일 되풀이되는 생활에서 시시하고 공허한 한 단면만 썼을 뿐이잖아요. 도대체 당신은 어떻게 이런 책을 저에게 보내야겠다고 생각했나요? 바렌까, 이건 몹쓸 책이에요. 진실성이 결여된 책이라고요. 그런 관리는 있을 수 없는 인물입니다. 이런 책은 읽고 나서 반드시 불만을 얘기해야 합니다, 바렌까. 정식으로 항의해야 해요.

당신의 충실한 종 마까르 제부쉬긴

7월 27일

친애하는 마까르 알렉세예비치!

최근 일어난 사건과 당신이 보내신 편지들 때문에 저는 매우 놀라 충격을 받았고 깊은 의혹에 빠져 버렸습니다. 하지만 표도라의 얘기를 듣고 의혹이 풀렸어요. 당신은 도대체 왜 그렇게 깊은 절망과 끝없는 수렁에 빠지신 건가요? 마까르 알렉세예비치, 당신은 지금 어떤 곤란을 당하고 계신 거죠? 당신의 해명만으로는 부족한 점이 많습니다. 이렇게 되면 제가 지난번에 좋은 일자리를 찾아 떠나겠다고 고집을 부렸던 게 옳은 게 되는 거 아니에요? 더구나 최근에 있었던 사건 때문에 정말이지 전 얼마나 놀랐는지 모릅니다. 저를 사랑하시기 때문에 사실을 숨길 수밖에 없었노라 말씀하셨죠.

당신에겐 만일의 경우를 위해 은행에 맡기신 여유 돈이 있고, 제게 쓰시는 돈 역시 그 일부니까 걱정 말라고 장담하셨을 때도 전 당신에게 너무 많은 빚을 지고 있다고 생각했습니다. 하지만 당신에겐 처음부터 여유 돈이라는 것이 있지도 않았고, 우연히 저의 불행한 처지를 아시고 마음이 움직여서 관청에서 가불까지 하셨으며 제가 아팠을 때는 가지고 계신 옷가지마저 내다 파신 것을 알게 된 지금, 모든 것이 밝혀진 지금, 저는 너무나 괴로워서 이걸 다 어떻게 받아들여야 하며 무슨 생각을 해야 하는지 정녕 모르겠습니다. 아아! 마까르 알렉세예비치! 저에 대한 연민과 친척이라는 인연 때문에 처음 제게 베푸셨던 자비, 거기서 당신은 그만두셔야 했습니다. 더 이상은 아무 상관도 없는 일에 쓸데없이 가산을 탕진하지 말았어야 했습니다. 마까르 알렉세예비치, 당신은 우리의 우정을 배신했습니다. 그동안 제게 솔직하지 않으셨으니까요. 당신의 마지막 재산이 제 옷과 사탕과 책을 사는 데 다 들어가고, 소풍과 극장 구경을 하는 데 다 쓰인 것을 알게 된 지금, 저는 그 값을 톡톡히 치르며 통곡하고 있습니다. 절대로 용서받지 못할 저의 경박스러움이 원망스러워 울고 또 웁니다. (당신 걱정은 하지도 않고 주시는 것을 다 받았으니까요.) 당신께서 저를 만족시키기 위해 베푸신 모든 것이 이젠 슬픔으로 변해 버렸고, 제게 돌이킬 수 없는 후회로 남았습니다. 전에도 꼭 무슨 일이 일어날 것 같아서 두렵기는 했지만 당신의 괴로움을 눈치 챈 건 얼마 되지 않습니다. 하지만 지금 일어난 일은 꿈에도 생각해 본 적 없습니다. 어떻게 그럴 수가 있으십니까? 어떻게 그렇게까지 절망하신단 말입니까, 마까르 알렉세예비치? 당신을 아는 사람들이 이제 어떻게 생각하겠습니까? 뭐라고들 하겠습니까? 언제나 착한 심성과 겸손함과 깊은 배려로 저와 많은 사람들의 존경을 받던 당신이, 어느 날 갑자기 전에 안 보이던 단점을 드러내시며 흉한 모습으로 망가지고 마셨습니다. 사람들이 술에 만취한 당신을 길거리에서 발견해 경찰과 함께 집으로 데리고 왔다는 말을 표도라에게 들었을 때 제가 어땠는지 아십니까. 당신이 나흘 동안이나 보이지 않으시기에 무슨 일이 일어났을 거라고 예상은 했지만, 그런 말을 들으니 너무 놀라서 몸이 뻣뻣해지는 것만 같았습니다. 마까르 알렉세예비치, 당신이 결근을 하게 된 진짜 이유를 직장 상사들이 알면 뭐라고 얘기할지 생각해 보셨습니까? 사람들이 당신을 비웃고 있다고 말씀하셨던가요. 이젠 당신과 한집에 사는 사람들이 우리의 관계를 다 알고 저까지도 조롱거리로 삼고 있다고 말씀하셨던가요. 그런 건 신경 쓰지 마시고 제발 정신 좀 차리세요, 마까르 알렉세예비치. 당신과 그 장교들 사이에서 있었던 일을 들었을 때도 저는 적잖이 놀랐습니다. 정말 우울했습니다. 그게 다 무슨 소립니까, 제가 납득할 수 있도록 설명 좀 해주세요. 당신 편지에 그러셨죠. 제게 솔직하게 말씀하시는 게 두려웠다고요, 당신이 다 털어놓으면 우리의 우정을 잃게 될까 봐 두려우셨다고요. 제가 아플 때 어떻게 저를 도와야 할지 몰라 괴로우셨다고요. 제가 강제로 병원에 실려 가는 것을 막고 저를 곁에 붙잡아 두려고 가진 것 모두를 파셨다고요, 남들에게 빚을 질 수 있는 데까지 지고 이제는 매일 집주인하고 낯을 붉히고 계신다고요……. 하지만 저한테 이런 일을 모두 숨기고 이제 당신에게 남은 것은 최악의 상황뿐 아닙니까. 이제 저는 다 압니다. 제 스스로 제가 당신이 처한 불행의 원인이라고 생각하게 될까 봐, 당신은 양심상 차마 제게 아무 말도 못하셨던 거예요. 하지만 그렇게 하심으로써 당신은 지금 제게 두 배나 더 큰 고통을 주고 계십니다. 마까르 알렉세예비치, 이 크나큰 충격에 전 그저 멍할 뿐입니다. 아, 나의 친구시여! 불행은 전염병입니다. 불행하고 가난한 사람들은 서로 전염되지 않도록 멀리 떨어져 있어야 합니다. 당신이 옛날에 검소하고 조용하게 사셨을 때는 겪어 보지도 못했을 불행을 이제 제가 당신께 가져다 드리고 말았군요. 이런 사실들이 저를 괴롭히고 목을 조입니다.

당신에게 무슨 일이 있었는지, 어떻게 그런 행동을 하시게 된 건지, 이젠 편지에 모두 솔직하게 털어놓으세요. 가능하시다면 저를 좀 진정시켜 주세요. 제가 이젠 안정을 좀 찾았노라고 말씀드릴 수 있는 것은 자존심 때문이 아니라, 어떤 불행이 와도 제 가슴속에서 사그라지지 않는 당신을 향한 우정과 사랑 때문입니다. 그럼 안녕히. 당신의 답장을 학수고대하고 있겠습니다. 마까르 알렉세예비치, 당신은 저를 잘못 보셨어요.

　　　　당신을 진심으로 사랑하는 바르바라 도브로셀로바

7월 28일

더없이 소중한 나의 바르바라 알렉세예브나!

그래요, 이젠 다 끝난 일이고, 조금씩 이전 상황으로 돌아가고 있으니 당신께 다 말하겠습니다. 당신은 이제 사람들이 저를 어떻게 생각하게 될지 걱정하셨죠. 그 얘기부터 서둘러 한다면, 바르바라 알렉세예브나, 제게 무엇보다도 소중한 것은 자존심입니다. 당신에게는 저의 불행하고 무질서한 생활에 대해서 이렇게 다 털어놓지만 저희 상관들은 아직 아무것도 모르고 있고 앞으로도 모를 겁니다. 따라서 저를 계속 존중해 주겠죠. 두려운 것은 한 가지 소문뿐입니다. 하숙집에서는 주인 마누라가 고함을 질러 댔지만 당신이 보내 주신 10루블로 빚의 일부를 갚았더니 이젠 구시렁대기만 할 뿐 괜찮아졌습니다. 다른 사람들도 다 괜찮고요. 해명은 이만하면 다 된 것 같고, 나의 소중한 사람, 마지막으로 제가 하고 싶은 얘기는 저를 존중해 주시는 당신의 마음이야말로 이 세상에서 제게 가장 소중하다는 것입니다. 한동안 제가 혼란스럽고 무질서하게 살긴 했습니다만, 그 와중에도 그 사실은 제게 위안을 주더군요. 지금껏 살면서 제게 가장 컸던 충격과 어려운 일들은 이제 다행히 지나갔습니다. 나만의 천사님으로 당신을 사랑하고, 당신과 헤어질 용기가 도저히 나지 않아서 곁에 붙들어 두려고 당신을 속이기까지 했지만, 당신은 저를 신의를 저버린 이기적인 사람으로 생각하지 않으시니 또 얼마나 다행스러운지 모릅니다. 이젠 저도 부지런히 관청일을 보고 있고 맡은 바 업무도 충실히 수행하고 있습니다. 어제 예프스따피 이바노비치 곁을 지날 때 제게 말이라도 한마디 걸어 주었으면 하고 바랐지만, 그러질 않더군요. 그래요, 이젠 하나도 숨기지 않고 다 털어놓겠습니다. 저는 빚 때문에 숨이 막힐 지경이고 옷장을 열어 봐도 입을 옷가지 하나 없습니다. 하지만 다시 한번 말씀드리지만, 그런 건 아무것도 아니에요. 그러니 제발 실망은 하지 말아요, 나의 소중한 사람, 간청합니다. 바렌까, 당신은 제게 은화 50꼬뻬이까를 또 보내 주셨군요. 가슴이 무엇에 찔린 것처럼 아픕니다. 이젠 일이 이렇게 돌아가는군요! 일이 이 지경이 되었어요! 나이만 먹은 바보, 저라는 사람이 천사 같은 당신을 돕는 게 아니라, 불쌍한 고아인 당신이 저를 돕고 있군요! 돈을 구해 오다니 표도라도 참 장해요. 제겐 아직 돈이 생길 것 같은 희망이 전혀 보이지 않고 있습니다. 만약 조금이라도 어떤 희망이 보이면 지체하지 않고 자세하게 편지에 쓰겠습니다. 하지만 제가 무엇보다도 걱정을 하는 것은 소문, 바로 헛소문입니다. 그럼 안녕히, 나의 천사님. 당신 손에 키스를 보내며 부디 건강을 되찾으시길 간곡히 부탁드립니다. 당신께 더 자세한 얘기를 쓰지 못하는 것은 직장에 서둘러 가야 하기 때문입니다. 결근을 했으니까 노력과 근면으로 잘못을 만회해야죠. 모든 사건의 전말과 장교들과 제 사이에서 있었던 불상사에 대한 얘기는 내일로 미루겠습니다.

당신을 존경하고 가슴 깊이 사랑하는 마까르 제부쉬낀

7월 28일

오! 바렌까, 바렌까! 이제 보니 잘못은 바로 당신에게 있었습니다. 당신의 양심이 잘못된 거라고요. 당신이 보낸 편지로 인해 저는 극도의 혼란 속에 빠져 버렸고 어떻게 해야 할지 모르겠습니다. 이제 마음의 평정을 되찾고 곰곰이 제 마음을 되짚어 보니 제가 옳았다는 것을, 분명히 옳다는 것을 깨닫게 되었습니다. 제가 부린 추태가 옳았다는 게 아니에요. (그것은 생각하기도 싫습니다, 아휴!) 저는 당신을 사랑하고 있고, 그 사랑은 결코 무분별하지 않았다는 점을 말하고 있는 겁니다. 무턱대고 좋아라 한 그런 몰상식한 사랑이 아니었다고요. 나의 소중한 사람, 당신은 아무것도 모릅니다. 그런 일이 왜 일어났는지 안다면, 제가 왜 당신을 사랑할 수밖에 없는지 안다면, 당신은 아마 그렇게까지는 말하지 않았을 겁니다. 당신의 얘기가 조리 있고 이치에 닿기는 하지만, 마음속으로는 다른 생각을 품고 있다는 거, 저 잘 압니다.

내 소중한 사람, 저도 저하고 장교들 사이에 무슨 일이 있었는지 모르겠습니다. 기억이 잘 나지 않아요. 나의 천사님, 그보다 먼저 제가 그동안 얼마나 곤혹스럽게 살았는지, 그것부터 말해야겠군요. 한 달 내내 그야말로 저는 얇은 실오라기 같은 거 하나만 걸치고 견뎠습니다. 상상이 됩니까? 알거지 신세였죠. 당신에게만은 숨겼습니다, 하숙집에서도 숨겼고요. 하지만 주인집 여자는 소리를 지르고 난리 법석을 떨더군요. 사실 그건 문제도 아니지만요. 못된 할망구쯤이야 얼마든지 떠들라고 하지요. 다만 문제가 되는 것은 우선 수치심이었고, 두 번째는 그 여자가 어디서 주워들었는지 우리 관계를 알고는 온 집 안에 대고 고래고래 다 떠들어 댔다는 것입니다. 저야 기가 막혀서 귀를 틀어막았습니다만, 다른 사람들은 귀를 막지 않았다는 것이 문제였죠. 아니, 오히려 그 반대로 귀를 더 쫑긋 세우고 들었던 것이 문제였습니다. 나의 소중한 당신, 이제 저는 어디로 숨어야죠, 저도 잘 모르겠습니다…….

바로 그런 모든 일이, 제게 닥친 온갖 불행이 저의 숨통을 누르고 있던 때에, 저는 표도라에게서 난데없이 괴상한 얘기까지 듣게 된 겁니다. 어떤 몹쓸 인간이 당신 집에 찾아와 당신에게 치욕스런 제안을 했다더군요. 저는 당신이 모욕을, 그것도 아주 심한 모욕을 받았다고 판단했습니다. 그리고 마치 제가 모욕을 받은 것처럼 순간 저는 머리가 휙 도는 것을 느꼈습니다. 이성을 잃고 완전히 제정신이 아니었어요. 나의 소중한 친구, 바렌까, 생전 처음 그런 무서운 광기를 느끼며 저는 집 밖으로 뛰쳐나갔습니다. 방탕한 인간에게 달려가려고요. 나의 천사인 당신에게 사람들이 모욕을 준다고 생각하니 치가 떨려서, 아무 생각도 없이 무작정 뛰쳐나간 겁니다! 참담했습니다! 게다가 비가 내려 날씨는 구질구질하고 무서운 슬픔이 저를 엄습했습니다……! 그래서 집에 돌아가려고 했죠. 저의 타락은 그 순간에 시작된 겁니다. 우연히 예멜랴를 만났습니다. 예멜리얀 일리치라고 그 사람도 관리죠, 아니 관리였습니다. 지금은 아니죠. 저희 관청에서 쫓겨난 사람이에요. 지금 어디서 무엇을 하는지는 저도 잘 모릅니다. 어디선가 바쁘고 힘들게 살고 있겠죠. 저는 그와 동행했습니다. 자, 어때요, 바렌까. 친구의 불행과 가난과 또 유혹당한 얘기를 읽으니 즐거우십니까? 사흘째 되던 날 저녁때 예멜랴의 격려에 힘을 입은 저는 그 장교 집으로 찾아갔습니다. 주소야 저희 하숙집 문지기에게서 알아냈죠. 기왕 말이 나왔으니 말이지만, 저는 아주 오래전부터 그 애송이의 행동이 비위에 거슬렸습니다. 그래서 그자가 저희 하숙집에 세 들어 살 때부터 유심히 지켜보았죠. 하지만 지금 생각해 보니, 그 사람 집에서 하인이 제가 왔다고 주인에게 전했을 때 제가 했던 행동은 저답지 않은 점잖지 못한 행동이었습니다. 바렌까, 저는 정말이지 아무 기억도 나지 않는군요. 그의 방에 꽤 많은 장교들이 있었다는 것만 생각날 뿐입니다. 아니면 술이 취해서 제 눈에 이중으로 보인 건지도 모르겠어요. 하느님만 아시는 일이겠죠. 제가 무슨 말을 했는지도 기억이 안 납니다. 생각나는 것이라고는, 제가 점잖게 화를 내면서 무척 말을 많이 했다는 것뿐이에요. 그런데 사람들이 저를 내쫓고 계단 밑으로 내던졌습니다. 완전히 던져 버렸다는 게 아니라 밀어냈습니다. 제가 어떤 꼴로 집에 실려 왔는지는 당신이 아는 대로예요. 이게 답니다. 물론 저는 스스로 제 명예를 실추시켰고 자존심에도 상처를 입혔습니다. 하지만 이 일은 아무도 모릅니다. 당신 말고는 그 누구도 모르는 일이죠. 그러니까 아무 일 없었던 거예요. 가능한 얘기 아닌가요, 바렌까? 어떻게 생각하죠? 제가 잘 알고 있는 일을 하나 말씀드릴까요? 작년에 저희 관청의 악센찌 오시뽀비치가 바로 그런 식으로 감히 뾰뜨르 뾰뜨로비치의 인격에 도전을 했었습니다. 그는 아무도 몰래, 정말 아무도 몰래 그 일을 해치웠지요. 그는 상대방을 수위실로 끌고 가서, (저는 문틈으로 죄다 엿보았습니다) 시시비비를 가리고 끝까지 일을 처리하더군요. 하지만 그것은 점잖은 방법이었습니다. 저만 빼고는 아무도 보는 사람이 없었으니까요. 저야 괜찮죠. 무슨 뜻이냐 하면, 저는 아무에게도 그 얘길 하지 않았다는 말을 하고 싶은 겁니다. 그 후 뾰뜨르 뾰뜨로비치와 악센찌 오시뽀비치 사이에도 별다른 일은 일어나지 않았습니다. 뾰뜨르 뾰뜨로비치는 자존심이 강한 사람이기 때문에 아무에게도 그 이야기를 하지 않았고, 지금은 두 사람이 서로 목례도 하고 악수도 합니다. 바렌까, 당신과 언쟁을 할 생각은 없습니다. 감히 어떻게 당신의 말에 토를 달겠습니까. 이번에 저는 저의 신용을 아주 떨어뜨렸고, 스스로 왕창 체면을 깎아 내리고 말았어요. 하지만 모든 일은 제가 태어날 때부터 정해진 것이었는지도 모르겠습니다. 아마 그럴 운명이었나 보죠. 운명은 아무도 비켜 갈 수 없는 거 아닙니까. 당신도 잘 아시죠. 바렌까, 제게 일어났던 불행과 가난에 대해서 저는 이렇게 자세하게 설명해 드렸습니다. 그러나 이 모든 것을 당신이 차라리 읽지 않았으면 좋을 텐데. 그런데 저는 요즘 몸이 좋지 않습니다. 장난기도 사라지고 없어요. 이만 줄입니다. 당신을 향한 저의 깊은 마음, 사랑, 존경을 맹세하면서.

존경하는 바르바라 알렉세예브나, 당신의 충실한 충복
마까르 제부쉬낀

7월 29일

존경하는 마까르 알렉세예비치!

당신의 편지 두 통을 차례로 읽고 저는 한숨을 내쉬었습니다! 제 말 잘 들으세요. 당신은 아직도 제게 뭔가를 숨기고 계시거나, 아니면 당신께 일어났던 좋지 않은 일들 중에서 일부분만 쓰셨습니다. 아니면……. 마까르 알렉세예비치, 당신의 편지는 정말이지 뭔가 석연치 않은 느낌을 주는군요……. 저희 집에 들러 주세요. 제발 오늘 중으로 저희 집에 들러 주세요. 제 말 좀 들으세요. 저희 집에 그냥 아무렇지도 않게 오셔서 식사하고 가세요. 당신이 어떻게 지내시는지 주인집 여자와는 어떻게 해결을 보셨는지는 알려 주시지 않았잖아요. 마치 일부러 입을 다물고 있는 것처럼 그런 얘긴 편지에 하나도 안 쓰셨잖아요. 그러면 안녕히, 나의 친구여. 오늘 꼭 저희 집에 오세요. 항상 저희 집에 식사하러 오시면 더 좋겠고요. 표도라 음식 솜씨가 정말 좋거든요. 그럼 안녕히 계세요.

당신의 바르바라 도브로셀로바

8월 1일

친애하는 바르바라 알렉세예브나!

그동안 제게 진 마음의 빚을 갚고 마음껏 감사를 표할 수 있게 되어서 당신은 요즘 기분이 좋은가 봅니다. 바렌까, 저는 믿어요. 당신의 천사같이 착한 마음씨를 믿습니다. 당신을 원망하는 것은 아닙니다만, 부디 제가 이 나이에 가산을 다 탕진했다고 너무 나무라지는 말아 주십시오. 엎질러진 물인 것을 이제 와서 어쩌겠습니까! 그래도 당신이 굳이 책망을 하겠다면 어쩌겠습니까, 제가 잘못한 건 사실이니까요. 하지만 나의 소중한 친구여, 당신에게서 그런 말을 듣는 게 너무 괴롭습니다! 이런 소릴 한다고 화를 내지는 말아요. 제 가슴속은 번민으로 가득 차 있습니다. 가난한 사람들은 까다로운 법이죠. 선천적으로 그래요. 이미 옛날부터 느끼고 있던 일입니다. 가난한 사람은 까다로워요. 가난한 사람은 보통 사람과 다른 눈으로 세상을 쳐다보고 길거리를 지나는 사람들을 곁눈질로 쳐다봅니다. 주변을 항상 잔뜩 주눅이 든 눈으로 살피면서 주위 사람들의 한 마디 한 마디에 신경을 씁니다. 누가 자기에 대해서 뭐라고 하는 것은 아닐까, 혹은 다른 사람들이 〈뭐 저렇게 꼴사나운 놈이 다 있어!〉, 〈대체 저렇게 가난한 사람은 무슨 느낌을 갖고 살까?〉, 아니면 〈이쪽에서 보면 어떤 꼴을 하고 있고 저쪽에서 보면 또 어떤 꼴일까?〉 등등의 말들을 할까 봐 남의 말에 일일이 신경을 씁니다. 바렌까, 모두 알고 있듯이 가난한 사람들은 발닦개만도 못한 인생이고 아무도 그들을 존중해 주지 않습니다. 누가 책에 뭐라고 쓰든 엉터리 3류 작가 족속들이 뭐라고 끼적이든 가난한 사람의 인생은 이전과 조금도 달라지는 것이 없습니다. 왜 이전하고 같을 수밖에 없느냐고요? 3류 작가들의 말대로라면, 가난한 사람이 가진 것은 모두 옷을 뒤집어 보이듯 세상에 드러나야 하기 때문이죠. 그들 말대로라면 가난한 사람에게는 성스러운 것도 있어서는 안 되고 자존심이니 뭐니 하는 것도 절대로, 절대로 있어서는 안 된다는 겁니다! 얼마 전 예멜랴가 그러더군요. 사람들이 그를 무슨 자선 단체엔가 등록시켰는데 거기서 나오는 돈 한 푼 한 푼에 대해서 예멜랴가 어떻게 쓰는지 공식적인 검열 같은 것을 하더래요. 그들은 자기가 돈을 거저 주고 있다고 생각하겠지만, 천만의 말씀입니다. 그들은 가난한 사람을 구경한 대가를 치른 것뿐이에요. 요즘은 선행이라는 것도 이상한 방식으로 행해지고 있더군요……. 어쩌면 항상 그래 왔던 건지도 모르고, 그걸 누가 알겠습니까? 그들은 아예 선행을 할 줄 모르는 사람들이든지, 아니면 굉장한 전문가들이겠죠. 둘 중의 하나 아니겠어요. 당신은 아마 이런 것까지는 몰랐을 거예요. 이제 아셨죠, 세상은 그런 겁니다! 저희 가난한 사람들은 다른 일은 몰라도 이런 일이라면 훤하죠! 가난한 사람들은 왜 이런 것을 다 알고 항상 이런 생각만 하고 있냐고요? 왜냐하면 가난한 사람은 다른 사람들이 자신을 어떻게 생각하는지 잘 알고 있기 때문이에요. 예를 들어, 레스토랑을 향하던 신사가 가난한 사람의 옆을 스쳐 가면서 속으로 하는 말을 가난한 사람은 다 듣는 거예요. 신사는 이런 생각을 합니다. 〈이 거지 놈이 오늘은 무엇을 먹으려나? 나는 소떼 빠뻴요뜨[27]를 먹을 거지만 이자는 기름기 하나 없는 죽이나 들이키겠지?〉

27 소스를 친 생선, 고기 볶음 요리.

그가 기름기 하나 없는 죽을 들이키든 말든 대체 자기하고 무슨 상관이랍니까? 하지만 이런 자들이 정말 있어요, 바렌까, 이런 것만 생각하는 자들이 정말 있다고요. 천박스럽기 짝이 없는 풍자 작가들은 여기저기 살피고 다니면서 이런 말도 합니다. 〈가난한 사람들은 길을 걸을 때 발바닥을 전부 땅에 대고 걷나, 아니면 까치걸음을 하나?〉 혹은 〈어떤 관청에 다니는 9등 문관 아무개 관리는 신발 밖으로 맨 발가락이 비어져 나왔네. 팔꿈치도 다 해져서 구멍이 났잖아〉. 그들은 자기 글에 이런 것을 묘사해 넣고 쓰레기만도 못한 것을 책이랍시고 찍어 낸단 말입니다……. 내 팔꿈치에 구멍이 나서 찢어진 게 자기하고 무슨 상관이라고요! 바렌까, 당신이 제 무례한 언사를 용서하신다는 조건하에 드리는 말씀입니다만, 가난한 사람에게 비어져 나온 발가락과 다 해진 팔꿈치는, 예를 들자면 당신에게 처녀성과 마찬가지입니다. 가장 커다란 부끄러움이란 말이죠. 여러 사람들 앞에서 당신이 — 제 무례한 표현을 용서하십시오 — 옷을 벗으려 들지는 않을 것 아닙니까! 마찬가지로 가난한 사람은 누가 자기의 누추한 집을 들여다보거나 가족 관계가 밝혀지는 것을 좋아하지 않는단 말입니다. 그런 거라고요. 그런데, 바렌까, 당신마저도 정직한 사람의 명예와 자존심을 짓밟으려는 제 원수들과 한패가 되어 제게 모욕을 주려 하십니까!

오늘 관청에서 저는 겁먹은 곰 새끼처럼, 털이 다 뽑힌 참새처럼 앉아 있었습니다. 수치심으로 하마터면 타버릴 것만 같은 심정이었습니다. 전 정말이지 너무 부끄러웠습니다, 바렌까! 옷 사이로 맨 팔뚝이 보인다든지 단추가 실에 대롱대롱 매달려 흔들리는 것은 정말 무서우리만큼 부끄러운 일입니다. 오늘 바로 제 모습이 그렇게 엉망이었단 얘깁니다! 당연히 의기소침해질 수밖에요. 오, 세상에……! 스쩨빤 까를로비치가 일 때문에 저하고 할 얘기가 있었는데, 한참 얘기를 하다가 무심코 이런 말을 툭 내뱉더군요. 「에이그, 마까르 알렉세예비치. 대체 어쩌다가……!」 말을 끝까지 하지도 않았는데 저는 숨겨진 말을 짐작해 버렸고, 얼굴이 그만 빨개지고 말았어요. 대머리까지 빨갛게 달아올랐다고요. 사실 뭐 그리 대수로운 일은 아니었지만, 기분이 영 개운치 않고 참기 힘든 상념들이 꼬리에 꼬리를 물고 계속되더라고요. 〈혹시 소문을 들어서 다 알고 있는 것은 아닐까? 오, 신이여, 굽어살피소서! 그런데 소문은 어떻게 나게 된 거지?〉 짚이는 사람이 하나 있습니다. 확실하게 의심 가는 자가 하나 있어요. 그런 악당 같은 자들에게는 소문내는 것쯤이야 누워서 떡 먹기겠죠! 떠벌리고도 남을 자들입니다! 남의 사생활을 푼돈 몇 푼에 폭로하고도 남을 위인들이라고요! 그런 자들에겐 신성함이란 찾아볼 수도 없죠.

누가 소문을 낸 건지 전 압니다. 라따자예프의 짓이에요. 그는 저희 관청에 아는 사람이 있는데, 우연히 얘기를 나누다가 없는 말까지 만들어 내며 제 얘기를 고해 바친 게 틀림없어요. 그게 아니라면 자기 관청에서 소문을 낸 게 우리 관청까지 흘러 들어온 거겠죠. 저희 하숙집 사람들은 제 사생활에 대해서 얼마나 자세한 것까지 알고 있는지 모릅니다. 당신 집 창문 쪽에 대고 손가락질을 하는 자들도 있어요. 저는 다 알고 있다고요. 어제 저녁에 당신 집에 식사하러 갈 때는 모두들 창문 밖으로 목을 길게 늘여 빼고 구경까지 하더군요. 저희 하숙집 여편네는 〈저런 몹쓸 놈이 어린애하고 붙어먹었군〉이라고 말하며 당신에게 욕설까지 했습니다. 하지만 라따자예프가 저와 당신을 작품의 소재로 이용해서 웃음거리로 만들려는 계획에 비하면 그런 것은 아무것도 아닙니다. 우리 하숙집에 사는 착한 사람들이 그자가 그렇게 말했다면서 제게 전해 주더군요. 저는 지금 아무 생각도 할 수가 없습니다. 앞으로 무엇을 어떻게 해야 하는지도 모르겠습니다. 잘못은 숨길 수 없나 봅니다. 우리는 하느님의 노여움을 산 거예요. 나의 천사님! 책을 한 권 보내 줄 테니 심심할 때 읽으라고 하셨나요? 그놈의 책, 책, 책! 도대체 책이 뭡니까? 책은 밑도 끝도 없는 헛소리를 늘어놓은 것에 불과합니다! 소설도 다 엉터리예요. 헛소리나 지껄이려고 쓴 거죠. 하릴없는 사람들이나 읽으라고 쓴 거라고요. 나의 소중한 사람, 제 말을 믿어요. 조금이라도 세상을 더 산 사람의 경험을 믿으라고요. 사람들이 〈문학이라면 셰익스피어가 있지, 그런 대가도 무시할 테야!〉라고 윽박지르며 셰익스피어의 작품 따위로 당신의 말문을 막으려 들어도 절대로 넘어가지 말아요. 셰익스피어도 다 엉터리예요. 말짱 헛거라고요. 추잡스런 얘기나 늘어놓으려고 쓴 것들뿐이라고요!

당신의 마까르 제부쉬킨

8월 2일

친애하는 마까르 알렉세예비치!

아무 걱정도 하지 마세요. 하느님께서 다 해결해 주실 거예요. 표도라가 일감을 아주 많이 얻어 와서 정말 기쁜 마음으로 일을 시작했습니다. 정말 다 잘될 거예요. 그녀는 최근 제게 일어나고 있는 불쾌한 일들이 모두 안나 표도로브나와 관계가 있을 거라고 의심하고 있지만, 저는 이제 아무래도 상관없어요. 저는 오늘 평소와 달리 얼마나 기분이 좋은지 모르겠어요. 돈을 꾸겠다고 하셨죠. 신께서 당신을 보살펴 주셔야 하는데! 나중에 돈을 갚아야 할 때가 오면 그 많은 괴로움을 다 어떻게 감당하려고 그러세요? 저희와 가까이 지내시면서 저희 집에도 자주 오시고 하숙집 주인 여자에게는 신경도 쓰지 마세요. 당신은 적이니, 당신에게 해를 끼치는 사람들이니 말씀하셨지만 저는 당신이 공연히 그들을 의심하며 괴로워하고 있는 것 같아요, 마까르 알렉세예비치! 지난번에도 말씀드렸지만 당신의 글이 많이 거칠어졌어요. 잘 생각해 보세요. 그럼 안녕히 계십시오. 당신이 꼭 저희 집에 오시리라고 믿고 기다리겠습니다.

당신의 V. D.

8월 3일

나의 천사, 바르바라 알렉세예브나!

나의 생명이신 당신, 제게도 약간의 희망이 생겼기에 서둘러 당신께 알려 드리는 바입니다. 소중한 사람, 당신은 저보고 돈을 꾸지 말라고 하셨죠? 하지만, 내 귀여운 사람, 돈을 꾸지 않고는 아무 일도 할 수가 없습니다. 제 사정이 너무 안 좋아요. 당신에게도 갑자기 뭔가 안 좋은 일이 생길지도 모르는 일이고요! 당신은 너무 몸이 약해요. 그래서 하는 말인데, 돈은 꼭 꿔야 합니다. 자, 그럼 무슨 희망이 생겼다는 건지 말씀드리죠.

바르바라 알렉세예브나, 저희 관청 바로 제 옆 자리에 예멜리얀 이바노비치라는 관리가 있습니다. 당신이 알고 있는 그 예멜랴말고 다른 예멜랴예요. 그 사람도 저와 마찬가지로 9등 문관인데, 그와 저는 저희 관청에서 거의 최고참이라고 할 수 있죠. 그는 착하고 청렴결백하고 말도 없는 사람입니다. 곰처럼 항상 눈만 끔뻑끔뻑하죠. 하지만 일도 잘하고 글씨는 깨끗한 영국식 필체로 씁니다. 솔직히 털어놓고 얘기하자면 정서 실력도 저보다 못하지 않아요. 괜찮은 사람이에요! 저는 그와 아주 친하다고는 할 수 없지만 보통〈안녕하세요?〉,〈안녕히 가세요〉정도의 인사는 하고 지냅니다. 한번은 제가 칼이 필요해서〈저, 예멜리얀 이바노비치, 칼 좀 빌려 주시겠어요?〉라고 부탁한 적도 있었죠. 한마디로 공동체 생활을 하면서 가끔 필요한 사물 정도나 빌리고 빌려 주는 사이였습니다. 그런데 그가 오늘 저한테 그러는 거예요.「마까르 알렉세예비치, 대체 무슨 생각을 그렇게 하세요?」언뜻 보니 좋은 의도로 묻는 것 같아 솔직히 털어놓았습니다.「예, 예멜리얀 이바노비치, 이러저러해서……」물론 모든 얘길 다 털어놓은 것은 아닙니다. 다 얘기해 버리다니 그건 말도 안 되는 소리죠. 절대로 그러지 않았어요. 말할 기분도 아니었고요. 좀 쪼들리고 있다는 얘기 정도만 했죠. 그랬더니 예멜리얀 이바노비치가 그러는 거예요.「그러면 돈을 좀 꾸어 보시지 그래요. 뾰뜨르 뾰뜨로비치한테 좀 빌려 봐요. 그는 이자 놀이를 하고 있는데 저도 빌린 적이 있어요. 이자도 적당해요. 무리한 요구는 안 하더군요.」바렌까, 그 순간 제 가슴이 얼마나 세게 뛰었는지 아십니까. 혼자서 여러 가지 생각을 해보았습니다.〈신께서 뾰뜨르 뾰뜨로비치라는 은인의 마음을 움직여 돈을 꿀 수 있게 될지도 몰라!〉 혼자서 계산까지도 다 했습니다. 우선 집주인에게 밀린 방세를 내고, 당신도 도와드리고, 내 모양새도 좀 갖추고....... 사실 지금은 완전히 거지꼴 아닙니까. 사무실에 앉아 있기도 두려울 정도예요. 나쁜 사람들은 또 얼마나 절 비웃는지. 하지만 그건 아무것도 아닙니다. 가끔 각하께서 저희 책상 옆을 지나시는 일이 있는데, 오, 신이여, 만일 우연히 저를 보시고 이렇게 꼴이 형편없는 것을 아시는 날엔! 각하께선 항상 청결과 정돈을 강조하시는데······. 어쩌면 각하께서는 아무 말씀을 안 하실지도 모르지만, 저는 아마 부끄러워서 죽고 싶은 심정일 겁니다. 정말 그런 일이 벌어질지도 몰라요. 그래서 저는 마음을 굳게 먹고, 수치심 따위는 구멍난 옷 주머니에 넣어 버린 다음, 뾰뜨르 뾰뜨로비치에게 다가갔습니다. 희망을 가득 품긴 했습니다만, 일이 잘못될지도 모른다는 불안감 때문에 저는 산 건지 죽은 건지 숨도 제대로 쉴 수가 없었습니다. 바렌까, 하지만 모든 일은 다 수포로 돌아갔습니다! 그는 무슨 일인가 분주했고 표도세이 이바노비치와 얘기를 하고 있었어요. 저는 옆에서 그의 소매를 잡아당기면서 〈뾰뜨르 뾰뜨로비치〉하고 불렀습니다. 뾰뜨르 뾰뜨로비치가 돌아보았을 때 저는 〈사정이 이러저러하니 30루블만 빌려 주세요〉라고 말했습니다. 처음엔 제 말을 알아듣지 못하더군요. 알아듣기 쉽게 다시 설명을 했죠. 그랬더니 큰 소리로 웃어 젖히고는 아무 말 없이 그냥 입을 다물지 않겠습니까. 그래 다시 한번 똑같은 부탁을 했지요. 마침내 입을 연 그는 〈담보는 있어요?〉라고 묻더군요. 자기 앞에 놓인 서류를 뚫어져라 쳐다보며 뭔가를 적으면서 말이에요. 저는 쳐다보지도 않더군요.

전 순간 멍해졌습니다. 제가 입을 열었습니다. 「없습니다, 뾰뜨르 뾰뜨로비치. 담보 같은 것은 없습니다. 하지만 봉급이 있잖습니까, 갚겠습니다. 꼭 갚겠습니다. 제일 먼저 당신의 돈부터 갚겠습니다.」 전 간청했습니다. 누군가 그를 불렀고 저는 거기 서서 그를 기다렸습니다. 제자리로 돌아온 그는 깃털 펜을 손질하면서 저를 못 본 척하더군요. 저는 다시 한번 사정했습니다. 「뾰뜨르 뾰뜨로비치, 어떻게 안 되겠습니까?」 그는 입을 꽉 다물고 못 들은 척했어요. 저는 계속 거기서 있었습니다. 그러다가 마지막으로 한번만 더 시도해 보리라 마음을 먹고 그의 소매를 잡아당겼습니다. 아무 말이라도 해줄 일이지, 그는 깃털 펜 손질이 끝나자 바로 서류를 작성했습니다. 저는 그냥 물러났습니다. 보셨죠, 그런 사람들은 인격을 갖추었는지는 모르겠지만 너무 도도합니다. 지나치게 고매하신 몸이지요. 저 같은 사람은 아무것도 아니에요! 바렌까, 우리네 같은 사람들이 어찌 그들을 따라가겠습니까! 제가 하고 싶었던 얘기가 바로 이겁니다. 그래서 오늘 있었던 얘기도 길게 늘어놓았던 거고요. 예멜리얀 이바노비치도 한참을 웃더니 고개를 흔들더군요. 하지만 그는 심성이 악하지 못한 사람이라 끝까지 제게 희망을 주었답니다. 예멜리얀 이바노비치야말로 인격자예요. 그는 저를 누구에게 소개해 주겠다고 했어요. 바렌까, 상대는 비보르그스까야 거리에 사는 14급 관리[28]인데 역시 이자 놀이를 한대요. 예멜리얀 이바노비치 말이 그는 꼭 빌려 줄 거랍니다. 그래서 내일 찾아가기로 했답니다. 나의 천사님. 당신은 어떻게 생각해요? 못

---

28 뾰뜨르 대제가 제정한 계급 중의 하위 계급.

꾸면 정말 큰일이에요! 하숙집 주인은 저를 쫓아 내려 안달이고 이젠 식사도 주지 않습니다. 제 신발은 차마 눈뜨고 볼 수 없는 지경이고, 옷의 단추도 다 떨어졌어요……. 하긴 제게 남은 것 중에 성한 게 뭐 있겠습니까! 만약 상관들 중 누구라도 저의 흉한 모습을 보시게 되는 날엔 어떻게 하죠? 끔찍합니다, 바렌까. 정말 생각만 해도 끔찍, 끔찍합니다!

마까르 제부쉬낀

8월 4일

친절하신 마까르 알렉세예비치!

마까르 알렉세예비치, 가능한 한 빨리 얼마라도 좋으니 돈을 좀 융통해 보세요. 지금 당신의 처지를 뻔히 알고 있는 저로서는 무슨 일이 있어도 당신께 도움은 청하지 않으려 했지만, 제가 지금 어떤 상황에 처해 있는지 아시면 당신도 이해하실 겁니다. 저희는 더 이상 이 집에서 살 수가 없게 됐어요. 제게 정말 너무도 끔찍한 일이 벌어졌습니다. 제가 지금 얼마나 상심해 있고 흥분되어 있는지 당신은 짐작이나 하실까요! 들어 보세요, 저의 소중한 친구여. 오늘 아침에 노인이라고 해도 될 정도로 나이가 꽤 들어 보이는 낯선 사람이 가슴에 훈장을 주렁주렁 달고 저희 집에 들어왔습니다. 처음엔 무슨 볼일로 저를 찾아온 건지 짐작도 할 수 없었기 때문에 저는 적잖이 당황했죠. 표도라는 가게에 가고 없었어요. 그는 제게 이것저것 따져 물었습니다. 제가 어떻게 사는지 어떤 일을 하고 있는지 묻더니 제 대답은 듣지도 않고, 자기는 그 장교의 숙부 되는 사람이라고 소개하더군요. 그는 조카가 제게 무례한 행동을 하고, 하숙집에 당신과 저에 대해 괴이한 소문을 퍼뜨려 명예를 실추시킨 것을 알고 있다며, 그것 때문에 조카에게 몹시 화가 나 있노라고 하더군요. 또 조카가 아직 어려서 철없는 행동을 할지도 모르니까 자기가 저를 보호해 주겠다고 했어요. 젊은 사람들이 하는 말은 귀담아듣지 말라며, 아버지 같은 마음으로 저의 처지를 이해한다는 둥, 제게 부성애를 느낀다는 둥, 무슨 일이든 도와주고 싶다는 둥, 사족을 붙이더군요. 저는 얼굴이 빨개져서 그 말을 어떻게 받아들여야 할지 몰랐지만, 경망스럽게 감사하다는 말 같은 것은 하지 않았습니다. 그는 강제로 제 손을 잡더니 볼을 두드리며 제가 너무 예쁘다고, 양 볼에 보조개가 정말 마음에 든다고 말했습니다. (그가 또 무슨 말을 지껄였는지는 하느님만이 아실 겁니다!) 그는 자기는 이제 노인이라 괜찮다며 제게 키스를 하려고 덤볐습니다. (뻔뻔스러운 인간 같으니!) 그때 표도라가 들어왔어요. 그자가 당황스러워하더군요. 그리곤 저의 겸손함과 방정한 품행에 경의를 표한다며 자기를 낯선 사람으로 취급하지 않았으면 좋겠다고 했습니다. 그는 표도라를 한쪽으로 불러 세워서 이상한 구실까지 붙여 가며 돈을 주려 했지만, 표도라는 물론 거절했죠. 마침내 그는 이제 그만 가보겠다며 자리에서 일어났고, 아까 한 말을 되풀이했습니다. 나중에 또 오겠다며 제게 귀고리도 가져다 주겠다고 하더군요. (그는 무척 허둥댔던 것 같습니다.) 제게 이사를 하면 어떻겠느냐며 자기가 눈여겨봐 둔 멋있는 집이 하나 있는데 돈은 한 푼도 받지 않을 테니 제게 거기 가서 살면 어떻겠느냐고 하더군요. 제가 정직하고 사려 깊은 아가씨인 것 같아서 좋아졌다며, 타락한 젊은이들을 조심하라고 충고도 했습니다. 마침내 그는 자기가 안나 표도로브나를 잘 알고 있다며 곧 저를 찾아올 거라는 그녀의 말을 전하기도 했습니다. 그제야 저는 모든 것을 이해할 수 있었습니다. 순간 저는 제정신이 아니었습니다. 난생 처음 그런 일을 당했으니까요. 저는 완전히 이성을 잃고 그자에게 톡톡히 망신을 주었습니다. 표도라가 저를 도왔고 우리는 그를 거의 내쫓다시피 했습니다. 저희는 이게 다 안나 표도로브나가 꾸민 일이라고 결론내렸습니다. 그렇지 않고서야 그런 자가 어떻게 당신과 저에 대한 얘기를 알았겠습니까?

마까르 알렉세예비치, 간곡히 부탁드립니다. 제발 절 좀 도와주세요. 저를 이런 상태로 그냥 내버려 두지 마세요! 돈을 좀 빌려 보세요. 얼마라도 좋으니 좀 구해 보세요. 저희는 도저히 이사를 할 수 있는 형편이 못 되는데, 더 이상은 여기서 살 수가 없습니다. 표도라도 저와 같은 생각이에요. 최소한 25루블은 있어야겠습니다. 나중에 꼭 갚아 드릴게요. 제가 벌어서 갚겠습니다. 가까운 시일 내에 표도라가 일감을 또 가져온다니까 그쪽에서 많은 이자를 요구하더라도 주저하지 마시고 그러겠다고 하세요. 제가 다 갚아 드릴게요. 부디 저의 부탁을 저버리지 말아 주세요. 지금 당신이 처한 상황도 말이 아닌데 이렇게 폐만 끼치게 되니 정말 마음이 괴롭습니다. 하지만 제게 희망은 당신뿐입니다! 그럼 안녕히 계십시오, 마까르 알렉세예비치. 제 부탁 잊지 마세요. 하느님께 당신의 성공을 빕니다!

V. D.

8월 4일

사랑하는 나의 바르바라 알렉세예브나!

당신이 당한 그 갑작스럽고 충격적인 일 때문에 저는 지금 송두리째 뒤흔들리고 있습니다! 그런 무시무시한 봉변 때문에 저의 영혼은 죽어 가고 있습니다! 게다가 당신에게 추근대는 어중이떠중이들과 추악한 영감들이 나의 천사, 당신을 자꾸 병상으로 내몰고 있군요. 또한 당신의 추종자인지 뭔지 하는 인간들은 저까지도 인내의 한계 밖으로 내몰고 있습니다. 가만 두지 않겠습니다, 맹세코! 어디 해보라죠! 지금 저는 당신을 도울 수 없다면 죽을 각오라도 되어 있습니다! 바렌까, 당신을 돕지 못하면 그것은 곧 저의 죽음입니다. 깨끗이 죽음을 택하겠습니다! 하지만 만약 제가 당신을 돕게 되면 당신은 어린 새가 둥지를 떠나듯 제 곁을 떠나시겠군요. 몹쓸 부엉이와 맹금들이 쪼아 죽이려고 했던 어린 새처럼 말입니다. 제가 괴로운 것은 바로 이것 때문입니다. 바렌까, 당신은 제게 너무 잔인하군요! 어떻게 그럴 수가 있습니까! 어린 새 같은 당신은 파렴치한들에게서 괴롭힘과 모욕을 당하면서, 제가 걱정할까 봐 그게 괴롭고 슬프다고요? 게다가 돈을 벌어 제게 빚을 갚겠다고 했습니까? 달리 말하면, 기한 내에 제가 돈을 갚을 수 있도록 당신의 연약한 몸도 돌보지 않겠다는 뜻이군요. 바렌까, 한번 생각해 봐요. 당신이 무슨 말을 하고 있는 것인지 알고나 있는 겁니까! 대체 당신이 삯바느질을 왜 합니까? 일은 왜 한다는 거예요? 그 가여운 머리를 왜 온갖 걱정거리로 괴롭힙니까! 대체 왜 당신의 그 아름다운 눈을 상하게 하고 건강을 해치겠다는 거냐고요! 아, 바렌까, 바렌까, 내 소중한 사람, 보다시피 저는 아무짝에도 쓸모없는 사람입니다. 저는 제가 아무 쓸모가 없는 사람이라는 것을 잘 알고 있어요. 하지만 이번에는 쓸모있는 사람이 되도록 하겠습니다! 할 수 있는 모든 일은 다 하겠습니다. 다른 부수적인 일거리도 찾겠습니다. 문학 작가들의 원고도 뭐든 정서하겠어요. 그들을 찾아가서, 직접 찾아가서 꼭 일을 받아 오겠습니다. 그들은 항상 글씨 잘 쓰는 사람을 찾고 있죠. 저는 그것을 잘 알고 있습니다. 당신이 스스로를 못살게 굴도록 내버려 두지 않겠어요. 스스로를 망치려는 당신의 계획은 실행에 옮기지도 못하게 만들겠습니다. 나의 천사님, 돈은 반드시 빌려 옵니다. 돈을 꾸지 못하면 그 자리에서 죽어 버리고 말겠습니다. 귀여운 나의 아가씨, 저보고 이자를 많이 요구해도 놀라지 말라고 편지에 쓰셨지요. 놀라지 않아요, 절대로 놀라지 않을게요. 지금은 어떤 일이 일어나도 놀라지 않습니다. 저는 지폐로 40루블을 빌릴 겁니다. 그만하면 많지 않죠, 바렌까. 당신은 어떻게 생각하시나요? 그런데 처음 본 사람한테 제 말만 듣고 40루블을 빌려 줄까요? 제가 묻고 싶은 건, 당신이 보기에 제가 첫 만남에서 상대방에게 믿음과 신뢰를 줄 수 있는 사람 같아요? 제 생김새나 첫인상으로 봐서 저를 호의적으로 평가해 줄 것 같습니까? 나의 천사님, 제가 다른 사람에게 좋은 첫인상을 줄 수 있을지 어떨지 당신도 한번 생각해 보세요. 당신 생각은 어때요? 당신은 제가 지금 얼마나 두려워하고 있는지 알고 있어요? 이 두려움은 거의 병적입니다. 사실대로 얘기하자면 무서워서 발작이라도 일으킬 것 같습니다! 바렌까, 40루블을 빌리면 25루블은 당신께 드리고 은화 2루블은 하숙집 여주인에게 주고 나머지는 제가 개인적으로 쓰겠습니다. 아시다시피 하숙집

주인에게는 더 주어야겠지만, 반드시 그래야 하지만, 당신도 제 사정 좀 헤아려 주세요. 제게 얼마나 필요한 게 많은지 한번 세어 보라고요. 그러니 하숙집 주인에게는 더 줄래야 줄 수도 없죠. 따라서 이 일은 누구에게 얘기를 해서도 안 되고 입도 뻥끗하지 말아야 해요. 은화 1루블로는 신발을 사겠습니다. 내일 저의 낡은 신발을 신고 제대로 출근이나 할 수 있을는지 모르겠습니다. 넥타이도 반드시 사야 할 물건이에요. 낡은 넥타이를 매고 다닌 지 1년이 다 되어 가니까요. 하지만 당신이 낡은 앞치마로 넥타이뿐 아니라 가슴에 대는 와이셔츠도 만들어 주신다고 했으니까, 넥타이에 대해서는 더 이상 생각하지 않겠습니다. 자, 이제 신발하고 넥타이는 됐고요, 그럼 단추만 남았군요! 내 귀여운 사람, 당신도 말했듯이 제겐 반드시 단추가 필요합니다. 제 옷의 앞섶에는 단추가 거의 반이나 떨어져 나갔으니까요! 각하께서 만약 저의 이런 점잖지 못한 몰골을 보면 무슨 말을 할까라는 생각만 하면 저는 불안하기 짝이 없습니다. 말은 무슨 말을 하겠습니까? 설사 무슨 말을 한다고 해도 저는 듣지 못할 겁니다. 그 자리에서 죽어 버릴 테니까요. 바로 그 자리에서 숨이 끊어지고 말 테니까요. 부끄럽다는 생각 하나만으로도 저는 그 자리에서 죽어 버리고 말 거예요! 아, 소중한 사람! 필요한 것을 다 사고 나면 3루블이 남겠군요. 그것으로는 담배 반 푼뜨를 사고 나머지는 용돈으로 쓰겠습니다. 나의 천사님, 저는 담배 없이는 살 수가 없습니다. 하지만 벌써 아흐레째 전 담배를 입에 갖다 대보지도 못했어요. 당신에게 아무 말 않고 담배를 살 수도 있습니다만, 양심상 그럴 수는 없어요. 당신은 마지막 한 푼까지 긁어 쓰며 어려움을 겪고 있는데 저는 제 욕심만 채우려 하지 않습니까. 바로 그런 이유로 양심의 가책이라도 좀 덜 받으려고 당신께 담배 얘기까지 다 털어놓는 것입니다. 바렌까, 솔직히 말해서 저는 지금 더 이상 가난할래야 가난할 수도 없을 만큼 가난합니다. 이전엔 단 한 번도 이 정도로까지 상황이 악화된 적은 없었습니다. 집주인 여자는 저를 업신여기고 이젠 아무도 저를 존중해 주지 않습니다. 가진 것이 없다는 것은 정말 무서운 거예요. 빚도 그렇죠. 관청에서는 말입니다, 사실 뭐 이전에도 동료 관리들이 제게 편안한 직장 생활을 보장해 주지는 않았지만, 지금은 아예 말할 것도 없습니다. 그래서 저는 숨기고 있습니다. 모든 사람들에게 철저하게 모든 것을 숨기고 있습니다. 뿐만 아니라 가능하면 저 자신도 숨어 지냅니다. 출근을 하면 옆으로 살금살금 다니면서 사람들에게서 될 수 있는 대로 멀리 떨어져 있어요. 제가 이런 얘기를 털어놓을 만큼 마음에 용기를 얻을 수 있는 사람은 오직 당신 한 사람뿐입니다…… 만약 돈을 빌려 주지 않으면 어쩌죠? 아니에요, 바렌까, 이런 생각은 하지 않는 게 좋겠군요. 이런 생각으로 벌써부터 스스로를 괴롭히는 것은 좋은 일이 아니에요. 제가 이런 얘기를 꺼낸 것은, 당신도 이런 생각은 하지 말라는 말을 하기 위해서입니다. 나쁜 생각들로 스스로를 괴롭히지 않도록 미리 주의를 주기 위해 한 말이었습니다. 아, 하느님, 하지만 정말 돈을 구하지 못하면 당신은 어떻게 되는 겁니까! 당신은 이사도 못 하고 지금 사는 집에 남을 테고, 저는 당신과 함께 있을 수 있겠지요 — 아니, 아니, 저, 그게 아니라 돈을 구하지 못하면 저는 돌아오지 않겠습니다. 어디로든 사라지겠습니다. 사라져 버리겠어요. 자, 이제 당신께 할 말은 다 했으니 이젠 면도를 좀 해야겠군요. 훨씬 더 단정해 보일 테고, 단정함은 언제나 무엇인가 찾을 수 있게 하죠. 신이여, 보살피소서! 그럼 이제 기도를 올리고 나가 보겠습니다!

M. 제부쉬긴

8월 5일

친절하신 마까르 알렉세예비치!

당신만이라도 절망하지 않을 수 있다면 좋겠습니다! 그렇지 않아도 슬퍼해야 할 일이 너무 많으니까요. 당신에게 은화 30꼬뻬이까를 보내 드립니다. 더 이상은 드릴 수도 없습니다. 내일까지라도 어떻게 생활하실 수 있도록 가장 필요한 것을 사도록 하세요. 저희에겐 이제 남은 게 거의 없습니다. 내일은 어떻게 될지 모르겠습니다. 마까르 알렉세예비치, 너무 슬퍼요! 하지만 당신은 슬퍼하지 마세요. 운이 없는 것을 어쩌겠습니까! 표도라가 그러는데 이 정도는 아직 아무것도 아니라는군요. 아직은 이 집에 좀 더 머물러 있어도 되고요. 표도라는 만약 우리가 이사를 간다고 해도 모두 알게 될 것이고, 저들이 마음만 먹으면 우리쯤이야 어디서든 못 찾겠냐고 하더군요. 다만 저는 이제 여기서 사는 게 그냥 내키지 않습니다. 이렇듯 슬프지만 않았더라도 당신께 그 이유도 말씀 드렸겠습니다만…….

마까르 알렉세예비치, 당신은 정말 성격이 이상하세요! 주위에서 일어나는 일을 당신은 너무 민감하게 가슴속으로 받아들이신다고요. 바로 그런 성격 때문에 당신은 항상 매우 불행한 사람이 되시는 거예요. 당신의 편지를 자세하게 읽어 보면 편지마다 저 때문에 괴로워하고 걱정을 하시더군요. 아마 당신 스스로에 대한 걱정은 한번도 그렇게 해보신 적이 없을 거예요. 사람들은 그런 당신을 보고 착하다고 말할지 모르겠지만, 저는 필요 이상으로 착하다고 말씀드리겠습니다. 마까르 알렉세예비치, 이건 친구로서 드리는 충고입니다. 저는 당신께 감사하고 있습니다. 당신이 저를 위해 해주신 모든 일 정말 감사하고 있습니다. 이건 저의 애끓는 진심입니다. 하지만 저의 의지와 상관없이 저는 당신이 겪은 모든 불행의 원인이 되었고, 이제는 제가 살아 있으므로 당신이 살아 있고, 당신은 저의 기쁨, 슬픔, 감정만 바라보며 살고 계십니다! 그런 당신을 바라보는 저는 어떨지 한번 생각해 보세요. 남의 일 때문에 항상 그렇게 마음을 쓰시고 깊이 동정하시다가는, 당신은 정말 이 세상에서 가장 불행한 사람이 되실 거예요. 오늘 퇴근하시는 길에 저희 집에 들르셨을 때, 저는 당신을 보고 깜짝 놀랐어요. 당신은 핏기가 하나도 없는 얼굴에 잔뜩 겁에 질려 절망하는 모습이었으니까요. 다른 사람 같았어요. 오늘 벼르고 갔던 일이 절망스럽게 끝나자, 그걸 제게 말씀하시는 것이 두려워서 그러셨나 봐요. 저를 실망시키고 놀라게 할까 봐 두려워서요. 하지만 제가 금방이라도 웃음을 터뜨릴 것 같은 얼굴을 하자, 당신도 마음의 짐을 덜으셨던 거예요, 그렇죠, 마까르 알렉세예비치! 슬퍼하지 마세요. 절망도 하지 마세요. 좀 더 신중하게 행동하세요. 부탁드려요, 제발 부탁드려요. 다 잘될 거예요. 모든 일이 다 잘 풀릴 거라고요. 그런 날이 오고야 말 거예요. 안 그러면 당신은 남의 슬픔 때문에 영원히 괴로워하고 아파하느라 사는 게 고통, 그 자체일 거예요. 그럼 안녕히, 나의 친구여. 제 일로 너무 상심하지 마세요. 제발요.

V. D.

8월 5일

사랑하는 나의 바렌까!

그래요, 좋습니다, 나의 천사님, 좋아요. 제가 돈을 구하지 못한 것이 아직 그렇게 큰 불행은 아니라고 했나요. 그렇다면 됐어요. 저도 안심했어요. 당신의 말 한마디로 저는 행복해졌습니다! 당신이 저 같은 노인을 버리지 않고 그냥 지금 사시는 집에 남아 계시겠다니 기쁘기까지 합니다. 내친김에 얘기하자면, 당신이 저에 대해서 아주 좋은 얘기만 써주고 제 감정을 칭찬해 주니, 편지를 읽고 난 지금 제 가슴은 기쁨으로 가득합니다. 제가 이런 말을 하는 이유는 기분이 우쭐해져서가 아닙니다. 제 마음이 상할까 봐 걱정하는 당신을 보고, 당신이 저를 얼마나 사랑하는지 알게 되었기 때문입니다. 좋아요, 이제 와서 제 마음에 대해 말해 무엇 하겠습니까! 마음은 그냥 마음일 뿐이죠. 당신은 저보고 너무 소심하게 행동하지 말라고 했죠. 그래요, 나의 천사님, 소심하게 살 이유가 없는지도 모르죠. 하지만 내일 저는 어떤 신발을 신고 출근을 해야 하죠? 한번 말해 보세요. 문제는 바로 그겁니다! 그런 괴로운 생각은 사람의 목도 죌 수 있는 겁니다. 완전히 숨통을 끊어 놓을 수도 있다고요. 하지만 중요한 것은, 나의 소중한 사람, 제가 슬퍼하고 괴로워하는 것이 저 때문만이 아니라는 거죠. 저는 아무래도 좋습니다. 혹한 속에서 외투를 안 입고 다니든 맨발로 다니든 전 다 참아 낼 수 있고,

견딜 수 있습니다. 전 괜찮아요. 저는 보통 사람이고 보잘것 없는 사람이니까요. 하지만 사람들이 뭐라고 할까요? 외투도 없이 다니는 것을 보고 저의 적들은, 그들의 사악한 혓바닥은 뭐라고 지껄여 댈까요? 외투를 입고 신발을 신고 다니는 이유는 바로 사람들 때문이에요. 사랑하는 나의 아가씨, 그런 경우 신발은 제 이름과 자존심을 지키기 위해서 필요한 것이랍니다. 구멍난 신발을 신고 다니면 명예도 이름도 땅에 떨어지고 마는 거죠. 제 말이 맞아요. 오랜 세월을 산 제 경험을 믿으십시오. 3류 문인들이나 타락한 사람들의 말은 귀담아듣지 말고 세상과 사람을 잘 아는 저 같은 노인의 말을 들어야 합니다.

그러고 보니 저는 오늘 무슨 일이 있었는지, 어떤 일을 겪었는지 아직 자세한 얘기는 안 했군요. 다른 사람이 1년을 겪어도 견뎌 내지 못했을 심적인 괴로움을 저는 오늘 아침, 그 짧은 시간에 다 견뎌야 했습니다. 저는 그 사람이 아직 집에 있을 때 찾아가려고, 또 저도 관청에 늦지 않으려고 아침 일찍 집을 나섰습니다. 밖에 나오니 비가 오더군요. 아니 진눈깨비가 사정없이 퍼붓고 있었어요! 저는 외투를 꼭 여미고 길을 가면서 내내 이런 생각을 했습니다. 〈하느님, 저의 모든 죄를 용서하시고 제 소원이 이루어지게 하소서!〉 교회 앞을 지날 때는 성호도 긋고, 모든 죄에 대해 용서를 빌었지만, 제가 하느님께 무엇을 바랄 자격은 없다고 생각했습니다. 저는 혼자 깊은 생각에 빠져 아무것도 쳐다보지 않았어요. 길도 모르면서 한참을 갔습니다. 거리는 텅 비어 있었고, 그나마 마주치는 사람들은 한결같이 바쁘고 걱정이 많아 보였습니다. 놀라운 일도 아니죠. 누가 그렇게 이른 시간에 그런 날씨에 산책을 하겠다고 어슬렁거리겠습니까? 더러운 옷을 입은 노동자 무리와 스쳤는데, 그 사내들은 저를 밀치고 지나갔습니다! 순간 저는 겁이 났고 무서웠습니다. 저는 이미 돈에 대해서는 생각하고 싶지도 않았습니다. 운이 좋다면 되겠죠, 운만 좋다면! 보스끄레센스끼 다리쯤에서 신발 밑창이 떨어져 나갔지만, 저는 제가 무엇을 신고 있는지도 모르며 계속 걸었습니다. 그때 우리 관청의 서기 예르몰라예프를 우연히 만났어요. 그는 제 앞에서 몸을 바로 세우고 잠시 똑바로 서 있으면서 제게서 눈을 떼지 않았습니다. 보드까 한잔할 돈을 달라는 것 같았어요. 저는 생각했습니다. 〈에이그, 이 사람아, 보드까? 내 코가 석 잔데 보드까는 무슨!〉 저는 너무 지쳐서 잠깐 멈춰 서서 쉰 다음 다시 걸음을 재촉했습니다. 뭔가 볼거리라도 있다면 다른 생각이라도 좀 하고 기분도 풀고 기운도 차리려고 일부러 주위를 둘러보았지만, 그것도 마음대로 안 됐습니다. 그 어떤 생각도 오래 할 수가 없었어요. 게다가 온몸은 또 얼마나 더러워졌는지 제가 봐도 창피스러울 지경이었습니다. 마침내 저는 멀리서 망루같이 생긴 다락방이 솟아 있는 노란색 나무 집을 발견했습니다. 〈그래, 바로 저기구나. 예멜리얀 이바노비치가 말한 그대로네〉 하고 생각했습니다. 바로 마르꼬프의 집이었습니다. (이자 놀이를 한다는 그 마르꼬프 말입니다.) 저는 제정신이 아니었기 때문에 그것이 마르꼬프의 집이라는 것을 알면서도 근무 경관에게 물었습니다. 「이보세요, 저게 누구 집입니까?」 경관은 참으로 무례한 사람이었습니다. 누구에게 화라도 났는지 마지 못해서 말을 이빨로 씹어 뱉듯이 얘기하더군요. 「마르꼬프 집이오.」 근무 경관들이란 하나같이 다 그렇게 감정이 없는 족속들이죠. 하지만 근무 경관이 저와 무슨 상관이랍니까? 다만 웬일인지 눈에 보이는 것은 모두 느낌도 안 좋고 기분도 나쁘고, 한마디로 말해서 꼬리에 꼬리를 물고 안 좋은 기분만 들더라 이겁니다. 같은 사물이라도 제 기분에 따라 좋게도 보이고 나쁘게도 보이고 하는 뭐 그런 거였겠죠. 항상 그런 거 아닙니까. 그 집 앞에 있는 거리를 저는 세 번이나 왔다 갔다 했습니다. 왔다 갔다 하면 할수록 기분은 점점 더 나빠지더군요. 그리고 이런 생각이 들었습니다. 〈아니야, 주지 않을 거야. 절대로 빌려 주지 않을 거야. 나는 낯선 사람이고 그 사람에게 내 문제는 아주 조심해야 하는 경우거든. 게다가 난 잘생기지도 못했잖아.〉 하지만 나중에 후회할 수 있는 여지를 남기지 않기 위해, 또 시도만 한다는데 누가 잡아먹지는 않을 테니까, 저는 모든 것을 운명에 맡기기로 했습니다. 그리고 쪽문을 살짝 열었어요. 하지만 그곳엔 다른 불행이 기다리고 있었습니다. 더럽고 멍청한 개 한 마리가 저를 따라오더니 필사적으로 달라붙어서 핥아 대는 것이었습니다! 그렇게 대수롭지 않지만 짜증나는 일들이 항상 사람을 미치게 만들곤 하죠. 사람으로 하여금 겁도 나게 만들고, 굳게 먹은 마음을 송두리째 사라져 버리게도 하고요. 저는 완전히 탈진한 상태로 집 안에 들어섰습니다. 그러다 현관 문지방 안쪽 컴컴한 곳에 있는 것이 무엇인지 자세히 살펴보지도 않고 발을 급히 내디뎠기 때문에 어떤 노파와 부딪쳤습니다. 그 노파는 우유통에서 병으로 우유를 따르고 있던 터라 우유를 몽땅 쏟고 말았어요. 어리석은 할멈은 소리소리 질러 가며 제게 대들었습니다. 「어디를 기어들어 와! 필요한 게 뭐야, 앙?」 그러더니 신세 한탄을 하며 울더군요. 제가 이런 애기까지 하는 이유는, 전 중요한 순간마다 항상 그렇게 어처구니없는 일이 일어난다는 것을 말하고 싶어서입니다. 아마 그게 제 운명인가 봅니다. 저는 항상 그렇게 쓸데없는 일에 엮이곤 했었죠. 밖이 소란스러우니까 비쩍 마른 마귀 할멈같이 생긴 핀란드 계 여자가 나오더군요. 저는 그녀에게 다가갔습니다. 「여기가 마르꼬프 씨 댁인가요?」 그녀는 〈아니오〉라고 말하더니 그 자리에서 저를 이리저리 살펴보았습니다. 「그 사람은 무슨 일로 찾으시죠?」 저는 예멜리얀 이바노비치 소개를 받고 사정이 있어 찾아왔노라고 말했습니다. 노파는 딸을 소리쳐 불렀고 나이가 꽤 든 아가씨가 맨발로 다가왔습니다. 「아버지 오시라고 해. 아마 위층 세사는 사람들에게 가 계실 거다.」 저는 안으로 들어갔습니다. 괜찮은 방이었습니다. 벽에는 그림이 몇 개 걸려 있었는데 모두 여러 장군의 초상화였습니다. 소파도 있고, 원탁이 있고, 물푸레나무와 봉선화 화분도 있더군요. 저는 생각에 생각을 거듭했습니다. 〈오늘은 그냥 이만할 때 돌아가야 하는 것 아닐까? 가야 하나 말아야 하나?〉 정말 저는 도망가고 싶었습니다! 〈내일 오는 게 낫겠어. 내일은 날씨도 좋을 테고 나도 기분이 좀 나아지겠지. 오늘은 우유도 쏟았고…… . 그런데 저 장군들은 왜 저렇게 화난 사람들처럼 날 쏘아보는 거야…… .〉 하지만 제가 문을 향하려고 할 때, 그가 들어왔습니다. 그저 그런 사람이었습니다. 흰머리가 나고 아주 교활해 보이는 눈에, 가운은 기름때에 절어 꾀죄죄한데 그걸 끈으로 동여맸더군요. 무슨 일로 어떻게 오게 됐는지 저는 자초지종을 얘기했습니다. 〈이러저러해서 예멜리얀 이바노비치 소개로 왔는데 40루블이 필요합니다. 왜 필요하냐면…… .〉 저는 여기서 더 이상 말을 이을 수가 없었습니다. 그의 눈을 보고 다 틀린 일이라는 것을 알았거든요. 그가 그러더군요.「아니오. 대체 무슨 영문인지 모르겠소. 내게 무슨 돈이 있다고 이러시오. 그런데 저당 잡힐 물건은 있으신지?」 그래서 제가 사정 얘기를 했습니다. 〈그런 것은 없습니다. 다만 예멜리얀 이바노비치가……〉 한마디로 저는 절실하게 돈이 필요하다고 말했습니다. 제 말이 끝나자 그가 입을 열었어요. 〈안 됩니다. 예멜리얀 이바노비치가 누구기에 이러쇼! 난 돈 같은 거 없는 사람이오.〉 그래요, 제가 생각한 대로입니다. 모든 게 다 제가 생각한 대로라고요. 저는 일이 이렇게 될 줄 알았어요. 예감했었습니다. 바렌카, 저는 그때 제가 딛고 있던 땅이 그냥 쩍 갈라졌으면 좋겠다고 생각했습니다. 어찌나 춥던지 발은 감각을 잃은 지 오래고 등에는 소름이 돋더군요. 저는 그를 쳐다보았습니다. 그도 저를 쳐다보았는데 마치 금방이라도 입을 열어 이렇게 말할 것 같았습니다. 〈어이, 이 친구야. 이제 그만 가. 여기선 자네가 할 수 있는 일이 없다고.〉 만약 다른 경우에 그런 일을 당했더라면 저는 아마 망신살이 뻗쳤다고 생각했을 겁니다. 그가 묻더군요. 〈그런데 돈은 왜 필요한 거요?〉 (이것도 질문이라고 한답니까!) 저는 그냥 그렇게 멀거니 서 있지 않으려고, 뭐든 말을 하려고 입을 크게 벌렸습니다. 하지만 그는 제 얘기를 들으려 하지도 않고 이렇게 말하더군요. 〈됐소. 어쨌든 난 돈이 없어요. 있다면 얼마든지 빌려 주겠소만.〉 저는 그에게 애걸복걸하며 매달렸습니다. 〈제가 빌리려는 돈은 얼마 되지 않습니다. 꼭 갚아 드릴 거고요. 기한 내에 갚아 드립니다. 아니 원하시는 날짜보다 훨씬 이전에 돌려드릴 수도 있습니다. 이자는 얼마를 요구하셔도 좋습니다. 하느님께 맹세코 꼭 드립니다.〉 나의 소중한 사람, 그 순간 제 머릿속에 당신이 떠올랐습니다. 당신이 주신 50꼬뻬이까짜리 은화도 생각했습니다. 하지만 그는 〈안 된다니까 그러네. 이자는 무슨, 저당 잡힐 물건이라도 있으면 모를까! 어쨌든 내게는 돈이 없어요. 하느님께 맹세코 없어요. 있으면 빌려 주었을 거라니까.〉 신까지 들먹이며 거짓말을 하다니, 강도 같은 놈!

나의 소중한 사람, 거기서부터 저는 제가 어떻게 밖으로 나와서 비보르그스까야 거리를 건너고 보스끄레센스끼 다리에 당도했는지 모르겠습니다. 저는 완전히 지친 데다가 몸은 꽁꽁 얼어붙어 사지가 덜덜 떨렸습니다. 제가 관청에 모습을 나타낸 것은 열 시가 다 되어서였습니다. 몸에 붙은 진흙을 좀 털어 내고 싶었지만, 수위인 스네기료프는 옷솔이 망가진다며 안 주더군요. 〈나리, 이 옷솔은 관청 물건입니다요〉 하면서요. 저들이 이제는 어떻게 나오는지 아시겠죠. 저는 높으신 분들에게 발이나 문지르는 걸레보다도 못한 존재입니다. 바렌까, 제 목을 조이는 것은 사람들이에요, 그렇죠? 제 목을 조이는 것은 돈이 아니라, 일상 생활에서 느껴지는 불안감, 사람들의 수군거림, 야릇한 미소, 비웃음입니다. 각하께서 우연히라도 제 일에 관심을 두시면 저는 어쩌죠. 아! 저의 빛나던 시대는 모두 가버렸습니다! 오늘 저는 당신의 편지를 모두 다시 읽어 보았습니다. 슬픕니다, 나의 소중한 사람이여! 안녕히 계십시오. 하느님께서 당신을 보호하시기를!

M. 제부쉬낀

추신 바렌까, 슬픔은 저의 것입니다. 편지의 반은 농담으로 채우고 싶었는데, 제겐 그런 재주가 없나 봅니다. 농담이 안

나오는군요. 당신께 뭔가 유익한 일을 하고 싶었는데……. 내일 당신 집에 들르겠어요. 꼭 갈게요, 꼭.

8월 11일

바르바라 알렉세예브나, 소중한 이여! 저는 망가져 버렸습니다! 당신과 나, 우리 둘이 한꺼번에 망가져 버렸어요. 되돌이킬 수 없이 망가져 버렸다고요! 저는 체면이고 자존심이고 다 잃고 말았습니다. 땅바닥으로 떨어져 버렸습니다! 저는 괴멸하고 말았습니다, 당신도 마찬가지입니다, 나의 소중한 사람, 당신도 나와 함께 괴멸해 버렸다고요! 결코 돌이킬 수 없는 일이 되어 버렸습니다! 바로 제가, 제가 당신을 파멸의 구렁텅이로 몰아넣었습니다! 사람들은 저를 욕하고, 무시하며, 비웃음거리로 삼고 있습니다! 하숙집 여주인은 오늘 이유도 없이 제게 욕설을 퍼부었고, 정말 나쁜 놈이라고 힐난하며 저를 걸레만도 못한 놈으로 치부해 버렸어요. 저녁때 라따자예프 방에서 당신에게 쓴 제 편지 초안을 누군가 큰 소리로 읽어 버렸어요. 저도 모르게 주머니에서 빠졌었나 봅니다. 나의 소중한 사람, 저들이 얼마나 깔깔대며 웃었는지 아십니까! 당신과 저의 이름을 불러 가며 야유하고 낄낄거리고 포복절도를 하더군요, 비겁한 인간들 같으니! 저는 그들이 모여 있던 방으로 들어가서 라따자예프의 배신 행위를 모조리 폭로했습니다. 그에게 배신자라고 말했어요! 라따자예프는 제가 오히려 배신자라며 저보고 나쁜 짓은 혼자 다 한다고 맞섰습니다. 그는 또 〈당신은 여태껏 우리에게 본성을 숨겨 왔어. 당신은 로벨라스[29] 같은 인간이야!〉라고 말했습니다. 그래서 이제 사람들은 저를 모두 로벨라스라고 부릅니다. 이제 제게 다른 이름은 없는 겁니다! 나의 천사여, 듣고 있는 겁니까, 듣고 있냐고요! 이제 저들은 모든 것을 다 알고 있단 말입니다. 모든 게 밝혀졌어요! 내 소중한 사람, 당신에 대해서도 다 알고, 당신에게 무슨 일이 일어났는지 낱낱이 다 알고 있어요! 그뿐만 아닙니다! 팔도니란 놈도 마찬가집니다. 그자도 저들과 한패라고요. 오늘 소시지 가게에 가서 뭘 좀 사오라고 심부름을 시켰더니, 다른 일이 있다면서 못 가겠다는 겁니다! 제가 〈이건 네가 해야 하는 일이잖아!〉라고 말했더니, 그놈이 글쎄, 〈아니오, 제가 꼭 해야 하는 일은 아닙지요. 나리가 우리 주인 마님에게 방 값을 안내니까, 저도 나리께 반드시 심부름을 해드려야 할 의무는 없는 것입지요〉라고 대꾸하더군요. 저는 무식한 인간에게서 받은 모욕에 치가 떨려서 그놈에게 〈바보 같은 놈〉이라고 말했습니다. 그랬더니 제게 〈누가 바본지 모르겠네〉 하는 겁니다. 저는 그가 술에 취해 있었기 때문에 제게 불경스런 말을 한 것이라고 생각하고 〈넌 지금 취했어. 에이, 이 몹쓸 사람!〉이라고 말했습니다. 그랬더니 또 말대답을 합디다. 〈나리가 제게 술을 주셨습니까? 나리 수중에 술을 살 돈이나 있습니까? 나리도 여자에게서 25꼬뻬이까짜리 은화나 구걸하는 신세 아니셨던가요?〉 그리고 〈쳇, 그러고도 나리라니!〉라고 말하더군요. 아셨죠, 나의 소중한 사람, 일이 여기까지 왔습니다. 바렌까, 사는 게 부끄러울 지경입니다! 지금 전 완전히 반미치광이가

---

29 C. 리처드슨(1689~1761)의 소설 『클라리사』에서 호색한으로 묘사된 주인공의 이름에서 유래. 이 소설은 18세기, 19세기 초 러시아에서 대중적인 인기를 얻었다.

다 되었습니다! 집도 절도 없는 떠돌이보다도 못한 신세죠! 혹독한 시련입니다! 저는 완전히 망가져 버렸습니다! 되돌이킬 수 없는 지경에까지 이르렀습니다!

M. D.

8월 13일

친절하신 마까르 알렉세예비치! 우리에게는 불행한 일만 계속 일어나는군요. 이젠 저도 어떻게 해야 할지 모르겠습니다! 이제 당신은 어떻게 되는 겁니까, 제게도 희망이 없기는 마찬가지입니다. 오늘 다리미질을 하다가 왼손을 데었습니다. 깜짝 놀라 떨어뜨렸기 때문에 화상에 타박상까지 입었습니다. 전혀 일을 할 수 없는 지경입니다. 게다가 표도라는 벌써 사흘째 앓아 누웠습니다. 저는 몹시 불안합니다. 당신께 은화 30꼬뻬이까를 보내 드립니다. 저희가 가지고 있는 거의 마지막 재산입니다. 지금처럼 당신이 힘드신 순간에 제가 얼마나 당신을 돕고 싶어하는지 아마 하느님만 아실 겁니다. 그럼, 안녕히 계세요, 나의 친구여! 당신께서 오늘 제게 와주신다면 얼마나 커다란 위안이 될지 모르겠습니다.

V. D.

8월 14일

마까르 알렉세예비치! 도대체 그게 무슨 짓입니까? 당신은 하느님도 두렵지 않으신가 봅니다! 당신은 저를 미치게 만들고 싶으신 거죠. 부끄럽지도 않으십니까! 당신은 스스로를 망가뜨리고 있습니다, 체면도 생각을 하셔야죠! 당신은 정직하고 고상하고 자존심도 지킬 줄 아는 분이십니다. 모두들 당신을 그렇게 알고 있잖습니까! 부끄러움을 아시는 분이라면 마땅히 죽음이라도 택해야 하실 겁니다! 당신은 당신의 흰머리가 가엾지도 않습니까! 하느님이 두렵지도 않으시단 말입니까! 표도라도 더 이상은 당신을 돕지 않겠다고 말하더군요. 저 또한 당신께 다시는 돈을 드리지 않겠습니다. 어떻게 저를 이런 지경에까지 몰아넣으십니까, 마까르 알렉세예비치! 당신은 아마 그렇게 나쁜 행동을 하고 다니셔도 제가 눈감아 줄 거라고 생각하시는가 봅니다. 당신 때문에 제가 무엇을 참고 사는지 당신이 알 리가 있겠습니까! 저는 요즘 저희 집 계단을 오르내릴 수도 없습니다. 모두들 저를 쳐다보며 손가락질을 해대고 무서운 말들을 퍼붓습니다. 네, 조금도 주저하지 않고 말하더군요. 제가 술주정뱅이하고 붙어먹었다고요! 그런 말을 듣는 제 기분이 어떤지 아십니까! 당신이 사람들에게 업혀서 실려 오면, 〈또 그 관리가 실려 온 거야〉라며 세 든 사람들이 모두 당신을 멸시하고 손가락질합니다. 저는 당신 때문에 창피해서 견딜 수가 없습니다. 맹세코 말씀드리지만, 저는 꼭 다른 곳으로 이사하겠습니다. 어느 집 종살이나 세탁부로 갈지언정 여기에는 더 이상 남지 않겠습니다. 저희 집에 오시라고 편지를 해도 오시지도 않고, 아마 저의 눈물이나 부탁은 이제 당신께 아무것도 아닌가 봅니다, 마까르 알렉세예비치! 대체 돈은 어디서 나셨습니까? 부디, 제발, 몸 좀 챙기십시오. 그러시다간 큰일 나세요, 큰 변을 당하신다고요! 또 그 망신살과 수모는 다 어쩌시렵니까! 어제는 당신 하숙집 여주인이 당신을 집 안에 들이려고 하지도 않아서 문간에서 밤을 지새우셨다고요. 저는 다 알고 있습니다. 제가 그 일을 다 알게 되었을 때 얼마나 힘들었는지 당신은 알고나 계십니까. 저희 집에 오세요. 저희 집에 오시면 기분이 좀 나아지실 거예요. 우리 같이 책도 읽고 옛날 일도 회상해요. 표도라한테 성지 순례했던 얘기도 듣고 말이에요. 소중한 사람, 부디 저를 위해서라도 당신 자신과 저를 파멸시키지 말아 주세요. 저는 오로지 당신 하나만을 위해 살고 있잖아요. 당신을 위해서 당신 곁에 남아 있는 거고요. 그런데 당신은 요즘 그 모양이시니! 부디 자중하시기 빌어요. 불행에 굴하지 않는 강인한 분이 되어 주세요. 가난은 흠이 아니라는 것을 기억하셔야 해요. 괴로움은 한순간뿐이랍니다! 하느님께서 다 알아서 처리해 주실 거예요. 당신은 스스로를 잘 추스르고 버티기만 하면 되는 거예요. 당신께 20꼬뻬이까짜리 은전 한 닢을 더 보냅니다. 담배를 사서 피우시든지 아니면 쓰시고 싶은 데 있으면 아무 데나 쓰세요. 다만 술만은 제발 드시지 마세요. 언제나 그러셨듯 당신은 또 당신이 저지른 일이 부끄러워지시겠죠. 하지만 그러지 마세요. 그건 거짓 부끄러움이니까. 당신이 정말로 진정한 참회를 하시면 좋겠군요. 하느님을 믿고 희망을 가지세요. 그분은 모든 걸 좋은 길로 인도하실 겁니다.

V. D.

8월 19일

소중한 나의 바르바라 알렉세예브나!

부끄럽군요, 바르바라 알렉세예브나. 정말 부끄럽습니다.

하지만, 소중한 사람이여, 그게 뭐 그리 대수랍니까! 왜 저는 그런 즐거움 하나 맛보는 것도 안 된단 말입니까! 술을 마시면 제 신발 밑창에 대한 생각도 안 나잖아요. 밑창 같은 건 사실 아무것도 아닙니다. 영원히 평범하고 천하고 더러운 밑창으로 남으라죠. 신발도 다 헛것입니다! 옛날 그리스의 현인들도 신발 없이 맨발로 다니지 않았습니까! 그런 하찮은 물건 때문에 저 같은 사람이 투정을 부려서는 안 되겠죠? 대체 왜 저를 화나게 하고, 저를 무시합니까! 아가씨, 아가씨, 쓸게 그렇게도 없나요! 표도라에게는 이렇게 전해 주십시오. 엉터리 같은 여편네라고, 공연히 안달이나 하는 사나운 여편네라고요. 게다가 어리석고, 아주 멍텅구리 같은 할망구라고요! 제 허연 머리에 대해서 뭐라고 말씀했는데, 당신은 그것도 실수한 겁니다. 저는 당신이 생각하듯 아직 그렇게 늙은이가 아니란 말이에요. 예멜랴가 당신께 안부를 전하는군요. 비탄에 빠져 눈물로 세월을 보낸다고 썼던가요, 저 또한 비탄에 빠져 눈물로 세월을 보내고 있노라고 쓰는 바입니다. 끝으로 당신이 건강하고 행복하기를 빕니다. 저도 건강하고 행복합니다.

나의 천사님, 당신의 친구 마까르 제부쉬낀

8월 21일

친애하는 아가씨, 사랑하는 내 친구, 바르바라 알렉세예브나!

제가 잘못했습니다. 당신께 정말 몹쓸 짓을 했다고 절감하고 있습니다. 하지만 당신도 말했듯이 제가 지금 잘못을 뉘우

친다고 해서 얻어지는 것은 아무것도 없겠죠. 사실 잘못을 저지르기 전에도 그런 생각은 했습니다만, 저는 죄책감 때문에 너무 깊은 절망에 빠져 있었어요. 소중한 나의 사람, 저는 나쁜 사람이 아닙니다. 잔인한 사람도 아니에요. 당신의 마음을 갈기갈기 찢으려면 더도 말고 덜도 말고 피를 쫓는 호랑이 같은 인간이 되었어야 하겠지만, 제 마음은 순한 양과도 같습니다. 당신도 잘 알다시피 저는 피에 굶주린 사람이 아니에요. 나의 천사여, 제가 한 행동이 전적으로 제 잘못만은 아니라는 겁니다. 마찬가지로 제 마음이나 제가 품은 생각에도 잘못은 없습니다. 이젠 뭐가 잘못된 것인지 저도 잘 모르겠습니다. 참, 그게 막막한 일이에요, 내 소중한 사람! 은화 30꼬뻬이까를 제게 보내셨죠. 그 후엔 역시 은화로 20꼬뻬이까를 보내셨고요. 당신같이 가여운 고아가 보내 준 돈을 보며 저는 가슴이 미어졌습니다. 당신은 손도 데었고, 곧 먹을 것도 떨어질 텐데 제게는 담배를 사 피우라고 썼더군요. 그럴 때 저는 어떻게 해야 하는 거지요? 양심의 가책도 없이 당신처럼 가여운 고아가 주는 돈을 그냥 날름 받습니까! 강도놈이죠. 거기서 저는 완전히 낙담해 버리고 만 겁니다. 아무 데도 쓸데없는 저라는 사람, 사람들에게 신발 밑창만도 못한 인간이 되어 버린 저라는 사람이 너무 뻔뻔스럽게 느껴졌습니다. 한동안은 그래도 제게 어떤 의미가 있을 거라고 생각했는데 그것은 옳지 않았어요. 그와는 정반대로 저는 그저 뻔뻔스럽고 어떤 의미에서는 아주 천박스런 사람에 지나지 않았던 겁니다. 하루 이틀 저 자신에 대한 존경심을 잃어 가고 제가 가지고 있던 선한 본성과 장점들까지 부정을 하다 보니까, 〈에라, 될 대로 되라, 다 꺼져 버려, 꺼지라고!〉 이렇게 된 겁니다. 그리고 정말 타락한 거죠! 피할 수 없는 운명이었습니다. 그러니까 제 잘못이 아니에요. 처음엔 바람을 좀 쐬려고 나갔어요. 그런데 주변 상황이 모두 저를 주체할 수 없게 만들더군요. 눈에 보이는 것은 모두 눈물겨웠고 날씨는 너무 추웠습니다. 게다가 비까지 왔어요. 그때 예멜랴가 나타났습니다. 바렌까, 가지고 있던 쓸 만한 물건은 이미 다 저당으로 잡혀 먹은 뒤라, 절 만났을 때 그는 꼬박 이틀 동안 아무것도 먹지도 마시지도 못했다더군요. 저당물이라고 부를 수도 없고 전당포에서 받아 줄 것 같지도 않은 물건 하나를 가지고 그는 전당포로 가던 길이었습니다. 바렌까, 저는 그때 스스로에 대한 애착보다 그에게 인간적으로 동병상련을 더 강하게 느꼈습니다. 그렇게 저의 타락이 시작된 겁니다! 그와 저는 함께 얼마나 목 놓아 울었는지 모릅니다! 당신 생각도 했습니다. 그는 정말 착한 사람입니다. 참 착하고 감정도 아주 풍부한 사람이에요. 나의 소중한 사람, 저는 그걸 아주 잘 압니다. 저도 그와 같은 느낌이 들 때가 자주 있으니까요. 사랑스러운 나의 사람이여, 제가 당신에게 진 빚을 전 잘 알고 있습니다! 당신을 알고 나서 저는 우선 저 자신도 더 잘 알게 되었고, 당신을 사랑하게 되었습니다. 당신을 만나기 전까지는, 나의 천사여, 저는 외롭기만 했습니다. 그땐 이 세상에 살고 있었던 것이 아니라, 마치 잠을 잤던 것 같습니다. 저들, 사악한 자들은 저더러 외모도 참 멋대로 생겼다면서 항상 저를 피했습니다. 그래서 저도 스스로를 싫어하게 되었죠. 사람들이 저더러 멍청하다고 하면 저도 정말 제가 멍청하다고 생각했습니다. 하지만 당신이 제 앞에 나타나면서 당신은 제 어두운 인생을 환하게 비춰 주었고, 제 마음과 영혼에 밝은 빛이 들게 되었던 겁니다. 저는 마음의 안정을 찾았고 저도 다른 사람보다 못한 것이 없다는 것을 알게 되었죠. 재능이 많아서 빛을 발하는 것도 아니고, 잘나지도 못했고, 고상하지도 않지만, 저 또한 사람이라는 것을, 가슴도 있고 생각도 할 줄 아는 사람이라는 것을 알게 된 겁니다. 그런데 지금은 제가 운명에 내몰리고 있다는 생각이 들어요. 운명에 치이다 보니 제가 가지고 있던 장점도 스스로 부인하게 되고, 거듭되는 불행에 의기 소침해져서 그만 맥이 풀렸습니다. 당신이 이제 다 아시고 있다니까 하는 말이지만, 이 문제에 관해서는 더 이상 알려고 하지 말아 주기를 눈물로 호소합니다. 안 그러면 제 가슴은 슬픔과 괴로움으로 갈기갈기 찢기고 말 겁니다.

당신에게 경의를 표하며 당신의 충복

마까르 제부쉬낀

9월 3일

지난번 편지는 쓰다가 마음이 너무 괴로워서 더 이상 쓸 수가 없었어요, 마까르 알렉세예비치. 요즘 저는 혼자서 오래도록 슬픔과 그리움에 빠져 있을 때가 종종 있는데, 그럴 땐 기분이 아주 좋아요. 그런 순간도 점점 더 잦아지고 있어요. 제 추억 속에는 말로 할 수 없는 힘이 있어서 저를 아주 강하게 끝없이 끌어당겨요. 그래서 저를 둘러싸고 있는 현실은 느끼지도 못한 채 몇 시간씩 완전히 잊어버리곤 합니다. 저의 현실 속엔 그것이 기쁜 일이든, 괴로운 일이든, 슬픈 일이든, 제 과거, 특히 저의 어린 시절, 황금 같은 어린 시절에 있었던 일들을 생각나게 해주는 것이 하나도 없습니다! 하지만 그렇게 옛일을 회상한 뒤에도 괴로운 것은 여전합니다. 저는 점점 더 약해지고 있습니다. 공상을 하고 나면 저는 기진맥진해집니다. 그렇지 않아도 안 좋은 건강이 점점 더 나빠지고 있답니다.

하지만 오늘은 뻬쩨르부르그에서는 보기 힘든 신선하고 맑고 빛나는 아침이 찾아와 준 덕분에 원기를 회복했습니다. 기쁜 마음으로 아침을 맞았어요. 그러고 보니 벌써 가을이네요! 시골에서 살 때 전 가을이 정말 좋았습니다! 저는 아직 어린아이였지만, 이미 많은 것을 느낄 수 있었죠. 가을엔 아침보다 저녁나절이 더 좋았어요. 우리 집에서 아주 가까운 곳, 산 밑에 호수가 있었던 것이 기억 나네요. 그 호수는 — 지금도 눈에 선합니다 — 그 호수는 정말 넓고 환하고 수정처럼 깨끗했어요! 저녁에 세상이 고요해지면 호수도 잔잔해집니다. 호숫가 나무도 전혀 움직이지 않고 수면까지 잔잔한 때는 정말 거울 같았습니다. 그 신선함과 상쾌함이란! 풀잎엔 이슬이 내려앉고 호숫가 오두막집엔 하나 둘 불이 켜집니다. 목동들은 가축을 몰고 집으로 돌아가고요. 그러면 저는 미끄러지듯 살며시 집을 빠져나와 넋을 잃고 저만의 호수를 바라보곤 했습니다. 어부들은 물가에서 섶나무 단에 불을 놓고, 불빛은 물길을 타고 멀리멀리 흘러갑니다. 하늘은 시리도록 푸르고 그 가장자리에 붉은 노을이 선을 그리며 타오르다가 시간이 지나면서 차츰 흐려집니다. 달이 뜹니다. 대기는 그렇게 너무 조용해서 놀란 새가 이리저리 푸드덕거리며 날아다니는 소리며, 갈대가 가벼운 바람에 사각거리는 소리며, 물고기가 물 속에서 뛰어오르는 소리까지 모두 들립니다. 파란 물 위로 하얗고 가느다랗고 투명한 수증기가 피어오릅니다. 저기 먼 곳은 벌써 어두워지고 있군요. 모든 것은 안개 속에 가라앉고 가까운 곳에 있는 나룻배며 해안이며 섬들은 마치 대패질을 한 듯 판판합니다. 누군가 호숫가에 버리고 간 통 하나가 물결을 따라 살짝살짝 흔들거리고 노란 이파리들을 축축 늘어뜨린 버드나무 가지는 갈대와 한데 뒤엉켜 있습니다. 뒤늦게 갈매기 한 마리가 푸드덕 날아와서 차가운 물에 자맥질을 하고 다시 날갯짓을 하더니 안개 속으로 사라집니다. 저는 그 광경을 혼이 나간 사람처럼 보고 또 봅니다. 얼마나 경이롭던지요! 그때 저는 아직 아이였습니다, 어린아이였습니다……!

저는 가을을 아주 좋아했습니다. 특히 수확을 마치고 모든 일을 다 끝내고 오두막집에서는 젊은 남녀들이 겨울 모임을 열며 모두들 겨울이 오기를 기다리던 그런 늦가을을 좋아했습니다. 그맘때는 세상이 다 음산해집니다. 하늘엔 구름이 잔뜩 끼고 나뭇잎을 다 떨구고 벌거숭이가 된 숲 가장자리에 난 오솔길은 노란 잎사귀들로 뒤덮입니다. 숲은 파랬다 검었다 하죠. 특히 저녁때, 회색 안개가 내려앉으면 나무들은 마치 거인이나 형체 없는 무서운 유령들처럼 안개 속에서 나타났다 사라졌다 합니다. 놀러 나갔다가 늦어지거나 다른 사람들보다 뒤처지는 날에는 혼자서 종종걸음을 칩니다. 무섭거든요! 저는 나뭇잎처럼 바들바들 떨고 저기 저 구멍에서는 뭔가 무서운 것이 금방이라도 툭 튀어나올 것만 같습니다. 숲속까지 불어온 바람은 윙윙거리며 시끄러운 소리를 내고 너무도 애처로이 울부짖습니다. 금방이라도 부러질 듯 말라 비틀어진 나뭇가지에서 바람은 나뭇잎을 떼어내 공중으로 휘감아 올립니다. 그 뒤로는 시끄러운 새 떼가 찢어질 듯 울어 젖히며 길고 넓게 대형을 맞춰 날아갑니다. 하늘은 온통 새들로 뒤덮여 컴컴해집니다. 또다시 무서워집니다. 누군가의 목소리가 들려온 것 같습니다. 아니 틀림없어요. 누군가의 목소리가 이렇게 속삭이는 것 같습니다. 〈아가야, 달려, 달려가라고. 늦으면 안 된다. 여긴 가끔 아주 무서워진단다. 아가야, 자, 뛰라니까!〉 무서워서 심장이 죄어드는 것 같습니다. 숨이 끊어질 정도로 달리고 또 달립니다. 숨을 헐떡거리며 집 안으로 들어서면 집 안은 떠들썩하니 모두들 즐겁습니다. 저희 집은 아이들에게도 일감을 줍니다. 완두콩이나 양귀비 씨를 까는 일이지요. 눅눅한 장작은 벽난로 속에서 탁탁 소리를 내고, 어머니는 우리가 하고 있는 재미있는 일을 흐뭇하게 쳐다보십니다. 나이 많은 유모 울랴나가 요술쟁이나 귀신에 대한 무서운 옛날 얘기들을 들려줍니다. 우리 어린아이들은 무서워서 서로 바싹 붙어 앉지만, 모두의 입가에는 미소가 어려 있습니다. 갑자기 한꺼번에 입을 다물고 조용해집니다. 쉬! 저게 무슨 소리지! 정말 누군가가 문을 두드리는 것만 같습니다! 하지만 별일 아니었습니다. 그건 프롤로브나 할멈의 물레소리였어요. 얼마나 깔깔대고 웃었는지! 밤에는 무서워서 잠을 못 잡니다. 무시무시한 꿈도 꿉니다. 한밤중에 잠이 깨면 꼼짝도 못하고 이불 속에 누워서 새벽녘까지 덜덜 떨곤 합니다. 하지만 아침에는 한 떨기 꽃송이처럼 산뜻한 기분으로 일어납니다. 창밖을 내다보면 온 들판이 꽁꽁 얼어 있습니다. 얇은 가을 서리가 벌거벗은 나뭇가지에 매달려 있고, 호수 위에도 종잇장처럼 알따란 얼음이 깔려 있습니다. 그 위로 하얀 수증기가 모락모락 피어오르고 새들은 흥이 나서 맘껏 지저귑니다. 태양은 온 세상을 밝게 비추고 얇은 유리 같은 얼음을 녹입니다. 밝고 맑고 신나는 세상이었습니다! 벽난로에서는 다시 불이 탁탁 소리를 내며 피어오릅니다. 모두들 사모바르 주위에 둘러앉으면 창문 밖에서는 간밤에 잔뜩 떨었을 우리의 검둥개 뽈깐이 안을 들여다보며 반갑게 꼬리를 흔듭니다. 숲에 나무를 하러 가는 어떤 남자가 건장한 말을 타고 창문 옆을 스칩니다. 모두 너무 행복하고 또 즐겁습니다……! 아, 저의 어린 시절은 정말 금빛으로 빛났습니다……!

옛 추억에 흠뻑 젖어 저는 어린아이처럼 울음을 터뜨리고 말았습니다. 모든 게 너무도 생생합니다. 손에 잡힐 듯 생생합니다. 지나간 날들은 눈앞에서 선명한데 현재의 삶은 흐리멍덩하고 어둠 속에 가려져 있습니다……! 어떻게 끝이 날까요, 대체 어떻게 이 모든 일이 끝나게 될까요? 전 요즘 제가 올 가을을 못 넘기고 죽고 말 거라는 믿음이, 확신이 듭니다. 저는 지금 너무 아픕니다. 죽음에 대한 생각도 자주 합니다. 하지만 이렇게 죽고 싶지는 않습니다. 여기 이곳에 묻히고 싶지는 않아요. 전 아무래도 지난 봄처럼 다시 병상에 누울 모양입니다. 그때도 완전히 나은 것은 아니었거든요. 저는 지금 너무 힘이 듭니다. 표도라는 오늘 하루 종일 어딜 갔는지 안 보이고 저는 하루 종일 혼자입니다. 요즘 저는 혼자 있는 것이 두렵습니다. 계속 제 방에 누군가 다른 사람하고 같이 있는 것만 같아요. 골똘히 생각에 잠겨 있다가도 제가 누군가와 얘기를 나누고 있는 것 같은 느낌에 깜짝 놀라 공상에서 깨어납니다. 너무 무서워요. 그래서 당신께 이런 편지를 쓰는 겁니다. 편지를 쓰고 있으면 그런 일이 일어나지 않거든요. 그럼 안녕히 계세요. 이만 편지를 줄여야겠습니다.

종이도 없고 시간도 없거든요. 옷과 모자를 만든 대가로 받은 돈 중에서 이젠 겨우 은화 1루블밖에 남지 않았습니다. 하숙집 주인에게 은화 2루블을 주셨다고요. 아주 잘하셨어요. 얼마 동안은 입 다물고 있겠군요.

어떻게든 의복을 좀 단정히 해보세요. 그럼 안녕히. 저는 너무 피곤해요. 대체 제가 왜 이렇게 약해지는지 이해할 수가 없습니다. 조금만 일을 해도 금방 녹초가 됩니다. 그래서 가끔 일거리가 들어오지만 일도 못해요. 이것도 저를 괴롭히는 것 중의 하나죠.

V. D.

9월 5일

귀여운 나의 바렌까!

나의 천사님, 제겐 오늘 많은 일이 있었습니다. 우선 하루 종일 머리가 아팠습니다. 그래서 어떻게든 신선한 공기를 쐬어 보려고 폰딴까로 산책을 하러 나갔었죠. 어둡고 습기가 가득 찬 저녁이었습니다. 아직 여섯 시도 안 되었는데 벌써 땅거미가 지더군요. 벌써 그런 계절이에요! 비가 오지는 않았지만 대신 단비만큼이나 반가운 안개가 껴 있었습니다. 하늘엔 먹구름이 길고 넓은 줄무늬를 그리며 흘러다니고 있었습니다. 수없이 많은 인파가 강가를 거닐고 있었는데 그들은 마치 일부러 그러기라도 하는 듯 하나같이 무섭고 우울한 얼굴을 하고 있었습니다. 술에 취한 남자들, 모자는 쓰지 않고 장화만 신은 들창코의 핀란드 계 여인들, 화물 운반인, 마부들, 무슨 볼일이 있어서 나온 저 같은 관리들, 소년들……. 철

공소 견습생으로 보이는 한 아이는 꼬챙이처럼 말라서 골골거리며 줄무늬 가운을 입고 돌아다녔는데, 얼굴은 그을음과 기름으로 뒤범벅이고 손에는 무슨 자물쇠를 하나 들고 있었습니다. 2미터가 훨씬 넘는 키의 퇴역 군인도 있더군요. 대개 그런 사람들이었습니다. 아마 다른 부류의 사람들은 다니지 않는 시간이었나 봐요. 배가 통행할 수 있는 운하 — 폰딴까! 거기엔 짐배가 가득 정박해 있었는데 그 많은 배가 어떻게 한꺼번에 정박해 있는지 알 수 없는 노릇이었어요. 다리 위에는 눅눅한 과자 부스러기와 다 썩어 가는 사과를 파는 노파들이 앉아 있었는데 하나같이 더럽고 옷은 축축하게 젖어 있었어요. 폰딴까를 산책하는 게 재미없어지더군요! 발밑에는 축축한 화강암 보도, 양 옆으로는 연기에 그을려 시커먼 아파트들, 발 밑에 깔려 있는 안개, 머리를 치켜 올려도 또 안개……. 오늘 저녁은 그렇게 슬프고 암울했습니다.

제가 고로호바야 거리로 접어들었을 때는 날이 벌써 완전히 저물어서 사람들이 가스등에 불을 붙이고 있더군요. 고로호바야 거리는 정말 오랜만이었습니다. 갈 일이 없었거든요. 정말 시끄럽더군요! 크고 작은 상점에는 무슨 물건이 그리도 많던지……. 제품들은 하나같이 반짝반짝 광이 나고 빛이 났습니다. 각종 천이며 진열장 유리 안의 꽃들하며 리본이 달린 색색의 모자들까지……. 그냥 장식용으로 진열해 놓은 것이려니 생각하는 사람도 있겠지만 사실은 그렇지 않죠. 그런 물건들을 사서 자기 아내에게 선물하는 사람들도 있어요. 부자 동네니까요! 고로호바야 거리에는 독일계 제빵사들도 많이 살고 있답니다. 그들도 꽤 부유한 계층에 속할 겁니다. 매분 매초 얼마나 많은 마차들이 그 거리를 지나다니는지 아십니까! 그 무게를 포장 도로가 어떻게 모두 견뎌 내는지 모를 일입니다! 화려하게 차려입은 마부들, 거울처럼 맑은 유리창, 그 안으로 보이는 비로드와 비단……. 귀족 가문의 시종들은 견장을 달고 장검까지 차고 있습니다. 마차 안을 들여다보니 곱게 차려입은 마님들이 앉아 있더군요. 공작 부인이나 백작 부인들쯤 되겠죠. 모두 무도회나 사교 모임에 서둘러 가는 시각이었나 봐요. 공작 부인이나 귀한 집안의 마님들을 가까이서 보는 일은 참 재미있을 겁니다. 아주 즐거운 일이겠죠. 하지만 저는 한번도 그런 적이 없습니다. 오늘처럼 마차 속이나 들여다보는 게 고작이죠. 그들을 보면서 전 당신을 생각했습니다. 아, 나의 귀여운 사람, 소중한 당신! 당신을 떠올리자니 가슴이 아파 와서 견딜 수가 없습니다! 바렌까, 당신은 어쩌면 그렇게도 박복합니까! 나의 천사여! 당신이 이들보다 못한 게 무엇이 있다고요! 당신은 너무도 착하고, 아름답고, 학식도 있는 여성인데, 대체 왜 당신에게 떨어지는 몫은 그리도 가혹한 운명뿐이랍니까! 착한 사람은 황무지에서 살아야 하고 어떤 사람은 저절로 굴러 온 행복을 누리는 이따위 일들은 도대체 왜 생기는 것이랍니까! 압니다, 알아요, 내 소중한 사람. 이런 생각은 좋지 않다는 거, 이런 생각이야말로 자유 사상이라는 거, 저 잘 압니다. 하지만 제 진실, 제 가슴속에 있는 참 진실은 이렇습니다. 어째서 어떤 사람은 어머니 뱃속에서부터 운명의 새가 행운을 점지해 주고, 왜 어떤 사람은 양육원에서 태어난단 말입니까! 행운이 바보 이반 같은 인간들의 몫이 되는 경우가 너무 허다하지 않느냐고요. 〈너, 바보 이반아, 너는 조상들로부터 물려받은 돈 자루로 실컷 먹고 마시고 즐겨라. 하지만 너, 모모는 입

맛이나 다시거라. 너는 그거면 충분하느니라. 알겠느냐, 너는 그런 인간이란 말이다!〉 소중한 사람이여, 부끄럽습니다. 이런 생각은 죄악이에요. 하지만 저도 모르게 죄스러운 생각들이 자꾸만 가슴속을 파고듭니다. 나의 소중한 당신도 저런 마차를 타고 다녔으면 얼마나 좋을까. 저 같은 하급 관리가 아니라 고위급 장성들이 당신의 상냥한 시선을 붙잡으려 애쓴다면 얼마나 좋을까, 조잡스런 면직물로 된 옷이 아니라 비단에 금으로 치장된 옷을 입으면 얼마나 좋을까……. 지금처럼 바싹 마르고 병든 모습이 아니라 통통한 얼굴에 피부도 매혹적이고, 싱싱하고, 꽃 같아진다면 얼마나 좋을까. 그렇게만 된다면 저는 얼마나 행복할까요! 어쩌다 거리에서 훤하게 비치는 마차 창문을 통해서만 당신을 볼 수 있다고 해도, 당신의 그림자만 볼 수 있다고 해도 저는 아주 행복할 거예요. 나의 착한 파랑새, 당신이 행복하고 기쁘게 살고 있다는 생각만으로도 저는 충분히 기뻐하며 살 수 있을 텐데요. 하지만 이게 뭐란 말입니까! 사악한 자들이 당신을 망쳐 놓은 것으로도 모자라서 이제는 방탕한 건달놈까지 당신을 모욕한단 말입니까. 잘난 연미복을 입고 뽐내며 앉아서 금제 오페라글라스로 당신을 쳐다보다니, 파렴치한 인간 같으니라고! 그자는 그래도 괜찮고, 당신은 무례한 언사를 얌전하게 듣고 앉아 있어야 한단 말이군요! 예끼, 여보쇼, 썩 그만들 두시오! 대체 왜 이런 일이 다 일어나죠? 당신이 고아이기 때문입니다. 당신을 보호해 줄 사람이 없기 때문이에요. 당신에게 의지가 되어 줄 힘있는 친구가 없기 때문입니다. 고아라고 해서 저희들 멋대로 모욕해 버리는 자들은 대체 어떻게 생겨 먹은 인간들이랍니까! 그런 자들은 사람이 아니라

쓰레기입니다. 그 이상도 이하도 아닙니다. 겉으로만 사람처럼 보일 뿐, 사실 그런 자들은 존재하지 않는 미물입니다. 저는 그렇게 확신하고 있습니다. 정말 그래요! 내 소중한 사람, 제 생각에는 오늘 제가 고로호바야 거리에서 보았던 소형 오르간 연주자가 그자들보다 훨씬 더 존경할 가치가 있는 것 같습니다. 비록 그가 지친 몸을 이끌고 하루 종일 거리를 헤매면서 지나가는 사람들의 동전푼이나 얻어 양식거리를 살지언정, 그는 나름대로 신사란 말이죠. 제 힘으로 벌어먹고 사니까요. 그는 구걸을 하는 게 아닙니다. 태엽을 감아 놓은 기계처럼 사람들에게 즐거움을 주기 위해 노력하는 겁니다. 〈저는 제가 가지고 있는 재주로 사람들에게 즐거움을 주고 있는 겁니다〉라고 그는 말하겠죠. 하지만, 그래요, 그는 거지입니다. 거지임에 틀림없어요. 다른 거지들과 다를 바가 없다고요. 하지만 그는 존경할 만한 거지입니다. 몸도 피곤하고 추워서 꽁꽁 얼었으면서도 계속 일을 합니다. 그 일이라는 것이 좀 뭐하긴 합니다만, 어쨌든 일은 일이에요. 소중한 이여, 노동의 가치에 비해 돈은 조금밖에 못 벌지만, 아무에게도 굽실거리지 않고 먹을 것을 구걸하지도 않으며 정직하게 살아가는 사람들이 세상에는 꽤 많습니다. 저만 해도 그 거리의 악사와 똑같은 사람이죠. 제 말은 완전히 똑같다는 게 아니라 다른 의미에서, 그러니까 고상하고 존경할 만한 사람이라는 의미에서 똑같다는 것이에요. 저도 최선을 다해 일하고 있잖습니까. 그 외에는 더 이상 할 수 있는 것도 없고요. 하지만 가난한 것이 죄는 아니잖습니까.

　나의 소중한 사람, 사실 제가 거리의 악사에 대해서 말을 꺼낸 것은 오늘 저의 가난을 두 배로 절실히 느끼게 하는 사건이 있었기 때문입니다. 거리의 악사를 보려고 저는 길을 가다가 멈춰 섰습니다. 머릿속으로 이런 저런 생각이 자꾸 파고들기에 기분 전환이나 하려고 멈춰 섰지요. 그곳엔 저하고 마부들, 어떤 아가씨하고 온통 지저분한 여자아이가 서 있었습니다. 거리의 악사가 자리를 잡은 곳은 어느 집 창문 앞이었습니다. 이제 아직은 어린애라고밖에 볼 수 없는 한 소년의 이야기를 해야겠습니다. 나이는 열 살쯤 된 것 같고 생긴 것도 괜찮았지만 언뜻 보아도 아픈 데가 있는 것같이 골골한 아이가 하나 제 눈에 띄었습니다. 셔츠 한 장에 발은 맨발이나 다름없이 하고 서서 입을 헤 벌리고 음악을 듣고 있었습니다. 어린아이는 다 그렇죠! 그 독일 사람의 인형이 춤추는 것을 넋을 잃고 보면서도 아이의 손과 발은 꽁꽁 얼어 떨고 있었고, 아이는 제 옷소매 끝을 잘근잘근 씹고 있었습니다. 손에는 무슨 종이 쪽지가 들려 있었어요. 길 가던 신사 한 사람이 거리의 악사에게 동전 하나를 던졌고, 동전은 귀부인들과 춤을 추고 있는 프랑스 인이 그려진 통 속으로 떨어졌습니다. 동전이 소리를 내며 떨어지자 정신이 퍼뜩 든 소년은 겁먹은 얼굴로 주위를 둘러보더니 제가 동전을 던졌다고 생각했는지 냉큼 제 앞으로 달려와서 떨리는 손으로 종이 쪽지를 내밀었습니다. 〈이 쪽지 좀 읽어 보세요.〉 아이가 떨리는 목소리로 말했습니다. 저는 쪽지를 폈습니다. 뻔한 일이지요. 〈나의 은인이시여, 어머니는 다 죽어 가고 있고 세 아이는 굶고 있습니다. 부디 저희를 도와주십시오. 제 자식들을 도와주신 은혜는 저승에 가서도 잊지 않겠습니다.〉 정말 뻔한 얘기입니다. 사람 사는 일이 다 그런 거 아닙니까. 그런데 제가 줄 게 어디 있습니까? 아무것도 못 주었죠. 얼마나 가엾던지요! 가엾은 소년은 추위로 새파랗게 얼어 있었고 아마 배도 무척 고팠을 겁니다. 아이가 거짓말을 했을 리는 없습니다. 절대로 그러지 않았어요. 저는 잘 알고 있습니다. 하지만 정말 화나는 일은, 도대체 그런 뻔뻔스러운 어머니들은 왜 자기 아이도 보살피지 못하고 옷도 부실하게 입혀서 쪽지만 하나 달랑 들려 추운 거리로 내모느냐는 겁니다. 그 여자는 아마 멍청하고 물러 터진 여자일 겁니다. 자신을 위해 애써 줄 사람 하나 없는 여자는 다리나 꼬고 앉아서 애꿎은 애만....... 어쩌면 정말로 아픈지도 모르죠. 그렇다고 해도 도움을 청할 만한 곳은 다 청해 봐야 할 거 아닙니까. 어쩌면 진짜 사기꾼일 수도 있고요. 일부러 굶주리고 병약한 어린아이를 내보내 사람들을 속이게 하고 아이가 진짜로 큰 병에 걸리도록 방치하는 나쁜 사람인지도 모른다고요. 이런 쪽지나 들고 다니면서 아이는 무엇을 배울까요? 마음만 잔인해질 테죠. 어슬렁거리며 거리를 배회하다가 구걸도 하지만 말입니다. 하지만 거리를 오가는 행인들은 아이를 상대할 시간이 없습니다. 그들의 심장은 돌로 되어 있고 그들의 말은 잔인하기 그지없죠.「비켜, 이놈아! 안 꺼져! 너 자꾸 이럴래!」사람들에게 고작 이런 소리나 듣고 아이의 마음은 점점 더 악해지겠죠. 겁을 잔뜩 집어먹은 가엾은 소년은 부서진 둥지에서 떨어진 어린 새처럼 추위 속에서 그저 떨고만 있어요. 손과 발은 꽁꽁 얼어 펴지지도 않고, 숨은 턱턱 막힙니다. 보세요, 아이가 벌써 기침을 하지 않습니까. 머지않아 더러운 벌레 같은 질병이 꿈틀꿈틀 그 아이의 가슴을 파고들 테고, 죽음은 어느새 그 아이의 어둠침침한 머리맡까지 와서 기다리겠지요. 돌봐 주거나 도와주는 사람도 없이 그렇게 인생이 끝나고 마는 겁니다! 허 참, 세상엔 그런 인생도 있는 겁니다! 아, 바렌까, 〈하느님을 위해서 한 푼 줍쇼〉라는 말을 듣고도 아무것도 안 주고 그냥 지나칠 수밖에 없는 현실이 너무 괴롭습니다. 저는 〈하느님이 주실 게다〉라는 말밖에 하지 못했어요. 종종 〈하느님을 위해서〉라고 외치는 다른 거지들은 그래도 좀 낫죠. (세상에는 여러 가지의 〈하느님을 위해서〉가 존재하거든요.) 어떤 거지는 오래돼서 하는 행동이나 말도 지겹고 뻔하고 상투적입니다. 한마디로 거지같죠. 그런 거지에게는 적선을 안 해도 그렇게 괴롭지 않습니다. 그는 동냥을 시작한 지가 오래된 직업적인 거지라서 동냥질에도 익숙하고, 사람들은 그가 어떻게든 살아가리라는 것을 알고 있죠. 거지 자신도 살아갈 방법을 알고 있고 말이죠. 하지만 어떤 〈하느님을 위하여〉들은 우리에게 너무 낯설고, 무섭고, 거친 느낌을 줍니다. 오늘 제가 소년에게서 쪽지를 받았을 때처럼 말입니다. 아이는 다른 행인들에게는 구걸도 않고 어느 집 담 밑에 서 있다가 갑자기 제게 말했습니다. 「나리, 하느님을 위해서 한 푼만 주세요!」 어찌나 목소리가 거칠던지 저는 무서운 느낌에 몸을 부르르 떨 정도였습니다. 하지만 저는 한 푼도 주지 않았습니다. 돈이 없었으니까요. 하지만 부자들은 거지들이 자신의 박복한 팔자를 큰 소리로 호소하는 것을 싫어해서 〈정말 시끄러워 죽겠네. 끈질긴 인간들 같으니!〉라며 불평합니다. 가난은 언제나 끈질긴 겁니다. 그런데 저들은 가난한 사람들이 배가 고파서 내는 신음 소리 때문에 잠이라도 설친다는 겁니까, 뭡니까!

 소중한 사람, 제가 이런 얘기를 당신께 쓴 이유는 속마음을 털어놓고 싶어서이기도 했지만, 솔직히 그보다 더 큰 이유는 전에 비해 훨씬 나아진 제 문장력을 구체적으로 예를 들어 보여 주고 싶어서입니다. 당신도 알아차렸겠지만, 얼마 전부터 저의 문체도 좋아지고 있거든요. 하지만 지금 저는 너무 우울합니다. 지금까지 제가 한 얘기에 스스로 빠져 들어 마음속 깊이 공감을 하게 되었기 때문이죠. 공감을 한들 아무 소용이 없으리라는 것은 잘 알고 있지만, 어떻게든 스스로에게 정당성을 부여할 수는 있잖아요. 나의 소중한 사람이여, 사람은 가끔 자기 자신을 아무 이유 없이 학대하고 하찮게 생각하고 불쏘시개만큼도 여기지 않는 경우가 있습니다. 비유적으로 말한다면, 제게 적선을 바라던 거지 소년처럼 저도 무엇엔가 위협을 느끼고 쫓기며 살고 있기 때문에 그럴 겁니다. 저는 당신께 대략적인 비유를 들어 말하겠습니다. 제 말 좀 들어 보세요. 가끔 저는 아침 일찍 관청에 서둘러 가다가 넋 놓고 도시를 바라보는 경우가 있어요. 잠에서 깨어 일어나는 모습, 연기를 피워 올리며 무엇인가 끓이는 모습, 왁자지껄하게 시끄러운 소리를 내는 모습 등을요. 가끔 그런 모습을 재미있게 보다가 저는 난데없이 코라도 한방 얻어맞은 사람처럼 풀이 싹 죽어 버립니다. 그리고 조용하고 겸손하게 가던 길을 재촉하며 손을 내젓고 말죠. 당신도 연기에 까맣게 그을려 거무튀튀해진 아파트에서 무슨 일이 벌어지고 있는지 한번 들여다보고 깊이 생각해 보세요. 그러면 아무 이유 없이 자신을 쓸모없는 인간으로 분류하며 쓸데없이 겁을 집어먹는 게 옳은지 아닌지 스스로 깨닫게 될 테니까요. 바렌까, 제가 지금 하는 얘기는 기존의 사실을 얘기하는 것이 아니라 비유라는 것을 상기시켜 드립니다. 자, 그럼 아파트 안에서 무슨 일이 벌어지고 있는지 봅시다. 거기 연기가 가득 찬 한 귀퉁이, 다시 말해 편의상 집이라고 불리는 눅눅한 개집 같은 곳에서 어떤 기술자 하나가 잠에서 깼습니다. 꿈에서 그가 어제 잘못 재단한 신발을 밤새도록 보았다고 칩시다. 대체 그런 허섭쓰레기 같은 것을 사람은 꿈에서까지 봐야만 하는 겁니까! 그래요, 기술자니까, 더욱이 신발을 만드는 기술자니까, 자기가 만드는 물건을 항상 생각한다는 것이 그리 커다란 무리는 아닐 수도 있어요. 그의 집에서는 아이들이 울어 대고 아내는 배를 곯고 있습니다. 하지만, 나의 소중한 사람이여, 구두장이들만 그런 아침을 맞는 것은 아닙니다. 사실 이건 별로 대수롭지 않은 일이고, 일이 이것으로만 끝나면 더 이상 이런 얘기를 할 필요도 없었을 겁니다. 하지만 이제 어떤 일이 벌어지는지 당신도 한번 들어 보세요. 바로 그 아파트의 위층 혹은 아래층에 금으로 도배를 하다시피 한 대저택에 어떤 부자가 사는데, 그도 밤새도록 신발 꿈만 꾼다 이겁니다. 다른 식, 다른 디자인의 고급 신발이지만 어쨌든 신발은 신발이죠. 제가 여기서 하려는 말은, 우리 모두가 조금씩은 구두장이를 닮았다는 것입니다. 이것도 뭐 그리 대수로운 일은 아닙니다만, 정말 나쁜 일은 앞서 말한 부자의 옆에 사람이 없다는 겁니다. 즉 그의 귀에 대고 〈그만 해, 그런 생각은 이제 그만 하라고. 언제까지 너 하나만 생각할 거야. 너 하나만을 위해 사는 것은 이제 그만 해. 너는 가난한 구두장이가 아니잖아. 그런 사람은 어쩔 수 없지만, 너는 애들도 건강하고 마누라도 밥 달라고 보채지 않잖아. 주위를 한번 둘러봐. 그 잘난 신발 말고도 걱정할 게 얼마나 많은지 알아? 좀 더 고결한 무엇을 찾아보라고!〉라고 질책할 수 있는 사람이 부자의 옆에는 없단 말입니다. 제가 비유를 들어 당신께 하고 싶었던 말이 바로 이겁니다, 바렌까. 저의 이런 생각은 어쩌면 정도를 넘어 버린 자유 사상인지도 모릅니다. 하지만 소중한 사람이여, 가끔 그런 생각이 드는 걸 어쩝니까. 그런 생각이 들면 저도 모르게 가슴속에서 뜨거운 말들이 쏟아져 나오는 걸 어쩌죠. 따라서 도시의 소음과 굉음에 기가 죽어서 스스로를 가치 없는 사람으로 여길 필요는 없는 겁니다. 당신은 제가 헛소리를 늘어놓고 있다고 생각할지도 모르겠습니다. 아니면 우울증 증세를 보인다고 생각할 수도 있고, 그것도 아니면 어떤 책에서 뽑아 썼다고 생각하겠죠. 아닙니다, 그런 생각은 버리세요. 그게 아니니까요. 저는 헛소리를 경멸하면서, 우울증 같은 것도 없고, 책에서 아무것도 베끼지 않았습니다. 암, 그렇고말고요!

저는 우울한 기분으로 집에 돌아와서 탁자에 앉아 찻주전자를 데웠습니다. 그런데 두 잔째 차를 마시려 할 때, 우리 하숙집의 가난한 하숙인 고르쉬꼬프가 저를 쳐다보고 있는 것이 보였습니다. 오늘 아침 그는 무슨 일 때문인가 다른 사람들 사이를 뛰어 다니면서 제게도 할 말이 있는 것 같은 눈치였습니다. 말이 나온 김에 하는 얘기지만, 그 사람의 생활은 저와는 비교도 안 될 정도로 비참합니다. 세상에! 게다가 아내와 아이들까지 딸렸으니! 제가 만약 고르쉬꼬프였다면 어땠을까, 상상조차 할 수 없는 일입니다! 자, 그런 고르쉬꼬프가 제 방에 찾아와서 꾸벅 인사를 했습니다. 언제나처럼 그의 눈가에는 눈물이 고여 있었고 눈썹 주위는 온통 짓물러 있었습니다. 그런데 그는 발로 마룻바닥만 문지를 뿐 아무 말도 않고 서 있기만 했어요. 저는 그를 의자에 앉혔죠. 사실 망가진 의자이기는 했지만 다른 게 없었어요. 차를 한잔 권

했습니다. 사양하더군요. 하지만 오랫동안 사양하다가 끝내는 잔을 받았습니다. 제가 설탕을 넣어야 한다고 하자 또다시 극구 사양을 하며 설탕도 넣지 않은 채 차를 마시려고 하더군요. 한참을 그렇게 실랑이를 한 끝에 거절을 거듭하던 그는 마침내 가장 작은 각설탕 조각을 잔에 넣더니, 차가 정말 달다고 감탄해 마지않았습니다. 쯧쯧, 가난이란 사람을 그 정도로 비참하게 만드는 것입니다!「그래, 무슨 일로 오셨나요?」제가 먼저 물었어요.「네, 그게 저, 그러니까 은혜로운 마까르 알렉세예비치, 부디 자비를 베푸셔서 저희 불행한 가족에게 도움을 주십시오. 애들도 아내도 먹을 것이 아무것도 없습니다. 아비가 되어 가지고 제 심정이 어떨지 헤아려 주십시오!」제가 입을 열려고 하자 그가 제 말을 가로막았습니다.

「마까르 알렉세예비치, 저는 여기 사는 사람들이 너무 무섭습니다. 그냥 무서운 게 아니라 그 사람들 앞에서는 몸둘 바를 모르게 창피해집니다. 그들은 하나같이 콧대가 높고 거만합니다. 사실 당신께, 은혜로운 당신께는 폐를 끼치지 않으려고 했습니다. 당신도 안 좋은 일이 있으셨다는 거 잘 알고 있으니까요. 당신이 많은 도움을 주실 수 없다는 것도 잘 압니다. 하지만 얼마라도 좋으니 돈을 좀 꾸어 주십시오. 제가 당신께 감히 이런 부탁을 드릴 수 있는 것은 당신의 선하신 마음을 알고 있기 때문입니다. 당신도 궁핍하셨던 때가 있었고, 지금도 가난을 겪고 계시니 저를 이해하고 동정하시리라 생각했기 때문입니다.」그리고 그는 〈마까르 알렉세예비치, 부디 저의 뻔뻔스러움과 불손함을 용서해 주십시오〉라는 말로 끝을 맺었습니다. 저는 그에게 도와줄 수 있다면 정말 좋겠지만 나도 가진 것이 없다고, 정말 아무것도 없다고 대답했습니다. 그러자 그가 그러더군요. 「나리, 마까르 알렉세예비치, 많은 도움을 바라는 게 아닙니다. 그러니까 그게 저(그는 얼굴이 새빨개졌습니다), 아내도 아이들도 굶고 있습니다. 10꼬뻬이까짜리 은화 한 닢이라도 좋습니다.」 저는 가슴이 죄어들었습니다. 〈나는 정말 비할 바가 아니구나!〉 하고 생각했습니다. 제게 남아 있던 돈은 20꼬뻬이까가 전부였고 그 돈은 쓸 데가 있었습니다. 내일 꼭 필요한 것을 사려고 둔 돈이었죠. 제가 그랬습니다. 「아니오. 빌려 드릴 수가 없어요. 그러니까 그게……」 「나리, 마까르 알렉세예비치. 얼마라도 좋습니다. 단돈 10꼬뻬이까라도……」 저는 서랍에서 20꼬뻬이까를 꺼내서 그냥 다 주어 버렸습니다. 나의 소중한 이여, 좋은 일 아닙니까! 에이, 빌어먹을 가난 같으니라고! 저는 그와 여러 가지 이야기를 나누었습니다. 제가 물었습니다. 「당신은 어쩌다가 그렇게 가난해졌습니까? 어쩌자고 그런 처지에 은화로 5루블이나 하는 방에 세 들게 되었습니까?」

그는 자초지종을 얘기해 주었습니다. 그가 방을 구한 것은 반년 전이고 돈은 석 달치를 선불로 주었답니다. 그 후로 사정이 나빠져서 가엾게도 이럴 수도 저럴 수도 없게 되었다는 거예요. 석 달이 지나면 사건이 일단락 지어질 줄 알았는데 그게 아니었던 거죠. 그 사건이라는 것이 참 골치 아픈 것이더군요. 바렌까, 그는 법정에 서야 하는 처지에 놓여 있습니다. 납품 계약으로 사기를 쳐서 국고를 축낸 어떤 상인과 소송 중인데, 다행히 상인은 사기를 쳤다는 사실이 밝혀져서 재판에 회부되었지만, 그자는 어쩌다가 이 일에 관련된 고르쉬꼬프까지 자신의 횡령 사실에 결부시켜 버린 겁니다. 사실 고르쉬꼬프도 잘못은 있습니다. 태만과 부주의로 국가 재산에 손해를 입힌 잘못도 용서를 받을 수는 없는 일이지요. 하지만 그게 답니다. 그런데 소송은 벌써 몇 년째 계속되고 있답니다. 고르쉬꼬프에게 불리한 장애물이 자꾸만 나타나는 것입니다. 「제게 불명예스러운 일을 뒤집어씌우고 있지만 저는 정말 결백합니다.」 고르쉬꼬프가 그러더군요. 「추호도 죄가 없습니다. 저는 사기를 친 적도 없고 도둑질을 한 적도 없습니다.」 소송 사건으로 그의 명예는 땅에 떨어졌고, 관청에서도 그를 쫓아냈습니다. 그가 유죄라는 증거를 찾아낸 것은 아니지만, 그렇다고 완벽하게 결백이 증명된 것도 아니기 때문에, 그는 상인에게서 마땅히 받아야 할 거액의 자기 돈도 지금까지 못 받고 있는 형편이랍니다. 그래서 그 돈을 찾으려고 재판을 건 거래요. 그의 말을 저는 믿습니다만, 법정에서는 한마디도 믿지 않는답니다. 온갖 간계와 속임수로 일이 얽히고설키어 그것을 다 풀려면 백 년이 지나도 힘들 거라는 거예요. 조금이라도 실마리가 풀리는가 싶으면 상인이 바로 끼어들어서 일을 또 꼬아 놓는다는 거예요. 저는 고르쉬꼬프를 진심으로 동정합니다. 가여워서 견딜 수가 없습니다. 그는 관등도 없고 장래성도 없기 때문에 아무도 그를 받아 주려 하지 않는답니다. 얼마 남아 있던 비상금은 다 까먹고, 일은 완전히 꼬여 버리고, 그러는 사이 난데없이 뜻하지 않던 아이가 태어나서 돈을 쓰고, 아들이 앓아 눕는 바람에 또 돈이 들어가고, 아이가 죽는 바람에 또 돈을 쓰고……. 아내도 아프고 그도 만성이 되어 버린 지병 때문에 건강이 말이 아니고, 한마디로 있는 고생 없는 고생 다 했더라고요. 안 해본 고생이 없는 거죠. 그런데 조만간 소송이 잘 풀릴 것도 같답니다. 이제 더 이상은 잘못될 일도 없대요. 딱합니다, 딱해요. 정말 딱해서 못 보겠습니다! 저는 그를 위로했습니다. 그는 세상에서 버림받아 갈 곳이 없는 사람입니다. 보호가 필요한 사람이에요. 그래서 제가 그를 위로해 주었습니다. 그럼 안녕히 계십시오, 나의 소중한 사람이여. 주님께서 당신과 함께하시기를. 건강하십시오. 사랑하는 나의 사람이여! 당신만 생각하면 제 아픈 상처에 약을 바르듯 편안해집니다. 비록 당신 때문에 괴롭기는 합니다만, 당신 때문에 괴로워하는 일마저도 저는 즐겁답니다.

당신의 진실한 친구 마까르 제부쉬낀

9월 9일

소중한 나의 바르바라 알렉세예브나!

저는 지금 제정신이 아닙니다. 끔찍한 사건 때문에 저는 극도로 흥분해 있습니다. 머리가 빙빙 도는 것만 같습니다. 제 주위에 있는 모든 것도 모두 빙글빙글 돌고 있는 것 같습니다. 아, 소중한 나의 사람이여, 제가 지금 무슨 얘기를 할지 아십니까! 이런 일이 일어날 줄은 정말 몰랐습니다. 아니, 그렇지 않습니다. 이런 일이 일어날 줄 몰랐다는 저의 말은 신빙성이 없습니다. 저는 모든 것을 예감하고 있었습니다. 제 마음속에서 이미 생각해 본 적이 있는 일입니다! 얼마 전 꾼 꿈에서도 아주 흡사한 일이 있었지요.

이런 일이 급기야 터지고 말았습니다. 이제부터 저는 문체가 좋고 어쩌고 그런 것은 따지지도 않고, 그냥 생각나는 대로 쓰겠습니다. 오늘 저는 관청에 출근을 해서 얌전히 앉아 서류를 정서하고 있었습니다. 참, 제가 어제도 정서했다는 것을 미리 말씀드려야겠군요. 어제 찌모페이 이바노비치가 다가오더니 제게 직접 업무를 주었습니다.「이 서류는 아주 중요하고 급한 거요. 마까르 알렉세예비치, 깨끗하고 꼼꼼하게 빨리 정서해 주시오. 오늘 내로 서명을 받아야 하는 거니까.」나의 천사여, 당신께 미리 말해 두어야 할 것은 어제 제가 제 정신이 아니었다는 겁니다. 아무것도 쳐다보기 싫었고, 슬픔과 쓸쓸함이 엄습해 왔습니다! 가슴은 시리고 마음은 어두웠습니다. 머릿속엔 온통 당신 생각뿐이었습니다, 내 가엾은 사람. 하지만 저는 곧 정서를 시작했습니다. 깨끗하고 훌륭하게 정서를 한 것까지는 좋았죠. 그런데 어떻게 말씀드려야 할지 모르겠습니다만, 도깨비에 홀린 건지 아니면 운명의 장난이었는지, 그것도 아니면 그냥 그렇게 될 수밖에 없었던 건지, 저는 그만 정서를 하다가 한 줄을 몽땅 빼먹고 말았습니다. 의미가 통했는지 어땠는지 누가 알겠습니까만은, 다만 말도 안 되는 엉터리 서류가 되고 만 것입니다. 어제 서류가 늦어지는 바람에 오늘에서야 겨우 서명을 받으러 각하께 올려 드렸습니다. 저는 아무 일도 없었다는 듯, 여느때와 마찬가지로 제시간에 출근을 했고, 예멜리얀 이바노비치 옆에 앉았습니다. 당신에게 말씀드려야 할 게 있군요. 저는 얼마 전부터인가 예전보다 부끄러움을 두 배로 더 느끼게 됐고, 아무 일에나 공연히 창피해집니다. 최근엔 누구든 제대로 쳐다본 적도 없습니다. 누군가 의자라도 조금 삐걱거리면 저는 새파랗게 질리곤 합니다. 오늘도 역시 마찬가지로 몸을 바싹 낮추고 얌전하게 앉아서 고슴도치처럼 잔뜩 웅크리고 있었습니다. 그랬더니 예쁨 아끼모비치가(이자는 세상에 둘도 없는 싸움꾼입니다) 모두 듣게 큰 소리로 제게 말을 걸더군요. 「마까르 알렉세예비치, 대체 왜 그렇게 우 — 우 — 우스운 표정을 짓고 앉아 계쇼?」 그리고 얼마나 이상하게 얼굴을 찡그리던지 그자와 제 근처에 앉아 있던 사람은 너나할 것없이 폭소를 터뜨렸습니다. 물론 저를 비웃는 것이었죠. 그들은 한참을 웃고 떠들었습니다! 저는 귀를 막고 눈을 감고 꼼짝도 않고 자리에 앉아 있었습니다. 제 습관이지요. 그렇게 해야 웃음이 빨리 가라앉거든요. 그런데 갑자기 떠들썩한 소리와, 누군가 뛰어가는 소리와 아무튼 난리 법석을 떠는 소리가 들렸습니다. 제가 들은 것은 — 혹시 잘못 들었나? — 저를 부르는 소리였습니다. 제부쉬낀을 부르고 있었어요. 가슴속에서 심장이 털썩 내려앉는 것만 같았는데 무엇 때문에 그렇게 놀랐는지는 저도 모를 일입니다. 제가 아는 것은 단 한 가지, 예전에는 한번도 그렇게 놀라 본 적이 없었다는 것입니다. 저는 의자에 붙기라도 한 듯 꼼짝 않고 앉아 있었습니다. 마치 아무 일도 일어나지 않았다는 듯, 지금 부르는 사람이 내가 아니라는 듯 말이죠. 하지만 다시금 저를 부르기 시작했고, 그 소리는 점점 더 가까이에서 들렸습죠. 마침내는 제 귀에 대고 소리를 지르더군요. 「제부쉬낀을 찾는다고! 제부쉬낀! 제부쉬낀 어디 있나!」 눈을 들어 보니 제 앞에 예프스따피 이바노비치가 서 있고 그가 그러더군요. 「마까르 알렉세예비치, 지금 당장 각하의 방으로 가시오, 어서요! 서류를 정서하면서 큰 실수를 했더군!」 그가 말한 것은 그뿐이었으나 충분했습니다. 그렇지 않습니까, 나의 소중한 사람! 더 이상 무슨 말이 필요했겠습니까? 저는 죽을 것만 같았습니다. 몸은 굳어 오고 아무 감각도 없었습니다. 그렇게 파랗게 질려서 각하의 방으로 향했습니다. 한 사무실을 지나고, 또 다른 사무실을 지나고 세 번째 사무실을 지나서 각하의 방에 들어갔습니다! 그때 무슨 생각을 했는지는 정확히 설명드릴 수 없습니다. 눈을 들어 보니 각하께서 서 계시고 주위에 높은 분들이 빙 둘러 계셨습니다. 저는 아마 인사도 안 했을 겁니다. 잊어버렸거든요. 멍한 채로 입술과 다리를 덜덜 떨며 서 있었습니다. 왜 그랬냐고요. 첫째로 창피했습니다. 오른쪽에 있던 거울을 흘끗 들여다보았더니, 제 흉한 몰골에 제가 미칠 것만 같더군요. 두 번째로는, 여태껏 저는 세상에 존재하지 않는 사람인 양 행동해 왔는데 그게 다 틀려 버렸기 때문이었습니다. 각하께서도 저의 존재는 모르고 계셨을 겁니다. 어쩌면 관청에 제부쉬킨이라는 자가 있다는 얘기를 흘려 들으셨는지는 몰라도, 오늘만큼 각하와 저의 거리가 가까웠던 적은 단 한 번도 없었습니다.

각하는 진노했습니다. 「대체 어떻게 이럴 수 있나! 도대체 뭘 보고 쓴 거야? 중요한 서류이고 지급을 요하는 거라고 했는데 자네가 다 망쳐 놓지 않았느냔 말이야! 대체 어떻게 이런 일을 저지르는가!」 각하는 예프스따피 이바노비치를 쳐다보며 말씀하셨습니다. 저는 제 귀로 날아오는 소리만 그저 듣고 있을 뿐이었습니다. 「직무 태만에다가 부주의까지! 일을 망쳐도 분수가 있지!」 저는 무슨 말이든 하려고 입을 열었습니다. 용서를 구하고 싶었습니다만 그럴 수가 없었습니다. 도망을 가고 싶었습니다만, 감히 그럴 엄두가 나지 않았습니다. 그런데 그때, 바로 그때, 지금 생각해도 펜을 그러쥘 힘조차 없을 정도로 부끄러운 일이 벌어지고 말았어요. 저의 단추가,

가느다란 실에 간신히 매달려 있던 망할 놈의 단추가 갑자기 실을 끊고 툭 떨어지더니 바닥으로 튀어 버린 겁니다. (아마 제가 저도 모르게 잡아당겼던 모양입니다.) 떨어진 단추는 소리를 내며 굴러가더니 그 저주받을 단추는 곧장, 그야말로 곧장 각하의 발을 향해 가는 것이었습니다. 모두들 침묵하고 있는 사이에 말입니다! 제가 각하께 대답하려던 모든 것을, 즉 변명과 사죄를 단추가 대신한 셈이었죠! 결과는 끔찍했습니다! 각하가 저의 겉모습과 의복에 주의를 기울이게 되셨으니까요. 저는 거울 속에서 보았던 제 모습을 떠올렸습니다. 저는 단추를 잡으려고 뛰었습니다! 얼마나 어리석은 짓이란 말입니까! 몸을 굽혀 단추를 집으려는데 단추가 구르고 돌고 하는 바람에 잡을 수가 없었습니다. 한마디로 대단히 민첩한 행동을 구경시켜 드린 거죠, 헛헛. 마지막 남아 있던 힘마저 쑥 빠져나가는 느낌이었습니다. 〈이젠 끝장이구나!〉 싶더군요. 자존심은 구겨질 대로 구겨지고 저라는 사람은 완전히 파멸된 것이었습니다! 밑도끝도없이 제 귀에 쩨레자와 팔도니의 목소리가 차례로 들려왔습니다. 마침내 저는 단추를 잡았고 몸을 일으켜 허리를 폈습니다. 만일 저의 바보스러움이 거기까지였다면 저는 재봉선에 손을 붙이고 얌전하게 서 있었으련만, 그게 아니었습니다! 저는 이미 떨어져 버린 단추를 어떻게든 실에 달아 보려고 낑낑댔습니다. 그렇게 하면 단추가 다시 붙을 줄 알았나 봅니다. 게다가 히죽히죽 웃기까지 했습니다. 처음 각하께선 그런 제 모습을 외면하셨습니다. 그러다가 다시 저를 보시고 예프스따피 이바노비치에게 이렇게 말씀하셨습니다. 「이게 어찌 된 일인가? 자네도 좀 보라고, 저 사람 저 모양새를……! 대체 어떻게 된 사람이야……! 뭐 하는 작자냐고……!」 아, 나의 소중한 여인이여, 이제 저는 〈대체 어떻게 된 사람이야, 뭐 하는 작자냐고!〉라는 말까지 듣고 말았습니다. 참 대단한 사람이 되고 말았어요! 예프스따피 이바노비치의 대답이 들려왔습니다. 「지금까지 별다른 지적을 받지 않던 사람입니다. 한번도요. 행동도 바르고 월급도 충분히 받고 있습니다. 급수에 맞게 연봉을……」 「어떻게든 형편을 좀 봐줬어야 할 거 아닌가!」 각하께서 말씀하셨습니다. 「가불이라도 좀 해주든지…….」 「이미 가불을 해갔다고 들었습니다. 수개월 치 월급을 미리 받아 갔다고요. 형편은 좀 그런 모양입니다만, 별다른 주의는 받은 적이 없는 사람입니다. 한번도 그런 적이 없습니다.」 나의 천사여, 저는 활활 타고 있었습니다. 지옥의 유황불 속에서 활활 타고 있었습니다! 저는 숨이 잦아드는 것 같았습니다! 「자, 그럼,」 각하께서 큰 소리로 말씀하셨습니다. 「빨리 이거나 다시 쓰게. 제부쉬낀, 이리 가까이 오게. 이번에는 실수 없이 다시 정서하게. 그리고 말이야…….」 각하께서는 다른 사람들을 보시며 지시를 내린 다음 물러가게 하셨습니다. 그들이 물러가자마자 각하께서는 얼른 지갑을 꺼내시더니 1백 루블짜리 지폐를 한 장 빼셨습니다. 「자, 이거 받게.」 각하께서 말씀하셨습니다. 「내가 줄 수 있는 것은 이것뿐일세. 성의로 알고 받아 두게.」 그러고는 그것을 제 손에 쥐어 주셨습니다. 나의 천사여, 저는 몸을 부르르 떨었습니다. 저의 온 영혼이 전율을 느꼈습니다. 그 순간 전 어떻게 됐었나 봅니다. 각하의 손을 잡으려 했으니까요. 각하는 얼굴이 빨개지시더니 ― 소중한 나의 사람이여, 저는 지금 한 치의 거짓 없이 말씀드리고 있습니다 ― 저처럼 미천한 사람의 손을 잡고 흔드셨습니다. 정말로 제 손을 잡고 흔드셨다고요. 마치 가까운 사람에게 그러시듯, 당신과 비슷한 서열의 장군에게 하시듯 제게 그렇게 대해 주셨어요. 「자, 이제 가보게. 내가 할 수 있는 건 그게 다일세……. 더 이상 실수는 저지르지 말게. 이번 실수는 덮어 두겠네.」

제가 어떤 결심을 했는지 아십니까, 나의 소중한 사람. 당신과 표도라에게, 그리고 만약 제게 아이들이 생긴다면 그 아이들에게 이렇게 말하겠습니다. 아비를 위한 기도는 하지 않아도 좋으니, 하느님께 매일매일 각하를 위해 영원히 기도하라고 말입니다! 또 하나 엄숙하게 말씀드릴 것이 있습니다, 나의 소중한 이여. 제 말 잘 들으세요. 당신과 당신의 불행, 또 자신과 자신의 무능함 때문에 제가 그동안 불행으로만 점철된 가혹한 나날을 보내면서 정신적 비애에 젖어 파멸의 길로 빠져 들기는 했었습니다만, 이젠 당신께 맹세할 수 있습니다. 제게 귀중한 것은 1백 루블이 아닙니다. 각하께서 친히 지푸라기같이 하잘것없는 이 주정뱅이의 손을, 이 천한 손을 잡아 주신 것이 감동스러울 따름입니다! 이것으로 각하는 저를 본래의 모습으로 되돌려 주신 겁니다. 단지 그 행동 하나만으로도 각하는 저의 영혼에 새 숨을 불어넣어 주셨고, 제 삶이 오래도록 달콤할 수 있도록 해주신 겁니다. 제가 비록 주님 앞에서 죄가 많은 인간입니다만, 각하의 행복과 행운을 기원하는 저의 기도는 주님의 권좌에 가 닿을 것이라고 확신하고 있습니다……!

소중한 나의 사람이여! 저는 지금 마음속이 극도로 혼란스럽고 끝없는 흥분에 휩싸여 있습니다! 가슴은 쿵쾅거리다 못해 밖으로 튀어나오려고 합니다. 머리끝에서 발끝까지 기운이 다 빠져나간 것만 같습니다. 당신에게 지폐로 45루블을 보냅니다. 20루블은 하숙집 여주인에게 주고 35루블은 제 몫으로 남겨 두겠어요. 그 중 20루블은 의복을 가지런히 하는 데 쓰고 15루블은 생활비로 쓰겠습니다. 다만 지금은 오늘 아침에 느꼈던 격정들이 제 존재 자체를 뒤흔들고 있으므로 좀 누워서 쉬어야겠군요. 그래도 저는 편안합니다, 아주 편안합니다. 가슴이 좀 아플 뿐, 마음속 깊은 곳에서 제 영혼이 아직도 떨리고, 두근거리고, 동요하는 소리가 좀 들릴 뿐 괜찮습니다. 조만간 당신에게 가겠습니다. 하지만 지금은 격정에 취해서……. 소중한 나의 사람이여, 하느님께서는 모든 것을 내려다보시고 계십니다. 더없이 소중한 나의 귀여운 사람이여!

당신의 성실한 친구 마까르 제부쉬긴

9월 10일

친절하신 마까르 알렉세예비치!

저도 당신의 행운이 말할 수 없이 기쁩니다. 나의 소중한 친구여, 저 역시 당신 상관님의 은혜로우신 행동에 깊이 감동하고 있습니다. 이제는 슬픔에서 한 발자국 떨어져서 좀 쉬도록 하세요! 하지만 이번만은 돈을 허투루 쓰지 마세요. 최대한으로 검소하게 절약하며 사세요. 어느 날 갑자기 다시 불행을 당하시지 않도록, 오늘부터 조금씩 항상 저금을 하도록 하세요. 부디 저희 걱정은 하지 마세요. 저하고 표도라는 그럭저럭 살아가고 있으니까요. 마까르 알렉세예비치, 웬 돈을 그렇게 많이 보내셨어요? 저흰 필요 없는데. 저희가 가지고 있는 것만으로도 충분한데요. 사실 이사를 가려면 곧 돈이 필요하기는 하지만 표도라가 오래전에 빌려 준 케케묵은 빚을 곧 돌려받게 된대요. 그래서 만약의 경우를 위해서 20루블만 남겨 두고 나머지는 돌려드립니다. 제발 돈을 아껴 쓰세요, 마까르 알렉세예비치. 그럼 안녕히 계십시오. 이젠 편안하게, 건강하게, 밝게 지내시기 바래요. 편지를 좀 더 쓰고 싶지만, 지금 전 완전히 녹초가 되었습니다. 어제는 하루 종일 침대에서 일어나지도 못했어요. 저에게 들르시겠다고 약속하셨죠. 정말 잘하셨어요. 부디 꼭 병문안 좀 와주세요, 마까르 알렉세예비치.

V. D.

9월 11일

사랑스런 나의 바르바라 알렉세예브나!

나의 소중한 사람이여, 제가 이렇게도 완벽한 행복을 느끼고 있고 모든 게 만족스러운데, 이제 와서 저와 헤어지려 하다니오, 제발 그러지 마세요. 사랑하는 나의 여인이여! 표도라 말은 귀담아듣지 말아요. 저는 당신이 원하시는 것은 뭐든 다 하겠습니다. 행실도 바르게 할 겁니다. 각하에 대한 존경심만 생각하더라도 행실을 바르게 해야 할 이유는 충분해요. 당신과 저는 서로에게 다시금 행복한 편지를 주고받을 것이고, 모든 생각과, 기쁨과, 걱정거리를 털어놓게 될 것이고, 서로 이해하며 행복하게 살게 될 겁니다. 함께 문학에도 취해 봅시다……. 나의 천사여! 제 인생은 이제 완전히 바뀌었습니다. 좋은 쪽으로 바뀌었단 말이에요. 하숙집 여주인도 순해졌고, 쩨레자도 똘똘해졌고, 팔도니까지도 행동이 아주 기민해졌습니다. 라따자예프와도 화해를 했습니다. 제가 기꺼이 그에게 찾아갔었죠. 그는 좋은 사람입니다. 사람들이 그에 대해서 나쁜 소문을 퍼뜨린 것은 다 헛소리였습니다. 아주 추악한 헛소문이었어요. 이젠 저도 다 알게 됐지요. 그는 당신과 제 얘기를 작품으로 쓰겠다는 생각 따위는 이젠 하지 않는답니다. 그가 직접 한 말이에요. 제게 자신의 새 작품도 읽어 주었습니다. 지난번에 저를 로벨라스라고 불렀던 것은 욕이나 모욕스러운 별명이 아니었다며 해명도 하더군요. 그것은 외국어에서 따온 말로 〈민첩한 젊은이〉라는 뜻이랍니다. 좀 더 아름답게 문학적으로 표현하자면 〈젊은이여, 바르게 행동하라〉라는 뜻이 된답니다. 정말이에요! 다른 나쁜 뜻은 없었답니다! 나의 천사여, 그것은 악의 없는 농담에 불과한 것이었어요. 제가 배우지 못하고 어리석은 탓에 괜히 화를 냈던 겁니다. 그에게 사과도 했습니다....... 바렌까, 오늘 날씨 참 좋지요. 정말 쾌청합니다. 아침에 고운 체로 거른 듯한 안개비가 좀 내리긴 했습니다만, 괜찮습니다! 대신 공기가 신선해졌잖아요! 오늘은 밖에 나가서 정말 굉장히 좋은 신발을 샀습니다. 네프스끼 거리에서 산책도 하고 『꿀벌』[30]도 읽었습니다. 아 참! 중요한 것을 잊어버리고 얘기를 안 했군요.

무슨 얘긴가 하면 말입니다.

저는 오늘 아침에 예멜리얀 이바노비치, 악센찌 미하일로비치와 함께 각하에 대해서 대화를 나누었습니다. 바렌까, 각하는 저 한 사람에게만 자비를 베푸신 것이 아니더군요.

30 1825~1864년 동안 파드제이 베네딕또비치 불가린(1789~1859)과 니꼴라이 이바노비치 그레치(1787~1867)에 의해 발간된 뻬쩨르부르그의 보수적 경향의 기관지『북방의 꿀벌』을 말한다.

저 한 사람에게만 은혜를 베푸신 것이 아니라, 그분의 선량한 마음은 세상이 다 알고 있더군요. 꽤 여러 사람이 그분의 공덕을 찬양하며 감사의 눈물을 흘리고 있대요. 고아도 한 명 데려다 키우셨는데 안 해준 거 없이 다 해주시고, 각하의 휘하에서 특수 임무를 맡았던 고명한 관리에게 시집까지 보내셨다는군요. 어떤 과부의 아들은 사무실에 취직시켜 주시고, 그 밖에도 그분이 베푼 은혜는 끝이 없어요. 그런 얘기를 듣고 저는 제 얘기도 털어놓는 것이 도리일 것 같아서 모두가 듣는 데서 각하께서 제게 베푸신 일을 얘기했습니다. 하나도 숨기지 않고 몽땅 털어놓았죠. 수치심 같은 것은 주머니에 구겨 넣고 말이죠. 이런 상황에서 수치심이며 자존심이 무슨 대수라고요! 각하의 은혜로우신 행동이 널리 퍼지도록 저는 몽땅 털어놓았습니다! 낯을 붉히지도 않고 열과 성을 다해 정신없이 얘기했습니다. 오히려 그런 말을 하게 된 자신이 자랑스럽기까지 했습니다. 저는 숨김없이 털어놓았습니다. (당신에 대한 얘기만 빼고 말입니다.) 저희 하숙집 여주인부터, 팔도니, 라따자예프, 구두 얘기, 고리 대금업자 마르꼬프 얘기 등등 모조리 털어놓았습니다. 얘길 듣고 몇몇이 비웃었습니다. 사실은 모두가 저를 비웃었습니다. 하지만 그들이 비웃은 것은 제 모습 때문이었을 겁니다. 제 모습이 너무 우스워서, 아니면 신발이…… 그래요, 신발 때문에 비웃은 겁니다. 나쁜 의도로 비웃은 건 아닐 겁니다. 그것도 아니면 그들이 너무 젊어서, 아니면 부유한 사람들이기 때문에 뭘 모르고 웃었을 겁니다. 못되고 악한 의도로 제 얘기를 비웃은 것은 절대로 아닐 겁니다. 더군다나 각하와 관련된 일인데 그럴 리가 없지요, 안 그렇습니까, 바렌까?

나의 소중한 사람, 저는 지금까지도 여전히 정신을 차릴 수가 없습니다. 제게 일어난 사건이 저를 이토록 혼란스럽게 한 겁니다! 참, 당신 집에 땔감이 있나요? 바렌까, 감기에 걸리면 안 돼요. 감기에 걸리는 것은 순식간의 일이니까요. 아아, 나의 소중한 이여, 당신의 우울한 생각들은 제 목숨까지도 위협하고 있습니다. 저는 요즘 신께 기도를 드립니다. 소중한 당신, 당신을 보살펴 달라고 얼마나 열심히 기도한다고요! 털양말은 있어요, 뭐 따뜻한 옷은 있습니까. 소중한 사람, 항상 조심하세요. 뭐가 필요하면 이 늙은이를 속상하게 만들지 말고 곧장 말하세요. 주저하지 말고요. 힘들었던 시간은 다 지나갔습니다. 제 걱정은 아무것도 하지 말아요. 이제부터는 탄탄대로이니까요!

바렌까, 지난날은 정말 슬펐습니다! 하지만 이젠 아무래도 좋습니다, 지나간 일이니까요! 세월이 흐르면 지난 시간은 한숨과 함께 날려보냅시다. 제가 젊었을 때가 기억 나는군요. 그때는 더했어요! 주머니에 단돈 몇 푼도 없던 때가 얼마나 많았다고요. 춥고 배는 고팠지만, 그래도 즐거웠습니다. 별일 아니었지요. 아침에 네프스끼 거리를 산책하다가 예쁜 얼굴이라도 마주치면 하루 종일 행복할 수 있었거든요. 훌륭하고 멋있는 순간들이었습니다! 바렌까, 산다는 것은 참 좋은 일입니다! 특히 여기 뻬쩨르부르그에 산다는 것은 더욱 그래요. 저는 어제 눈물을 줄줄 흘리며 주님 앞에서 참회했습니다. 불평 불만, 자유 사상들, 추태며 도박 등등 제가 힘들었던 때에 저지른 모든 죄를 용서하여 주십사 하고 빌었습니다. 기도하면서 당신을 생각할 때는 가슴이 벅차 왔습니다. 나의 천사여, 저를 단련시킨 사람은 당신 한 사람뿐이었습니다. 당신만이 저를 위로해 주었고, 따끔한 조언과 가르침으로 격려해 주었습니다. 나의 소중한 이여, 그것만은 절대로 잊지 않겠습니다. 귀여운 당신, 저는 오늘 당신이 보내 주신 편지를 다 꺼내 입을 맞추었습니다! 그럼 안녕히 계십시오, 나의 소중한 사람. 여기서 멀지 않은 곳에 옷을 파는 곳이 있다고 하는군요. 잠깐 다녀오겠습니다. 안녕히 계십시오, 나의 천사여. 안녕히!

    온 마음을 다해 충심을 다짐하며, 마까르 제부쉬낀

9월 15일

존경하는 마까르 알렉세예비치!

저는 지금 무서운 흥분에 휩싸여 있습니다. 제게 무슨 일이 일어났는지 제 말 좀 들어 보세요. 저는 지금 운명 같은 것을 예감하고 있습니다. 더없이 소중한 나의 벗이여, 당신도 한번 생각해 보세요. 비꼬프 씨가 지금 뻬쩨르부르그에 와 있습니다. 표도라가 그를 만났대요. 길에서 마차를 타고 가다가 표도라를 보고 마차를 멈추더니 그녀에게 다가가 어디에 사는지 꼬치꼬치 캐묻더래요. 하지만 그녀는 대답을 하지 않았죠. 그랬더니 야비한 웃음을 띠면서 그녀의 집에 누가 사는지 다 안다고 하더래요. (안나 표도로브나가 다 얘기했겠죠.) 표도라가 더는 참을 수가 없어 길 한가운데서 소리소리 지르며, 〈부도덕한 당신 때문에 바르바라 알렉세예브나가 지금 불행을 겪고 있다〉고 욕을 해주었대요. 그랬더니 그는 돈이 한 푼도 없으니 불행한 것은 당연한 일 아니냐고 응수했답니다. 표도라가 〈바르바라 알렉세예브나는 일을 하면서 잘살 수도 있었고, 시집갈 수도 있었고, 일할 자리를 어렵게 찾지 않아도 됐을 테지만, 이제는 영원히 행복을 놓쳤다, 더구나 몸이 너무 아파서 곧 죽을 것이다〉라고 얘기했더니, 그자가 〈바르바라 알렉세예브나는 아직 어리고 철이 안 들어서 《은인들이 걱정을 하느라 기운이 다 빠졌을 정도다》〉(그의 말을 그대로 옮깁니다)라고 하더래요. 하지만 저와 표도라는 그가 우리 집까지는 모를 거라고 생각했습니다. 그런데 어제 갑자기 제가 고스찌니 시장으로 장을 보러 나가자마자 그자가 저희 집에 왔더래요. 집에서 저를 대면하고 싶지가 않았었나 보죠. 표도라에게 저희 생활 형편에 대해서 한참을 묻고, 저희 집을 찬찬히 둘러보고, 제 일감을 쳐다보더니 마침내 〈당신들이 알고 지낸다는 그 관리가 어떤 사람이오?〉 하고 묻더래요. 마침 당신이 마당을 가로질러 가고 있기에 표도라가 저분이라며 손가락으로 가리켰더니, 그가 당신을 쳐다보면서 야비한 웃음을 짓더래요. 표도라는 그렇지 않아도 바르바라 알렉세예브나가 절망 때문에 몸이 약해질 대로 약해졌는데 비꼬프 씨가 집에 와 있는 것을 보면 훨씬 더 안 좋아질 거라며 그만 가달라고 했대요. 그는 입을 꾹 다물더니, 할 일이 없어서 와본 거라며 표도라에게 25루블을 주려고 했대요. 물론 안 받았지만요. 도대체 이게 무슨 뜻일까요? 그가 왜 우리 집에 왔다 갔을까요? 우리 얘기를 어떻게 그렇게 세세히 알고 있는지 저는 이해를 할 수가 없어요! 짐작도 할 수 없습니다. 표도라는 저희 집에도 자주 오곤 하는 그녀의 시누이 악시냐가 세탁부 나스따시야라는 여자와 잘 아는데, 나스따시야는 또 안나 표도로브나의 조카가 잘 아는 사람이 근무하는 관청 수위와 사촌지간이라는군요. 혹시 그런 경로로 소문이 퍼져 나간 건 아닐까요? 하지만 표도라 생각이 틀릴 수도 있어요. 어떻게 생각을 정리해야 하는지 모르겠어요. 그가 저희 집에 다시 올까요! 그것만 생각하면 전 끔찍합니다! 어제 표도라가 이런 얘기를 해주었을 때도 저는 너무 놀라고 무서워서 하마터면 기절할 뻔했습니다. 도대체 무슨 일이 더 남았을까요? 그 사람들은 이제 아는 척도 하기 싫습니다! 저처럼 불쌍한 사람에게 무슨 볼일이 더 남은 걸까요! 아! 지금이라도 당장 비꼬프 씨가 제 방으로 들어올지도 모른다고 생각하면 전 끔찍합니다. 이제 저는 어떻게 되는 거죠! 어떤 운명이 저를 기다리고 있는 걸까요? 제발, 지금 당장 제게 좀 와주세요, 마까르 알렉세예비치. 제발, 제발 와주세요.

V. D.

9월 18일

소중한 나의 바르바라 알렉세예브나!

오늘 저희 하숙집에는 너무나도 슬픈, 말로 다 할 수 없는 뜻밖의 사고가 있었습니다. 저희 집에서 제일 가난했던 고르쉬꼬프가 (처음부터 말하겠습니다) 완벽하게 무죄 판결을 받았습니다. 결정은 이미 오래전에 났고, 오늘은 마지막 판결을 들으러 갔다 온 거랍니다. 재판은 그에게 유리하게 끝났습니다. 태만과 부주의로 인한 죄야 어찌 됐건, 그는 무죄 판결을 받은 겁니다. 판사는 상인에게도 거액에 달하는 그의 돈을 돌려주라고 했대요. 한마디로 이젠 팔자가 활짝 핀 거지요. 실추됐던 그의 명예도 회복됐고, 만사가 다 잘 풀렸습니다. 한마디로 한 인간의 바람이 완벽하게 현실로 이루어진 거죠. 그는 오늘 세 시에 돌아왔습니다. 그는 얼굴이 말이 아니었습니다. 백지장처럼 하얀 얼굴에 입술을 덜덜 떨고 있더군요. 하지만 웃고 있었어요. 아내와 아이들도 부둥켜안았고요. 우리는 축하해 주려고 함께 몰려갔습니다. 우리들의 그런 행동에 감명을 받았는지 그는 여기저기 고개 숙여 인사를 했고, 우리들 한 사람 한 사람의 손을 몇 번씩이나 잡고 악수하고 또 했습니다. 제 눈엔 그가 키도 커지고 자세도 더 번듯해진 것같이 보이더군요. 눈가에 항상 고여 있던 눈물도 없어진 것 같았고요. 그 가여운 사람은 너무 흥분해 있었습니다. 한자리에 단 2분도 가만히 있지를 못했으니까요. 손에 잡히는 것은 다 쥐었다 놓았다, 계속 웃어 가며 인사했습니다. 또 앉았다 일어났다, 알아들을 수 없는 말도 중얼거렸습니다.「내 명예, 체면, 내 고결한 이름, 우리 아이들.」그뿐입니까! 울음을 터뜨리기도 했습니다! 저희들도 대부분 눈물을 흘렸지요. 라따자예프는 그를 위로해 준답시고 이렇게 말했습니다.「입에 풀칠할 것도 없는데 체면이 다 뭐란 말입니까, 돈, 돈이 중요한 겁니다. 무엇보다 돈을 돌려 받을 수 있게 됐으니 하느님께 감사하십시오!」그리고 그의 어깨를 가볍게 두드렸습니다. 고르쉬꼬프는 그 말에 화가 난 것 같았습니다. 불편한 심기를 말로 표현하진 않았지만, 라따자예프를 아주 이상한 눈으로 쳐다보며 그의 손을 어깨에서 털어냈습니다. 옛날 같으면 상상도 할 수 없는 일이지요! 하지만 성격이야 뭐 여러 가지죠. 예를 들어 저라면 기쁜 자리에서 교만한 모습은 보이지 않았을 겁니다. 가끔 저는 지나치게 공손해지면서 저자세를 보일 때가 있지만, 그것은 제가 정신적으로 선한 사람이 아니라서, 혹은 마음이 너무 여려서 그러는 것이 아니에요……. 하지만 지금은 제 얘길 하자는 게 아니에요. 고르쉬꼬프는 〈그래요, 돈도 좋은 거죠. 정말 다행입니다, 정말 다행이에요……!〉라고 대답했습니다. 그는 저희가 거기 있는 동안 내내 〈정말 다행입니다, 정말 다행이에요……!〉만을 계속 되풀이했습니다. 그의 아내는 훌륭하고 푸짐한 저녁을 주문했더군요. 우리 하숙집 주인 여자가 직접 요리했고요. 그 여자도 가끔은 착한 구석이 있죠. 식사하기 전까지 고르쉬꼬프는 한자리에 잠자코 앉아 있지 못했습니다. 부르든 부르지 않든 이방 저방 들어가 보기도 했고요. 어떤 방에서는 의자에 앉아서 미소를 띠며 얘기도 했고, 또 어떤 방에서는 아무 말도 안 하고 앉아 있다가 그냥 나오기도 했고요. 해군 장교 방에서는 카드도 손대어 보더군요. 그는 네 번째로 칠 수 있는 자격을 얻었는데, 치다가 치다가 말도 안 되는 실수를 저지르더니 한 서너 차례 돌아가자 포기해 버리고 말더군요. 「안 되겠네요. 저는 정말, 저는…… 그저 잠시 둘러보려고…….」 그리고 거기서 나왔습니다. 저는 그를 복도에서 마주쳤습니다. 그가 제 두 손을 잡고 눈을 똑바로 들여다보는데 왠지 느낌이 묘했어요. 그가 악수를 하고 웃으면서 돌아서는데, 그 웃음은 마치 죽은 자의 미소처럼 음울하고 신비했습니다. 그의 아내는 기쁨의 눈물을 흘렸습니다. 그의 집은 잔칫날처럼 흥겨웠지요. 그들은 빨리 식사를 마쳤습니다. 식사를 마치고 그는 아내에게 〈여보, 잠깐만, 나 잠깐 눈 좀 붙일게〉라고 말하고 침대로 가더랍니다. 딸아이를 불러서 머리 위에 손을 얹고 오래도록 아주 오래도록 쓰다듬기도 했고요. 그러더니 아내에게 〈뻬쩬까는 어떻게 된 거야? 우리 뻬쨔 말이야, 뻬쩬까, 응?……〉 하더래요. 아내가 성호를 그으며 〈갠 죽었잖아요〉라고 얘기했더니, 〈알아, 나도 안다고. 뻬쩬까는 지금 하늘 나라에 가 있어〉라고 대답하더래요. 아내는 낮에 있었던 일이 남편을 송두리째 뒤흔들어 놓아서 잠시 제정신이 아닌가 보다 하고 여겼기 때문에 그냥 〈여보, 좀 주무셔야겠어요〉라고 말했답니다. 〈그래, 알았어. 나도 지금…… 조금만…….〉 그는 돌아누워서 잠시 그러고 있다가 또다시 되돌아보며 뭐라고 중얼거렸대요. 하지만 남편의 말을 못 알아들은 아내가 〈당신 뭐라고 하셨어요?〉라고 묻자 더 이상은 대답을 하지 않더래요. 그녀는 몇 번 더 묻다가 〈저이가 잠들었나 보다〉라고 생각하고 한 시간 정도 하숙집 주인 여자에게 가 있었대요. 한 시간 후에 돌아와 보니 남편은 아직도 꼼짝 않고 누워 있더랍니다. 남편이 아직도 자고 있다고 생각한 아내는 의자에 앉아 일을 했대요. 한 30분 정도 일을 했는데 무슨 생각을 아주 깊이 한 나머지, 무슨 생각을 했는지조차 기억이 나지 않는다고 하더군요. 어쨌든 남편에 대해선 까맣게 잊고 있었대요. 어느 순간 그녀는 불안한 느낌 때문에 퍼뜩 정신이 들었고, 방 안을 감도는 무덤 같은 정적에 소스라치게 놀랐대요. 침대 쪽을 보니까, 남편은 여전히 같은 자세로 누워 있더랍니다. 그래서 침대로 다가가 이불을 들추고 보았더니, 남편은 벌써 차갑게 식어 있더랍니다. 죽은 거예요. 고르쉬꼬프가 죽었다고요. 별안간 벼락이라도 맞은 것처럼 말이에요! 왜 죽었는지는 하느님만 아시는 일이겠죠. 바렌까, 저는 너무 심한 충격을 받아서 지금도 정신을 차릴 수가 없습니다. 사람이 그렇게 쉽게 죽을 수 있다는 사실이 믿어지지 않습니다. 고르쉬꼬프라는 사람, 참으로 불쌍하고 불행한 사람이올시다! 아아, 운명이여, 대체 뭐 그런 운명이 다 있습니까! 그의 아내는 너무 놀라서 눈물만 줄줄 흘리고 있습니다. 딸아이는 어느 구석에 숨었는지 보이지도 않고요. 그 집은 지금 난리 법석입니다. 검시를 한다고 하는군요……. 더 이상은 드릴 말씀이 없습니다. 불쌍할 따름입니다. 아아, 가여워서 견딜 수가 없어요! 생각만 해도 슬픈 일입니다. 이렇게 하루 앞도, 한 시간 앞도 내다볼 수 없는 게 인생이라니……. 사람이 그렇게 쉽게 죽어 버리다니…….

당신의 마까르 제부쉬긴

9월 19일

친애하는 바르바라 알렉세예브나!

나의 친구, 서둘러 알려 드릴 일이 있습니다. 라따자예프가 제게 다른 작가의 작품을 정서하는 일을 주선해 주었습니다. 누군가 그에게 찾아와서 아주 두꺼운 원고 뭉치를 놓고 갔습니다. 정말 다행입니다. 일이 아주 많아요. 알아볼 수 없을 정도로 갈겨써서 어떻게 시작해야 할지는 모르겠지만, 빨리 해달라는군요. 내용도 일부러 이해하지 못하게 쓴 것처럼 어지럽고요……. 한 장에 40꼬뻬이까씩 준다는군요. 제게도 이제는 부수입이 생겼다는 것을 알려 드리기 위해 편지를 썼습니다. 그럼, 나의 소중한 사람이여, 안녕히 계십시오. 이제 일을 시작해야겠어요.

당신의 진실한 친구 마까르 제부쉬긴

9월 23일

사랑하는 나의 친구, 마까르 알렉세예비치!

벌써 사흘째 저는 당신께 아무것도 쓰지 않았습니다. 그동안 저는 고민도 많았고 놀라기도 많이 놀랐습니다.

사흘 전 저희 집에 비꼬프 씨가 다녀갔습니다. 표도라는 어디 나가고 저만 혼자 있었지요. 문을 열고 그를 보았을 때 얼마나 놀랐는지 그 자리에서 꼼짝도 할 수가 없었습니다. 온몸의 핏기가 다 쑥 빠져나가는 것을 느꼈습니다. 그는 언제나처럼 커다랗게 너털웃음을 지으며 들어왔고 직접 의자를 끌어다가 앉았습니다. 저는 오래도록 정신을 차릴 수가 없었지만, 마침내 한쪽 구석 제 작업대에 걸터앉았습니다. 그는 곧 웃음을 멈췄습니다. 제 모습을 보고 놀랐던 모양입니다. 저는 요즘 너무 말라서 뺨이고 눈이고 움푹 꺼지고 얼굴도 백지장 같으니까요······. 만난 지 1년이나 된 사람은 아마 알아보기 힘들었을 겁니다. 그는 한참 동안 저를 뚫어져라 쳐다보았고, 어느 순간 다시 웃기 시작했습니다. 뭔가 물었지만 제가 뭐라고 대답했는지는 기억 나지 않습니다. 그는 또 큰 소리로 웃었고요. 그는 저희 집에 한 시간씩이나 앉아 있었습니다. 저와 오랫동안 얘기를 나누었고, 많은 얘기를 물었습니다. 돌아가기 직전 그는 제 손을 잡고 말했습니다. (그가 한 말을 하나도 빼놓지 않고 당신께 적습니다.) 「바르바라 알렉세브나! 우리끼리 얘기지만, 당신의 친척이자 저의 가까운 친구인 안나 표도로브나는 정말 몹쓸 여자입니다. (그는 점잖지 않은 표현도 서슴지 않고 했습니다.) 그녀는 당신의 사촌 동생을 못된 길로 인도하고 당신도 망가뜨렸습니다. 그 와중에 저도 나쁜 놈이 되고 말았지만, 사람 사는 일이

다 그렇지 않습니까.」 그는 자신이 낼 수 있는 가장 커다란 소리로 하하하 웃었습니다. 자기는 말을 아름답게 포장할 수 있는 재주는 없지만, 점잖은 체면에 입을 다물고 있을 수도 없어서, 이런 저런 얘기를 꺼낸 것이라며 다음 얘기로 넘어가겠노라고 짧게 선언했습니다. 그는 저와 결혼하고 싶다고 말했습니다. 제게 명예를 되돌려 주는 일이 자신의 의무라면서요. 자기는 재산이 넉넉하다면서 결혼을 하면 자기 영지가 있는 곳으로 가자고, 거기서 토끼나 잡으며 살고 싶다고 말했습니다. 뻬쩨르부르그는 더러운 곳이기 때문에 다시는 오지 않겠다고 말했습니다. 뻬쩨르부르그에는, 그의 말을 그대로 빌자면, 아무짝에도 쓸모없는 조카가 한 명 살고 있는데, 비꼬프 씨는 그에게서 자신의 피상속인 자격을 박탈했대요. 그 문제 때문에, 즉 따로 법적인 피상속인이 있어야 하기 때문에, 제게 청혼을 한다고 말하더군요. 제게 손을 내민 중요한 이유는 바로 그거였어요. 그는 제가 너무 가난하게 살고 있다는 말도 했습니다. 이런 빈민굴 같은 데서 살면서 병이 나는 것은 당연한 일이라고요. 한 달이라도 여기 더 있다가는 죽음을 면치 못할 거라며 뻬쩨르부르그에 있는 집들은 다 불결하다고 말했습니다. 끝으로 그는 뭐 필요한 것이 없냐고 물었습니다.

저는 갑작스런 그의 청혼에 너무 놀란 나머지, 제가 왜 울음을 터뜨렸는지 그 이유도 잘 모르겠습니다. 그는 제가 고마워서 우는 줄 알고, 자기는 제가 착하고 감수성이 예민하고 배운 것도 많은 여자라는 것을 익히 알고 있었노라고 말했습니다. 하지만 제 행실이 어떤지 알기 전까지 청혼은 할 수 없었다고요. 당신에 대해서도 자세히 물었습니다. 〈제부쉬낀에 대해서는 모두 들어 알고 있다. 참 점잖은 사람이라더라. 나는 그에게 빚을 남겨 두고 싶지 않다. 바렌까에게 잘해 준 대가로 5백 루블 정도 주면 충분하지 않겠느냐〉 등등……. 제가 당신이 베푸신 일은 아무리 큰돈으로도 보답할 수 없는 것이라고 했더니, 그는 헛소리라며 제 말을 막았습니다. 소설에나 나오는 얘기라고, 제가 아직 어려서 시 나부랭이나 읽고 하는 소리라고, 소설이 어린 처녀들을 망치고 있다고, 책이 그들의 도덕성을 해치고 있다고, 그래서 자기는 어떤 책이든 처다도 안 본다고 말했습니다. 자기만큼 나이를 먹은 뒤에 그때 가서 사람에 대해 언급을 하라고 제게 충고도 했습니다. 「그때가 되면,」 그는 덧붙였습니다. 「사람에 대해 알게 될 거요.」 그는 자기 청혼에 대해 심사숙고하라고 말했습니다. 그렇게 중요한 결정을 하면서 제가 경솔한 행동을 하면 자기 기분이 안 좋을 거라며, 경솔함과 열정은 경험 없는 젊은이들을 망치는 지름길이라고도 했습니다. 그리고 저의 긍정적인 대답을 간절히 바란다고 덧붙였죠. 그렇지 못한 경우엔 모스끄바에 사는 어떤 상인의 딸과 결혼을 하게 될 것이라는 얘기도 했습니다. 아무짝에도 쓸모없는 조카에게서 상속권을 박탈하기로 맹세했으니 결혼을 반드시 해야 한다는 것이었죠. 그는 사탕이나 사 먹으라며 제 손에 억지로 5백 루블을 쥐어 주었습니다. 또 시골에 가면 제가 잘 부풀어오른 빵처럼 통통해지고 그의 품에서 배를 두드리며 유복하게 살 수 있을 거라고 말했습니다. 마지막으로 그는 지금 할 일이 태산이라 하루 종일 돌아다녀야 하지만, 그 와중에 짬을 내어 제게 달려온 것이라고 하더니 마침내 가버렸습니다. 저는 한참을 생각했습니다. 여러 차례 이렇게도 생각해 보고 저렇게도 생각해 보았습니다. 나의 친구여, 생각을 하면서 저는 얼마나 괴로웠는지 모릅니다. 마침내 결론을 내렸습니다. 저는 그에게 시집을 가렵니다. 저는 그의 청혼에 승낙을 해야만 합니다. 그는 제게 치욕스러웠던 과거를 벗겨 주고, 저의 명예로운 이름을 되돌려주고, 앞으로 닥쳐올 고난과 가난과 불행에서 저를 구해 줄 수 있는 유일한 사람입니다. 지금 생활에서는 제가 무엇을 기대할 수 있겠습니까, 제 박복한 운명에 대고 뭘 바라겠습니까? 표도라도 행복을 놓치지 말라고 얘기합니다. 지금 같은 처지에 달리 무엇을 행복이라고 부를 수 있는지 묻더군요. 소중한 친구여, 어쨌든 저는 이 길밖에 다른 방도는 찾지 못하겠습니다. 제가 어떻게 해야겠습니까? 건강이 악화되어서 이젠 일도 계속할 수 없고, 다른 사람 집에 들어가려니 서러움으로 몸이 더 망가질 테고, 더군다나 제가 누구에게 쓸모가 있겠습니까. 저는 태어날 때부터 몸이 약했기 때문에 항상 다른 사람들에게 짐만 되었는걸요. 물론 지금 가려는 곳도 천국은 아닙니다. 하지만, 나의 친구여, 달리 제가 어떻게 할 수 있겠습니까? 저는 어떻게 해야 하는 겁니까? 어떤 결정을 내려야 하냐고요?

저는 당신께 조언도 구하지 않고 결정을 내렸습니다. 혼자 생각하고 싶어서요. 제 결정은 변하지 않을 겁니다. 저는 가능한 한 빨리 이 결정을 비꼬프 씨에게 알리겠습니다. 그렇지 않아도 빨리 대답하라고 재촉하고 있으니까요. 그는 지금을 요하는 일로 하루 속히 시골로 돌아가야 하기 때문에, 사소한 일로 중요한 일을 더 미룰 수는 없다고 말합니다. 신성하고 헤아리기 어려운 하느님이 정하신 운명의 굴레에서 제가 행복할 수 있을지 없을지는 오직 하느님만 아시겠지요.

하지만 제 마음은 이미 정해졌습니다. 비꼬프 씨를 착하다고 말하는 사람도 있더군요. 그는 저를 존중해 줄 겁니다. 어쩌면 저 또한 그를 존경하게 되겠죠. 이제 저희가 결혼하는 데 있어서 더 뭘 바라겠습니까?

마까르 알렉세예비치, 당신께 모두 다 털어놓았습니다. 당신만은 저의 슬픔을 이해해 주시리라 믿습니다. 제 결심을 되돌리려고는 하지 마세요. 아무 소용없을 겁니다. 제가 왜 그런 결심을 하게 됐는지 잘 생각해 보시고 헤아려 주시기 바랍니다. 처음에는 두려웠지만, 지금은 편안해졌습니다. 제 앞에서 절 기다리고 있는 게 뭔지, 저는 잘 모릅니다. 어떻게든 되겠죠. 하느님이 정하신 대로……!

비꼬프 씨가 왔습니다. 더 이상 쓸 수가 없군요. 당신께 많은 얘기를 하고 싶었는데, 비꼬프 씨가 벌써 들어왔어요.

V. D.

9월 23일

소중한 나의 바르바라 알렉세예브나!

서둘러 답장을 띄웁니다. 당신의 편지를 받고 놀라움을 금치 못하고 있다는 얘기부터 해야겠군요. 왠지 모든 게 잘못 돌아가고 있는 것 같습니다. 어제 저희는 고르쉬꼬프의 장례식을 치렀습니다. 예, 그렇군요, 바렌까, 그랬어요. 비꼬프가 신사다운 행동을 했어요. 그래서 나의 소중한 당신도 승낙을 하신 거고요. 물론 모든 일은 하느님의 뜻입니다. 당연히 그래야죠. 반드시 꼭 그렇게 되어야지요. 제 말은 모든 일이 하느님의 뜻대로 이루어져야 한다는 뜻입니다. 사람의 행복을 결정하는 조물주의 섭리는 오묘한 것입니다. 운명도 그렇고요. 운명도 결코 예측할 수 없는 것이죠. 표도라도 당신의 뜻에 동의하고 있다고요. 소중한 당신, 물론 당신은 행복해질 겁니다. 귀여운 사람, 만족한 삶을 살게 될 거예요. 아무리 보아도 싫증나지 않는 소중하고 어여쁜 나의 천사님…… 바렌까, 하지만 한 가지, 왜 그렇게 빨리……? 그래요, 일 때문에…… 비꼬프 씨에게 일이 있다고요. 물론 그렇겠죠. 누군들 일이 없겠습니까, 그에게도 바쁜 일이 있을 수 있죠……. 그가 당신의 집에서 나가는 것을 본 적이 있습니다. 당당한, 참으로 당당해 보이는 남자더군요. 사실 지나치게 당당해 보였습니다. 하지만 모든 게 어쩐지 잘못 돌아가고 있는 것 같아요. 중요한 것은 그가 당당한 남자고 아니고, 그런 게 아니지요. 저는 지금 제정신이 아닙니다. 하나만 말해 보세요. 이제 우린 어떻게 편지를 주고받죠? 저는, 저는 어떻게 혼자 남습니까? 나의 천사여, 저는 모든 일을 깊이 헤아리고 있습니다. 당신이 편지에 쓰신 대로 잘 헤아려 보고 있다고요. 마음속 깊이 왜 일이 이렇게 됐는지 전부 헤아리고 있어요. 정서하는 일도 벌써 스무 장이나 끝내 가고 있는데, 그사이 이런 일이 생기고 말다니오! 나의 소중한 사람, 당신은 멀리 가시니 사야 할 물건도 많을 거 아닙니까, 장화도 몇 켤레 사야 하고, 옷도 더 있어야 하고……. 참, 고로호바야 거리에 제가 아는 상점이 하나 있는데, 당신도 기억하시죠. 언젠가 제가 편지에도 자세히 썼었는데…… 아니, 이게 아니지! 당신 어떻게 이럴 수 있습니까! 무슨 말이오! 당신은 긴 여행을 하면 안 돼요. 절대로 안 돼요. 글쎄, 안 된다고요. 사야 할 것도 많고 마차도 준비해야 하는데. 더구나 지금은 날씨도 너무 안 좋아요. 밖을 한번 내다보세요. 비가 양동이로 들이붓는 것처럼 오고 있다고요. 습기는 또 어쩌고요. 게다가…… 그러니까, 그게, 나의 천사님, 당신은 추울 거예요. 가슴이 얼마나 시리겠어요! 낯선 사람이 무섭다면서 그 먼 데는 어떻게 가겠다고 그러세요. 저는 여기 혼자 남아서 누구를 바라보며 삽니까? 표도라가 커다란 행복이 당신을 기다린다고 말했다고요? 그녀는 못된 여잡니다. 제가 망하는 꼴을 보고 싶은 여자라고요. 당신 오늘 기도회에는 가십니까? 저도 당신을 만나러 갈 건데요……. 당신이 학식 있고, 행동이 바르고, 감수성이 예민한 아가씨라는 말은 사실입니다, 틀림없는 사실이죠. 하지만 그는 상인의 딸과 결혼하는 것이 더 낫지 않을까요? 그러라고 하십시오! 당신 생각은 어떤가요, 나의 소중한 사람? 상인의 딸한테나 가라고 하세요! 바렌까, 땅거미가 내리면 당신에게 가겠습니다. 가서 한 시간 정도 있다 오겠습니다. 요즘은 땅거미가 일찍 내리니 금방 가겠습니다. 소중한 사람이여, 오늘 저는 당신에게 꼭 갑니다. 그래서 한 시간 정도 있다가 오겠어요. 당신은 지금 비꼬프를 기다리고 있지요, 그럼 저는 그가 돌아가는 대로……. 기다리십시오, 나의 소중한 사람, 꼭 갑니다…….

마까르 제부쉬긴

9월 27일

나의 친구, 마까르 알렉세예비치!

비꼬프 씨가 그러는데 아마포로 된 내의가 꼭 몇십 장은 있어야 한대요. 그래서 빨리 속옷 스무 장을 만들어 줄 재봉사가 필요한데 시간은 없고 난감하군요. 비꼬프 씨는 걸레 조각 몇 장 때문에 정말 끔찍하게 성가시다고 화를 내고 있어요. 결혼식은 닷새 후이고 결혼식 바로 다음날 저흰 떠납니다. 비꼬프 씨는 쓸데없는 일에 너무 많은 시간을 허비할 필요가 없다며 몹시 서두르고 있어요. 저는 신경 쓸 일이 너무 많아서 지칠 대로 지쳤고, 간신히 두 발로 서 있을 지경입니다. 정말 너무 할 일이 많아서 처음부터 없었던 일로 했으면 좋겠습니다. 비단 레이스하고 망사 레이스도 부족합니다. 비꼬프 씨는 아내가 식모처럼 하고 다니면 안 된다며 저보고 반드시 〈시골 지주 부인들의 코를 납작하게 해줘라〉라고 강조하기 때문에 레이스가 꼭 필요합니다. 그가 직접 한 말이에요. 그래서 말인데요, 마까르 알렉세예비치, 부디 고로호바야 거리에 있는 마담 쉬폰에게 찾아가셔서 우선 저희 집에 속옷 재봉사 좀 보내 달라고 말씀해 주시고, 가능하다면 직접 와달라고 얘기해 주세요. 저는 오늘 몸이 아파요. 새로 이사 온 집이 얼마나 춥고 지저분한지 몰라요. 비꼬프 씨의 아주머니뻘 되는 분은 노환으로 숨도 겨우 쉬고 있습니다. 저희가 떠나기 전에 돌아가실까 봐 걱정이 되는데 비꼬프 씨는 괜찮다고, 곧 나아질 거라고 합니다. 어쨌든 저희 집은 엉망진창입니다. 비꼬프 씨는 저희와 함께 살고 있지 않아요. 다른 하인들은 어딜 그렇게 바삐 다니는지 안 뛰어다니는 데가 없어요. 표도라 혼자서 저희 시중을 들어 주죠. 총책임자 격인 비꼬프 씨의 시종이 하나 있는데 벌써 사흘째 어디로 사라졌는지 보이지도 않습니다. 비꼬프 씨는 매일 아침 여기 들러서 화만 내고, 어제는 아파트 관리인까지 때려서 경찰하고 실랑이를 벌이기도 했어요……. 당신께 편지를 전해 줄 사람도 없어서 우편으로 보냅니다. 아 참! 가장 중요한 것을 잊을 뻔했네요. 마담 쉬폰에게 비단 레이스는 어제 본 견본으로 꼭 바꿔 달라고 전해 주세요. 새로운 상품을 보이려면 직접 좀 와달라고 해주시고요. 아 참, 조끼는 제가 생각을 바꾸었으니 두껍게 꼰 실로 수를 놓아 달라고 하세요. 또 있어요. 손수건에 새기는 이니셜은 둥근 수틀을 이용해 달라고 하세요. 아셨죠? 평자수 말고 둥근 수틀요. 잘 기억하셨다가 말씀하셔야 해요. 둥근 수틀로 팽팽히 수를 놓으라고요! 아, 또 하나 잊을 뻔했네요! 목도리에 나뭇잎을 수놓을 때는 좀 위에다 놔달라고 하시고, 넝쿨과 가시 자수는 촘촘하게 놓으라고 하세요. 옷깃의 가장자리는 망사 레이스를 두르거나 아니면 넓게 주름 장식을 해달라고 하세요. 꼭 전해 주세요, 마까르 알렉세예비치.

당신의 V. D.

추신 여러 가지 성가신 부탁으로 귀찮게 해드려서 정말 면목이 없습니다. 벌써 사흘째 아침마다 뛰어다니시는군요. 하지만 어쩌겠습니까! 저희 집 사람들은 정신이 하나도 없고, 저는 몸이 성치 않죠. 그러니 제게 화를 내지는 말아 주세요, 마까르 알렉세예비치. 왜 이렇게 서러운지 모르겠습니다! 아아, 나의 친구여, 소중한 사람이여, 착하신 나의 마까르 알렉세예비치, 앞으로 저는 어떻게 될까요! 미래를 생각해 보는 것조차 두렵습니다. 자꾸 이상한 예감이 들어서 얼마나 혼란스러운지 모릅니다.

추신 나의 친구여, 제가 말씀드린 것을 하나도 빠뜨리지 말고 전해 주세요. 저는 당신이 실수라도 하실까 봐 자꾸 걱정이 되는군요. 평자수 말고 둥근 수틀을 이용한 자수, 잊지 마세요.

V. D.

9월 27일

친애하는 바르바라 알렉세예브나!

당신이 부탁하신 일은 모두 충실히 이행했습니다. 마담 쉬퐁이 그러는데, 자기도 둥근 수틀을 이용해서 수를 놓으려고 생각하던 참이었대요. 그게 더 낫다나 어쨌다나, 더 이상은 저도 잘 모르겠습니다. 알아들을 수가 없었거든요. 당신이 편지에 주름 장식인가 뭔가 쓰셨잖아요, 그런데 그녀도 주름 장식 얘기를 하더라고요. 다만 저는 그녀가 주름 장식에 대해서 뭐라고 얘기했는지는 잊어버렸습니다. 그녀가 말이 많았다는 것만 기억하고 있습니다. 정말 천박스러운 여편네이더군요! 어찌나 수다스럽던지! 그녀가 당신께 직접 얘기하겠죠. 나의 소중한 사람, 저는 기운이 쑥 빠져 버렸습니다. 오늘은 직장에도 가지 못했죠. 당신은 공연한 걱정을 하시더군요. 당신을 위해서라면 상점이란 상점은 다 뛰어다닐 준비도 되어 있습니다. 당신은 앞일을 생각하는 것조차 무섭다고 하셨지요. 하지만 오늘 여섯 시가 넘으면 다 아시게 될 텐데요. 마담 쉬퐁이 당신께 직접 간다고 했으니까요. 그러니 절망하지 말아요. 희망을 가지세요, 나의 소중한 사람. 아마 다 잘될 겁니다. 그럼요. 그리고 거 뭐냐, 빌어먹을 주름 장식 얘기도 다……. 쳇, 주름 장식이 나하고 무슨 상관이람, 주름 장식이! 나의 천사여, 저는 당신께도 달려갈 수 있습니다, 기꺼이, 언제든지, 얼마든지 달려갈 수 있습니다. 저는 당신이 사는 아파트 출입구까지 두어 번 갔었습니다. 그런데 비꼬프가, 저 그러니까 제 말은, 비꼬프 씨가 항상 화만 낸다는데 혹시 뭔가 오해할까 봐……. 하지만 이제 와서 그게 다 무슨 소용이랍니까!

마까르 제부쉬낀

9월 28일

친애하는 마까르 알렉세예비치!

부디 지금 당장 보석 세공인에게 가서서 진주와 에메랄드가 박힌 귀고리는 만들지 말라고 말씀해 주세요. 비꼬프 씨가 너무 사치스럽고 돈이 많이 들어간다고 하는군요. 그는 요즘 돈을 너무 많이 쓴다면서, 제가 그의 돈을 다 털어 간다고 화를 내고 있어요. 어제는 만약 미리 이럴 줄 알았다면, 이렇게 지출이 많을 줄 알았다면 아예 처음부터 연락을 취하지도 않았을 거라고까지 하더군요. 또 하객도 없을 거고 결혼식이 끝나자마자 떠날 거니까 저더러 춤추고 즐길 생각은 꿈도 꾸지 말라며, 우리는 잔치를 치르는 것이 아니라고 못을 박더군요. 어쩌면 말을 그렇게 하죠! 이러저러한 것이 필요하다고 한 게 저였던가요, 하느님이 보고 계십니다. 비꼬프 씨가 직접 주문한 거였다고요. 하지만 저는 말대꾸도 한마디 못했습니다. 그는 다혈질이에요. 저는 이제 어떻게 되는 거죠!

V. D.

9월 28일

사랑하는 나의 바르바라 알렉세예브나!

저는 — 그러니까 제가 아니라 보석 세공인이 그러는데, 알았대요, 그렇게 하겠답니다. 사실 제가 처음 쓰고 싶었던 얘기는 제 얘기였습니다. 병이 나서 일어날 기력도 없다는 얘기를 쓰려고 했었죠. 지금처럼 바쁘고 제가 필요한 시기에 감기에 걸려 버리다니, 이런 제기랄! 당신께 보고드릴 일이 하나 더 있어요. 저의 불행을 가중시키기라도 하듯 각하께서 많이 엄격해지셨고, 예멜리얀 이바노비치에게 화도 많이 내시고 소리도 지르셨습니다. 하지만 마지막에는 가엾게도 완전히 기운이 빠져 괴로워하셨어요. 제가 당신께 알려 드리고 싶었던 것은 이게 전부입니다. 하고 싶은 얘기가 더 있기는 하지만, 부담이 될까 봐 그만두겠습니다. 소중한 이여, 저는 본래 어리석고 단순한 사람이라 아무거나 편지에 쓰는 바람에, 혹여라도 당신 마음에 안 드는 게 있을까 봐……. 하지만, 이제 와서 그게 다 무슨 소용입니까!

당신의 마까르 제부쉬낀

9월 29일

바르바라 알렉세예브나, 나의 소중한 이여!

소중한 사람, 오늘 표도라를 만났습니다. 당신 결혼식이 벌써 내일이라고 하더군요. 모레 떠나기 때문에 비꼬프 씨가 벌써 말을 알아보고 다닌다고요. 저희 각하에 대한 얘기는 어제 말씀드렸죠. 그리고 또 — 고로호로바 상점의 계산서는 제가 다 살펴보았습니다. 모두 맞더군요. 그런데 너무 비싸요. 그런데 비꼬프 씨는 왜 그렇게 당신에게 화를 낸답니까? 소중한 사람, 부디 행복하십시오! 저는 기쁩니다. 당신이 행복하다면 저는 기쁠 수 있습니다. 저도 결혼식을 보러 교회에 가고 싶습니다만, 그럴 수가 없습니다. 허리가 아파서요. 저, 여전히 편지에 대한 얘긴데 이제 누가 우리 편지를 전해 주지요? 아 참! 나의 소중한 사람, 당신은 표도라에게 정말 큰 은혜를 베풀었더군요! 참 잘하셨습니다. 아주 잘하신 일이에요. 착한 일이에요! 당신의 그런 선행에 하느님께서도 축복을 내릴 겁니다. 착한 일에 상을 안 주면 되나요, 착한 일을 한 사람은 언제나 하느님께서 그에 합당한 화환을 씌워 주시지요. 늦든 이르든 말입니다. 내 소중한 사람! 저는 당신에게 아주 많은 얘기를 쓰고 싶을 겁니다. 매시간 매분마다 하나도 남김없이 편지에 쓰고 싶은 마음이 들 것 같습니다! 제겐 『벨긴 이야기』라고 당신이 주신 책 한 권이 아직 남아 있습니다. 그런데 나의 소중한 사람, 그 책은 가져가지 말아요. 그냥 제게 선물로 주세요. 너무 읽고 싶어서 그러는 게 아니라 당신도 알다시피 겨울은 다가오는데, 긴 밤에 혼자 슬퍼지면 그때 읽으려고요. 소중한 이여, 저는 당신이 전에 살던 집으로 이사를 갑니다. 표도라를 고용할 생각입니다. 저는 그 정직한 사람과 무슨 일이 있어도 헤어지지 않겠습니다. 더군다나 그녀는 일도 잘하잖아요. 어제는 텅 빈 당신의 방을 찬찬히 살펴보았습니다. 당신이 쓰던 재봉대도 그냥 구석에 있고, 바느질감도 그대로 널려 있더군요. 저는 당신이 남긴 바느질감을 자세히 살펴보았습니다. 천 조각도 많이 남아 있고 제가 보낸 편지에는 실을 감다 마셨더군요. 탁자 위에서 종이 쪽지를 여러 장 발견했습니다. 어떤 종이엔 이렇게 적혀 있었습니다. 〈친애하는 마까르 알렉세예비치! 급히 드릴 말씀이……〉 그게 다였습니다. 재미있는 얘기를 쓰려던 순간에 누군가 당신을 방해한 모양이군요. 칸막이 너머 구석에는 당신의 침대가 그대로 놓여……. 사랑하는 당신! 그럼 안녕, 안녕히. 부디 빠른 시일 내로 뭐라도 좋으니 저의 이 편지에 답장을 보내 주십시오.

마까르 제부쉬긴

9월 30일

더없이 소중한 나의 마까르 알렉세예비치!

모든 게 끝났습니다! 제 운명의 주사위는 던져졌습니다. 아직 그게 어떤 것인지는 모르겠습니다만, 하느님의 뜻에 복종하렵니다. 우리는 내일 떠납니다. 당신께 마지막으로 작별 인사를 드립니다. 더없이 소중한 나의 벗이여, 은인이시여, 그리고 소중한 임이시여! 저 때문에 슬퍼하지 마시고 행복하게 사세요. 저를 항상 생각해 주세요. 당신께 하느님의 축복이 있을 겁니다! 저도 당신 생각 많이 하고, 당신을 위해 기도도 드리겠습니다. 우리가 함께한 시간은 이것으로 끝입니다! 즐거웠던 추억 중에서 새 생활로 가져가는 것은 거의 없습니다. 그래야 당신에 대한 회상이 더 값질 테니까요, 그렇게 해야 당신이 저의 가슴속에서 더 소중하게 남으실 테니까요. 당신은 이 세상 단 하나뿐인 저의 친구입니다. 여기서 절 사랑해 준 사람은 오로지 당신 한 사람뿐이었습니다. 당신이 얼마나 절 사랑하셨는지 저는 다 알고 있습니다! 저의 미소 하나로, 제가 쓴 한 줄의 편지로 당신은 행복을 느끼셨지요.

당신은 이제 저를 떨어 내셔야 합니다! 당신 혼자 어떻게 여기 남으시죠! 착하고 더없이 소중한, 단 하나뿐인 나의 친구여, 당신은 이제 누구를 보고 사시죠! 제 책과 재봉대와 쓰다 만 편지는 당신께 드리고 갑니다. 처음 몇 줄만 씌어진 편지를 보시거든, 제게서 듣고 싶으신 이야기를 마음속으로 그리며 읽어 주세요. 바르바라 알렉세예브나의 마음이 이랬으면 좋겠다 하고 원하시는 게 있으면, 제가 쓰다 만 편지에 그대로 이어서 읽으시라고요. 이제 와서 제가 편지에 쓰지 못할 말이 뭐 있다고요! 당신을 그렇게도 사랑했던 가련한 바렌까를 자주 생각해 주세요. 당신이 보내신 편지는 모두 표도라의 옷장 윗서랍에 두고 왔습니다. 당신은 아프다고 하셨죠. 하지만 비꼬프 씨가 오늘은 저를 아무 데도 내보내지 않으려 하는군요. 나의 친구여, 저는 당신께 편지를 계속 쓰겠습니다. 약속해요. 하지만 앞으로 무슨 일이 일어날지는 오직 신만이 아시겠지요. 그럼, 이제 영원히 작별 인사를 하는 겁니다. 나의 친구, 연인, 소중한 사람이여, 영원히 안녕……! 아, 지금 당신을 끌어안을 수 있다면 얼마나 좋을까요! 그럼 안녕히, 나의 친구여, 안녕히. 행복하게 사셔야 해요. 건강하시고요. 저는 언제나 당신을 위해 기도하겠습니다. 아아! 저는 지금 너무 슬픕니다. 슬픔이 저의 가슴을 짓누르고 있습니다. 비꼬프 씨가 저를 부르는군요.

당신을 영원히 사랑하는 V.

추신 제 가슴은, 제 가슴은 지금 눈물로 꽉 차 있습니다.
눈물이 저를 조입니다. 저를 갈기갈기 찢어 놓고 있습니다. 안녕히…….

하느님! 이 슬픔을 다 어찌 감당합니까!
당신의 가련한 바렌까를 기억해 주세요, 잊지 마세요!

 나의 소중한 바렌까, 귀여운 사람, 고귀한 이여. 당신을 내게서 떼어 내 멀리 데려갑니다, 당신이 나를 떠나고 있습니다! 차라리 내 가슴속 심장을 꺼내 갈 일이지, 어째서 당신을 내게서 떼어 놓는단 말입니까! 당신이 어떻게 이럴 수 있습니까! 그렇게 울면서도 간단 말입니까? 지금 당신에게서 받은 편지는 온통 눈물로 얼룩져 있더군요. 당신은 떠나고 싶지 않은 겁니다. 당신을 강제로 데려가려 하나 봅니다. 당신은 제가 불쌍한 거죠? 당신도 저를 사랑하고 있는 겁니다! 이제 당신은 대체 누구와 함께할 거예요? 그곳에선 당신의 작은 가슴이 슬프고 괴롭고 시릴 텐데요. 우수가 당신 심장의 피를 모두 빨아먹을 겁니다, 비애가 그 심장을 부숴 버리고 말 것입니다. 당신은 그곳에서 죽게 될 겁니다. 그러면 당신을 마르지도 않은 땅에 버려 두겠지요. 당신을 위해 울어 주는 사람은 아무도 없을 겁니다! 비꼬프 씨는 여전히 토끼나 잡으러 다니겠지요……. 아, 나의 소중한 사람이여! 도대체 당신은 무슨 짓을 한 거죠, 어떻게 그런 결정을 내릴 수가 있단 말입니까? 무슨 짓을 한 거예요, 무슨 일을 벌인 거예요, 자기 자신을 상대로 어떻게 그런 일을 벌여요! 그곳 사람들은 당신이 하루라도 빨리 관으로 들어가게 만들려고 못살게 굴 텐데, 당신을 말려 죽이려 들 텐데, 나의 천사여! 소중한 사람, 당신은 연약한 깃털 같은 여인인 것을! 지금까지 저라는 인간은 대체 어디에 있었나요? 바보처럼 멍하니 앉아 구경만 했군요! 당신이 어린아이처럼 제멋대로 구는데도, 잠간 머리가 아파서 그랬을 뿐인데도 저는 구경만 했어요! 어떻게든 말렸어야 하는데 그러질 않았다고요. 꼭두각시놀음만 했을 뿐. 제 행동이 옳은 줄 알고, 별다른 생각도 하지 않았고, 아무것도 보지 못했어요. 지금 벌어지고 있는 일이 나하고는 별 상관없다는 듯, 잘난 주름 장식이나 구하러 다녔다고요……! 아니오, 바렌까, 저는 자리를 털고 일어나겠습니다. 어쩌면 내일쯤은 멀쩡하게 자리를 털고 일어나게 될 겁니다……! 소중한 이여, 저는 당신의 마차에 몸을 던지겠습니다. 당신이 떠나 버리도록 내버려 두지 않겠습니다! 안 돼요, 대체 이게 다 무슨 일이에요? 무슨 권리로 이런답니까? 저도 당신과 함께 떠나겠습니다. 절 데려 가시지 않으면 당신이 타고 가는 마차 뒤를 쫓아 달리는 한이 있더라도 당신과 함께 가겠습니다. 숨이 끊어지는 한이 있더라도 있는 힘을 다해 달릴 겁니다. 대체 당신은 어디로 가는지 알고나 있는 겁니까? 아마 모르고 있나 봅니다. 그럼 저한테 물어보세요! 소중한 사람이여, 그곳은 초원입니다. 초원, 허허벌판 초원입니다. 제 손바닥처럼 텅 빈 초원 말입니다! 감정이 메마른 여인네와 무식한 사내, 술주정뱅이가 사는 곳이란 말입니다. 그곳엔 지금 나뭇잎도 다 떨어지고 비가 내리고 추울 겁니다. 그런데 당신은 그런 곳으로 가신다고요! 비꼬프 씨한테는 일이라도 있죠, 토끼 쫓는 일이오. 하지만 당신은 무엇을 하시렵니까? 당신은 지주의 아내가 되고 싶었던 겁니까! 하지만, 나의 천사여! 자신을 한번 바라보세요. 당신이 지주의 아내를 닮았다고 생각합니까? 어떻게 그런 일이 있을 수 있단 말입니까, 바렌까! 소중한 이여, 이제 나는 누구에게 편지를 씁니까? 그래요! 당신도 한번 생각해 보세요. 〈이제 그 사람은 누구에게 편지를 쓰나?〉 하고 생각 좀 해주시라고요! 이젠 누구를 〈내 소중한 이여〉라고 부릅니까? 이제는 누구를 그렇게 다정한 호칭으로 부릅니까? 나의 천사여, 나중에 저는 당신을 어디 가서 찾지요? 바렌카, 저는 죽어 버릴 겁니다, 반드시 죽고 말 거예요. 제 가슴은 이런 커다란 재난을 이겨 낼 수가 없습니다! 저는 당신을 주님의 빛인 듯 사랑했습니다, 제 친딸인 듯 사랑했습니다. 당신의 모든 것을 사랑했습니다, 소중한 이여, 귀여운 이여! 저는 오로지 당신 한 사람만을 위해 살았습니다! 저는 일하고, 정서하고, 여기저기 다니고, 휴식을 취하면서 보고 들은 모든 것을 편지를 통해 모두 당신께 알려 드렸습니다. 소중한 당신이 바로 맞은편, 아주 가까운 곳에 사셨기 때문에 가능한 일이었습니다. 당신은 이런 제 마음을 잘 몰랐나 봅니다, 하지만 정말 그랬단 말입니다! 소중한 이여, 내 말 좀 들어 봐요, 한번 생각해 보세요. 사랑스러운 나의 임이여, 당신이 제 곁을 떠나다니 어떻게 이런 일이 있을 수 있습니까? 소중한 이여, 당신은 떠나면 안 됩니다. 불가능한 일입니다! 절대로 결코 그럴 수 없다고요! 이렇게 비가 오는데, 당신은 그렇게 약한 몸을 해가지고 감기라도 들면 어쩌려고요. 당신이 탄 마차도 다 젖을 텐데, 흠뻑 젖고 말 텐데요. 어쩌면 성문 밖으로 나가자마자 마차가 부서질지도 모르지요. 마치 누가 일부러 그러는 것처럼 부서지고 말 거예요. 이곳 뻬쩨르부르그에서 만드는 마차는 형편없기 짝이 없으니까요! 제가 마차 만드는 사람들을 잘 알고 있는데 그들은 번드르르한 모양만 따질 뿐, 장난감 같은 거나 뚝딱거리고 만들어 낼 줄 알지 튼튼한 것은 못 만들어요! 소중한 이여, 비꼬프 씨 앞에서 무릎이라도 꿇겠습니다. 그에게 증명해 보이겠습니다, 몽땅 다 증명해 보이겠습니다. 당신도 저처럼 하는 거예요, 조리 있게 모든 것을 털어놓는 거예요! 당신은 여기 남을 거라고 하세요. 당신은 갈 수 없다고 얘기하라고요……! 아아, 모스끄바에 산다는 상인의 딸과는 대체 왜 결혼하지 않았대요? 그 여자하고 결혼해야 하는 거였어요! 그에겐 상인의 딸이 더 잘 어울려요, 그런 여자가 그에겐 훨씬 더 잘 어울렸을 거라고요. 이제 와서야 그 이유를 알게 됐군요! 그가 그 여자와 결혼했다면 당신을 여기 제 곁에 잡아 둘 수도 있었을 텐데. 비꼬프인가 뭔가 하는 사람이 대체 당신한테 뭡니까? 당신 혹시 그가 주름 장식인가 뭔가 하는 것을 사주어서 그에게 가시는 거 아닙니까, 그러실지도 모르겠군요! 주름 장식이 대체 뭔데요? 그게 다 무슨 소용이죠? 소중한 이여, 그건 아무것도 아니라고요, 다 헛거예요! 중요한 것은 한 사람의 인생이지 걸레 쪼가리 같은 주름 장식이 아니란 말입니다! 나의 소중한 사람이여, 그 주름 장식인가 뭔가 하는 건 걸레 조각에 지나지 않는다고요. 월급 받으면 제가 주름 장식을 잔뜩 사드리지요. 질리도록 사드리겠어요. 잘 아는 가게도 있으니까, 봉급이 나오기만을 기다렸다가 꼭……. 제발, 바렌까, 나의 천사여! 아아, 하느님, 하느님! 당신은 정말로 비꼬프 씨와 초원으로 떠나시는 겁니까, 돌아올 수 없는 길을 가고야 마는 겁니까! 아, 나의 소중한 이여……! 안 돼요, 제게 편지를 한 통만 더 쓰세요. 무슨 일이 있었는지 다 써서 한 통만 더 보내 주세요. 거기 가시면 거기서도 편지를 써보내 주세요. 나의 천사여, 만약 그렇게 하지 않으면 이것이 마지막 편지가 되잖아요. 이 편지가 마지막이라니오, 절대로 그럴 수는 없습니다. 어떻게 그럴 수가 있어요. 이렇게 갑자기, 바로 이게 마지막 편지라니오! 절대로 그럴 수는 없습니다. 저는 편지를 또 쓰겠습니다, 그리고 당신도 쓰시는 거예요……. 이제 제게도 좋은 문장력이 생겨나고 있는데……. 아, 소중한 이여, 문장 따위가 다 무슨 소용이랍니까! 저는 지금 무슨 말을 쓰고 있는지도 모르겠습니다, 전혀 아무것도 알 수가 없습니다. 쓴 것을 다시 읽어 보지도 않습니다. 문장을 고치지도 않습니다. 오로지 뭔가를 쓰기 위해 저는 이러고 있습니다, 당신께 조금이라도 더 많은 얘길 쓰려고요……. 사랑하는 이여, 소중하고 소중한 내 사람이여!

문학적 빈곤에 관한 짤막한 고찰

도스또예프스끼는 1844년 11월에 처녀작 『가난한 사람들 Bednye liudi』의 초고를 완성한 뒤 다음해 5월까지 수정 작업을 계속하였다. 그는 탈고된 원고를 공병 학교 시절부터 알고 지냈던 D. 그리고로비치에게 주었는데 이미 문단에 데뷔해 있던 그리고로비치는 당시 『뻬쩨르부르그 선집 Peterburgskii sbornik』을 준비 중이던 N. 네끄라소프와 함께 밤을 새워 원고를 읽었다. 그들은 이 소설에 너무도 감동한 나머지 즉시 권위 있는 비평가 V. 벨린스끼에게 〈새로운 N. 고골이 나타났다〉는 기별과 함께 원고를 보여 주었고, 원고를 읽은 벨린스끼 또한 이 청년 작가의 〈독창적이고 범상치 않은 재능〉에 아낌 없는 찬사를 보내 주었다. 도스또예프스끼는 곧 문단의 쟁쟁한 인사들에게 소개되었고 이 화려한 데뷔는 그의 허영심을 한껏 부풀려 주었다. 그의 다음 작품들이 비평가들의 돌에 맞을 때까지 어쨌든 도스또예프스끼는 자신이 천재라는 자부심 속에서 살 수가 있었다. 『가난한 사람들』은 1846년 1월, 『뻬쩨르부르그 선집』에 수록되었다.

『가난한 사람들』은 중년의 가난한 하급 관리 마까르 제부쉬낀과 궁핍을 모면하기 위해 마음에도 없는 부유하고 욕심 많은 사내와 결혼하는 병약한 처녀 바르바라가 주고받은 편지로 이루어진 서한체 소설이다. 하급 관리, 비극적인 연애, 서한체 소설 등, 이 소설의 세 가지 특성은 모두 당대 유행했던 고골 식의 자연주의, 생리학적 스케치, 루소나 리처드슨의 감상주의 소설을 상기시킨다. 그러나 도스또예프스끼는 기존 문학의 관례를 소설 속에 투입시키는 동시에 그것에 대한 날카로운 비판을 가함으로써 이미 첫 작품에서부터 자신만의 독자적인 작품 세계를 구축한다. 그는 상투적인 하급 관리 이야기를 가난에 관한 심리적 분석으로, 낡아빠진 서한체 연애 소설을 문학에 관한 진지한 담론으로 변형시킨 진정한 천재성을 이미 이때부터 보여 주었던 것이다.

『가난한 사람들』의 주인공 제부쉬낀은 전형적인 하급 관리로 정서 업무, 낡은 옷, 비굴한 태도, 허름한 주거 환경 등등 고골의 「외투Shinel'」에 등장하는 아까끼 및 생리학적 스케치의 단골 주인공인 하급 관리의 모든 조건을 구비하고 있다. 그러나 선배 하급 관리들과는 달리 그에게는 자의식과 자존심과 독서 능력이 있으며 그렇기 때문에, 저명한 도스또예프스끼 학자 M. 바흐찐의 지적처럼, 이 작품은 다른 자연주의 소설과 달리 〈다성악적〉 성격을 띠게 된다. 요컨대 아까끼 및 다른 하급 관리들은 그야말로 인간 이하의 생활을 영위하며 내면적 성찰이라든가 독서 같은 것은 상상조차 하지 못하므로 그들의 삶은 진정 비참할 수밖에 없다. 아까끼의 경우만 해도 그는 기계적인 정서 이외에는 아무것도 할 수도 없고 하려는 생각조차 하지 않으며 아무런 사고와 사색도 할 줄 모른다. 그가 애착을 느끼는 유일한 대상은 새로 산 외투밖에 없다. 이렇게 1차원적이고 우스꽝스러울 정도로 단순화

된 삶은 아까끼를 가엾다기보다는 기괴하게 만들어 준다. 주위의 그 누구도 그를 인간으로 대우해 주지 않는 것은 어쩌면 당연한 일일지도 모른다.

그러나 제부쉬낀은 자신과 주변 사람에 대해, 자신의 처지에 대해 사색하고 걱정하고 배려하고 번민할 줄 아는 3차원적 인간이다. 그는 오히려 타인에 대해 지나치게 신경을 쓰기 때문에 그의 말은 항상 바흐찐의 지적처럼 이중적이다. 즉, 예상되는 타인의 말을 염두에 두고 변명을 하거나 되받아 치거나 움츠러들거나 아니면 화를 내기 때문에 그의 말은 언제나 숨겨진 대화의 성격을 띠게 된다.

제부쉬낀은 또한 비록 정서나 하는 서기이지만 아까끼가 남이 쓴 것을 베껴 쓰는 일밖에는 할 줄 모르는 것과 달리 문학 작품을 읽고 평을 할 정도의, 그리고 스스로 작가가 되는 상상을 할 정도의 지적 능력을 갖추고 있다. 제부쉬낀과 아까끼의 차이는 특히 전자가「외투」를 읽고 화를 내는 데서 두드러지게 나타난다. 그는 아까끼라는 문학적 인물 속에서 다름 아닌 자기 자신의 모습을 발견하였기 때문에 불같이 화를 내며「외투」에 혹평을 가한다. 그는 아까끼가 있을 수 없는 관리이며 권선징악이 아닌 소설의 결말은 아무런 도움도 안 된다고 지적하며, 더욱이 다른 사람도 아니고 자기가 사랑하는 바르바라가 이 소설을 추천한 것에 대해 심한 모욕감을 느낀다. 제부쉬낀의 태도는 그가 자신이 비참한 하급 관리임을 너무도 분명히 알고 있다는 사실을 극명하게 보여 준다.

스스로의 모습을 객관화시켜 볼 수 있다는 것, 이 점이야말로 도스또예프스끼의 인물을 구별지어 주는 가장 괄목할 만한 특성이라 할 수 있을 것이며, 여기에서 자연주의식의 박애주의와 도스또예프스끼의 박애주의의 차이가 드러난다. 요컨대, 전자가 인간 이하의 인간을 보여 줌으로써 독자로부터 초보적인 수준의 동정심을 짜내려고 안간힘을 썼다면 후자는 인간다운 인간, 사고나 감정, 자기 성찰 등 모든 면에서 우리와 같은 인간이 빈곤으로 고통받고 있음을 보여 줌으로써 한층 고차원적인 동정심을 이끌어 냈다. 자연주의가 가난의 사회학을 출발점으로 삼았다면 도스또예프스끼는 그것으로부터 가난의 심리학을 향해 나아갔던 것이다.

한편 제부쉬낀의 빈곤은 심리적 차원에 머무르지 않고 문학적 차원으로까지 올라간다. 특히 그의 문학적 빈곤과 바르바라의 문학적 풍요(상대적인 것이겠지만)는 음산한 대조를 이루며 두 사람의 애정 관계가 이미 예정된 비극임을 시사한다. 제부쉬낀은 기존의 하급 관리에 비해 감정과 사고 능력을 갖춘 것이 사실이지만 어쨌든 교육 수준이 별로 높지 않으므로 그의 문학적 행위는 제한될 수밖에 없다. 무엇보다도 그는 훌륭한 문학과 저급한 문학에 대한 올바른 평가 능력이 결여되어 있다. 따라서 그는 셰익스피어니 고골이니 하는 작가는 모두 저주하면서도 저급한 연애 소설을 쓰는 라따자예프 같은 작가를 흠모한다. 〈라따자예프는 사리 분별 정확하고 재능도 갖춘 사람입니다. 직접 글도 쓰고, 얼마나 잘 쓰는지 몰라요! 글솜씨며 문장력이 정말 훌륭하지요.〉 도스또예프스끼가 창조한 소설가인 라따자예프는 뿌쉬낀의 『역참지기』조차 낡아빠진 소설로 간주할 만큼 문학적 감각을 결여한 싸구려 작가이므로 제부쉬낀은 그를 칭찬함으로써 스스로의 문학적 빈곤을 드러내게 된다.

더욱이 그는 라따자예프 같은 부류의 문인들이 베푸는 모임에서 귀동냥한 정보, 즉 문학은 현실에 대한 그림이자 거울이라는 주장을 곧이곧대로 받아들여 문학과 현실 간의 차이를 인정하기를 거부한다. 그리하여 그는 고골의 「외투」가 현실성이 없고 현실적으로 아무런 이득도 주지 않는다는 이유에서 혹평한다. 또한 자신의 빈곤한 독서 체험(즉 라따자예프 등의 싸구려 연애 소설이나 연가)에 자신과 바르바라와의 관계를 투사함으로써 진실을 왜곡시킨다. 그는 처음부터 자기만의 몽상에 사로잡혀 바르바라의 현명함, 현실성, 자기와 바르바라 간의 관계의 불균형을 보지 못한다. 즉 그는 문학이 현실의 반영이어야 한다는 주장을 하면서도 자기 자신은 싸구려 연애 소설의 궁핍한 공간에 숨어 버림으로써 이중의 오류를 범하는 것이다.

반면에 문화적으로 제부쉬낀보다 풍요로운 과거를 갖고 있는 바르바라는 책, 독서, 문화, 문학에 대해 정확한 가치 평가를 내린다. 이미 어린 시절에 그녀는 첫사랑의 대상인 뽀끄로프스끼와의 지적인 의사 소통에 1차적인 중요성을 부여하며, 책이야말로 그러한 의사 소통의 수단이 될 수 있음을 간파한다. 〈나는 각별한 호기심을 가지고 그의 방을 둘러보았다. 뽀끄로프스끼의 방엔 있는 게 별로 없었다. 정리 정돈하고는 거리가 멀었다. 벽에는 기다란 책 선반이 다섯 개나 매달려 있었고, 책상이며 의자 위에는 종이가 널려 있었다. 책과 종이, 그게 다였다! 그때 이상한 느낌이 들었다. 울분 같은 어떤 기분 나쁜 감정이 나를 감쌌다. 그에 대한 우정이나 사랑만으로는 뭔가 부족하다는 생각이 들었다. 그는 많이 배운 사람이었고 나는 어리석은 아이였다. 아는 것도 없었고, 책은 한 권도 읽은 적이 없었다……. 나는 책의 무게로 인해 금방이라도 꺾어질 듯 휘어 있는 기다란 선반을 부러운 눈으로 쳐다보았다. 화가 났고 슬펐다. 어떤 광기 같은 것이 나를 엄습해 왔다. 나는 그의 책을 마지막 한 권까지 전부 다 읽고 싶었다. 그래서 아주 빠른 시간 안에 꼭 그렇게 하고 말리라며 그 자리에서 마음을 먹었다. 나도 모를 일이다. 아마도 나는 그가 아는 것을 나도 다 알아야 그와 우정을 나눌 자격이 생기는 거라고 생각했었나 보다.〉(pp. 56~57) 이렇게 첫사랑 때문에 싹튼 책에 대한 애착 덕분에 그녀는 상당히 풍요로운 독서 체험을 향유할 수 있게 되고 또 그렇기 때문에 제부쉬낀의 저속한 취향을 안타깝게 생각한다. 그녀가 라따자예프의 소설을 극찬하는 제부쉬낀에게 〈당신은 어떻게 그의 작품을 좋아하실 수가 있죠? 그런 형편없는 것들을 말이에요〉라고 반문하면서 뿌쉬낀의 『벨낀 이야기』를 읽어 보라고 권하는 것도 이런 맥락에서이다. 요컨대 제부쉬낀과는 비교도 안 되게 지적이고 문학적인 뽀끄로프스끼를 사랑한 적이 있는 바르바라에게 제부쉬낀은 어느 정도 이상은 도저히 가까이 할 수 없는, 문학적 빈곤의 상징인 것이다.

제부쉬낀과 바르바라 간의 좁혀질 수 없는 거리는 독서뿐 아니라 글쓰기에서도 명백하게 드러난다. 우선 두 사람의 편지를 비교해 보면 바르바라의 편지가 제부쉬낀의 편지보다 짧다는 것을 쉽게 알 수 있다. 제부쉬낀의 편지는 거의 언제나 독백조의 장광설로 이어지므로 두 사람 간의 서신 왕래는 심한 불균형을 보여 준다. 제부쉬낀은 바르바라에게 〈좀 상세하게〉 답장을 보내 달라고 애원하지만 바르바라의 답장은 언제나 절제와 간결함을 잃지 않는다. 심리적 차원에서 이것이 의미하는 것은 단 한 가지, 즉 제부쉬낀의 열렬한 애정과는 달리 바르바라의 감정은 상대방의 호의에 대한 의례적인 답례라는 사실이다. 두 번째로, 문체에 있어서도 두 사람은 큰 차이를 보여 준다. 제부쉬낀의 문체는 장황하고 요령이 없으며 감정만을 앞세운다. 반면에 바르바라의 편지는 군더더기 없이 간단명료하다. 특히 그녀의 수기는 잘 다듬어진 한 편의 자전적 소설을 연상시킬 만큼 훌륭하게 지나간 세월의 행복과 불행을 조망한다. 그러니까 두 사람의 문체론적 차이는 감정의 차이와 나란히 양자의 비극적인 결별을 예고해 주는 셈이다. 바르바라가 제부쉬낀을 배우자로 선택하지 않는 것은 나이나 물리적인 빈곤 못잖게 제부쉬낀을 비참하게 만들어 주는 문학적 빈곤 때문인 것이다.

이렇게 도스또예프스끼는 외관상 물리적 빈곤을 테마로 하는 『가난한 사람들』을 통해 문학에 관한 문제를 진지하게 제시하면서 미학과 존재론의 상관성을 분명하게 보여 준다. 한 인간의 존재를 결정짓는 것은 그가 읽는 책, 그가 쓰는 글이라는 도스또예프스끼의 미학 공식은 이미 첫번째 소설에서부터 드러나기 시작하는 것이다. 이 점에서 제부쉬낀과 바르바라는 이후 도스또예프스끼의 위대한 소설에 등장하게 될 무수한 작가들, 독서가들의 원형이라 할 수 있다.

석영중

도스또예프스끼 연보

1790년 아버지 미하일 안드레예비치 도스또예프스끼, 우니아뜨교 사제의 아들이며 뽀돌리야의 귀족 가문의 자손으로 태어남. 모스끄바의 내외과(內外科) 아카데미에 들어가 1812년 조국 전쟁 때 부상자들을 돌봄. 1819년에 마리야 네차예프와 결혼.

1820년 첫아들 미하일 태어남. 아버지 미하일 도스또예프스끼는 군대에서 제대한 후 모스끄바에 있는 자선 병원의 주치의 자리를 얻음.

1821년 출생 10월 30일(현재의 그레고리우스력(曆)으로는 11월 11일) 부모가 살고 있던 모스끄바의 마린스끼 자선 병원의 부속 건물에서 둘째 아들 표도르 미하일로비치 도스또예프스끼 태어남. 11월 4일 마린스끼 병원 근처, 상뜨뻬쩨르부르그 뻬뜨로빠블로프스끄 성당에서 어린 표도르에게 세례를 줌. 표도르란 이름은 그의 대부이자 외조부인 표도르 네차예프(1769~1832)에게서 물려받은 것으로 보임.

1822년 1세 12월 5일 여동생 바르바라 태어남.

1825년 4세 3월 15일 남동생 안드레이 태어남.

1829년 8세 7월 22일 쌍둥이 여동생이 태어나나 그중 동생인 베라만 살아남음.

1831년 10세 여름 아버지 미하일 도스또예프스끼가 뚤라 지방의 다로보예 영지를 사들임. 8월 농부 마레이 사건 발생(『작가 일기』 1876년

2월 호에 이 사건을 소재로 한 단편「농부 마레이」발표). 12월 13일 남동생 니꼴라이 태어남.

1832년 11세   4월 어머니 마리야 표도로브나, 세 아들을 데리고 다로보예 영지로 감. 6월 도스또예프스끼 부부, 다로보예 옆에 있는 주민 1백여 명의 체레모쉬냐 마을을 사들임. 9월 도스또예프스끼, 어머니와 형제들과 모스끄바로 돌아옴.

1833년 12세   가을 형 미하일과 드라슈소프가 운영하는 사설 학교에서 반(半)기숙사 생활. 4월 4일 부활절 주간에 소유지가 화재로 잿더미가 됨. 도스또예프스끼 부부, 여름 내내 피해 복구.

1834년 13세   여름 다로보예에서 지내면서 월터 스콧의 작품 탐독. 10월 도스또예프스끼와 형 미하일, 체르마끄가 경영하는 중등 과정의 기숙 학교에 들어감.

1835년 14세   7월 25일 여동생 알렉산드라 태어남.

1837년 16세   1월 29일 단테스 남작과의 결투로 뿌쉬낀 사망. 이 소식에 온 러시아가 충격에 휩싸임. 2월 27일 도스또예프스끼의 어머니 마리야 사망. 봄 도스또예프스끼, 갑작스런 후두염과 목소리 상실로 고생함. 이 병은 그를 평생 따라다님. 5월 아버지와 형 미하일 그리고 표도르 도스또예프스끼, 수도 뻬쩨르부르그로 일주일간 마차 여행(모스끄바와 뻬쩨르부르그 두 도시 간의 철도는 1851년에 개통됨). 두 형제는 뻬쩨르부르그로 가서 중앙 공병 학교의 입학을 목표로 K. F. 꼬스또마로프가 경영하던 기숙 학교에 들어감. 아버지와 두 형제들 작별 이후 더 이상 만나지 못함. 7월 1일 도스또예프스끼의 아버지, 건강상의 이유로 퇴역한 후 아직 어린 두 딸과 시골로 들어감. 9월 두 형제가 공병 학교에 응시하나 표도르 혼자 합격(형 미하일은 신체검사 결과 불합격).

1838년 17세   1월 16일 공병 학교에 입학. 6월 뻬쩨르부르그 근처에서 야영 생활. 돈이 떨어져서 아버지에게 서신으로 줄기차게 돈을 요구함.

1839년 18세   6월 6일 도스또예프스끼의 아버지, 다로보예 농노들에게 살해당함.

1840년 19세   11월 29일 하사관으로 임명됨. 군생활을 지겨워함. 호프만, 실러, 빅토르 위고, 셰익스피어, 라신, 괴테의 책을 읽음.

1841년 20세   8월 소위보로 진급됨. 미완성으로 남아 있는 두 편의 희곡, 「마리 스튜어트Marie Stuart」와 「보리스 고두노프Boris Godunov」를 씀. 알렉산드리야 극장을 자주 드나들며 발레와 음악회를 감상함.

1842년 21세   8월 육군 소위가 됨.

1843년 22세   8월 공병 학교를 졸업하고 공병국 제도실에서 근무. 9월 친구 리젠깜프 박사가 살고 있는 아파트에 자리 잡음. 박사의 환자들과 알게 됨. 돈이 떨어져 P. 까레삔에게 돈을 요구. 12월 발자크의 소설 『외제니 그랑데*Eugénie Grandet*』(1834년판) 번역. 형 미하일에게 공병 학교 친구들과 더불어 번역 작업을 할 것을 제의.

1844년 23세   2월 재정 상태가 극도로 안 좋아짐. 유산 관리인으로부터 일시금을 받고, 토지와 농노에 대한 상속권을 방기함. 8월 제대 신청. 10월 19일 제대함. 『가난한 사람들*Bednye liudi*』집필 시작.

1845년 24세   1월 『가난한 사람들』처음부터 다시 쓰기 시작. 3월 소설 『가난한 사람들』끝냄. 4월 세 번째로 전체 수정. 5월 원고를 친구 그리고로비치Grigorovich에게 읽어 줌. 그리고로비치가 이 글을 가지고 네끄라소프Nekrasov에게 뛰어감. 네끄라소프, 열광하여 그다음 날로 유명 평론가 벨린스끼에게 보임. 작품이 성공을 거둠. 여름 레벨에 있는 형의 집에서 기거하며 두 번째 중편소설 『분신*Dvoinik*』에 착수함. 11월 하룻밤 만에 「아홉 통의 편지로 된 소설Roman v deviati pis'makh」을 씀. 벨린스끼와 뚜르게네프가 도스또예프스끼의 절도 없는 생활을 비난함. 12월 벨린스끼의 집에서 열린 문학 모임에서 『분신』을 낭독함.

1846년 25세   1월 24일 『뻬쩨르부르그 선집*Peterburgskii sbornik*』에

『가난한 사람들』을 발표. 2월 두 번째 작품인 『분신』을 『조국 수기 Otechestvennye zapiski』에 발표. 봄 뻬뜨라셰프스끼를 알게 됨. 여름 레벨에 있는 형 집에서 「쁘로하르친 씨Gospodin Prokharchin」집필. 10월 5일 게르쩬을 알게 됨. 『여주인Khoziaika』과 『네또츠까 네즈바노바Netochka Nezvanova』쓰기 시작. 가벼운 간질 증세. 10월 「쁘로하르친 씨」를 잡지 『조국 수기』에 발표.

1847년 26세 1월 소설 「아홉 통의 편지로 된 소설」을 잡지 『동시대인 Sovremennik』에 발표. 1~3월 벨린스끼와 절연. 6월 「뻬쩨르부르그 연대기Peterburgskaia letonisi」를 신문 「상뜨뻬쩨르부르그 통보Sankt-Peterburgskie vedomosti」에 발표함. 7월 7일 센나야 광장에서 갑작스러운 첫 번째 간질 발작. 7월 15일 뻬쩨르부르그 근교에서 도스또예프스끼의 절친한 친구이자 시인인 B. 마이꼬프가 뇌졸중으로 인해 익사함. 가을 『가난한 사람들』이 단행본으로 나옴. 10~12월 『여주인』을 『조국 수기』지에 발표함.

1848년 27세 5월 28일 비사리온 벨린스끼 사망. 가을 뻬뜨라셰프스끼와 스뻬쉬네프와 화해하고 그들의 사회주의 이론에 흥미를 느낌. 12월 뻬뜨라셰프스끼의 집에서 푸리에주의와 공산주의에 관한 강연을 들음.
• 『조국 수기』에 발표한 작품들 : 「남의 아내Chuzhaia zhena」(1월) 「약한 마음Slavoe serdtse」(2월), 「뽈준꼬프」, 「닳고 닳은 사람 이야기」(1장 「퇴역 군인」, 2장 「정직한 도둑」, 후에 1장은 완전히 삭제하고 제목도 「정직한 도둑Chestnyi vor」으로 바꿈), 「크리스마스 트리와 결혼식Iolka i svad'ba」, 「백야Belye nochi」(12월), 「질투하는 남편」 (「질투하는 남편」을 12월 『조국 수기』에 발표하였으나, 1월에 발표한 「남의 아내」와 합쳐 「남의 아내와 침대 밑 남편」으로 개작함).

1849년 28세 연초에 뻬뜨라셰프스끼 친구들 집에서 금요일마다 열리는 문학 모임에 참석. 1~2월 『조국 수기』에 『네또츠까 네즈바노바』 일부 발표(4월 체포로 인해 작업이 중단됨). 4월 7일 푸리에의 탄생일 기념으로 〈뻬뜨라셰프스끼 모임〉에서 점심 식사. 4월 15일 뻬뜨라셰프스끼 집에서 열린 한 모임에서 도스또예프스끼는, 〈절대 왕정의 입장을 신봉했다는 이유로 고골을 비난하는 내용을 담은〉 벨린스끼의 편지를 두 번째로 읽음. 4월 23일 고발에 의해 새벽 5시에 체포당함. 9월 30일 재판 시작. 11월 13일 벨린스끼의 〈사악한〉 편지를 퍼뜨린 죄목으로 사형을 선고받음. 12월 22일 세묘노프스끼 광장에서 사형수들의 형을 집행하기 직전, 황제의 특사로 형 집행이 중단되고 강제 노동형으로 감형됨.

1850년 29세　1월 11일 또볼스끄에 도착하여 이곳에서 여러 명의 12월당원(제까브리스뜨) 아내들의 방문을 받음. 그중 폰비진의 아내는 그에게 10루블짜리 지폐가 표지에 숨겨진 복음서를 몰래 건네줌. 1월 23일 옴스끄에 도착하여 4년을 지냄. 이 기간 동안 가족에게 편지 쓰기를 금지당한 채 혹독하고 비참한 수용소 생활을 견뎌 냄.

1854년 33세　2월 중순 출옥. 2월 22일 감옥 생활을 묘사한 편지를 형에게 보냄. 3월 2일 시베리아 전선 세미팔라친스끄에 주둔 중인 제7대대에 배치됨. 봄에 세무관 이사예프와 알게 됨. 이사예프 부인에게 반함. 이 기간에 뚜르게네프, 똘스또이, 곤차로프, 칸트, 헤겔 등의 서적을 탐독함. 11월 21일 세미팔라친스끄에 검찰관으로 임명된 브란겔 남작과 가까운 친구가 됨.

1855년 34세　2월 18일 니꼴라이 1세 사망. 8월 4일 세무관 이사예프 사망. 12월 브란겔, 세미팔라친스끄를 떠남.
• 이해에 『죽음의 집의 기록*Zapiski iz miortvogo doma*』을 쓰기 시작.

1856년 35세　브란겔, 상뜨뻬쩨르부르그에서 도스또예프스끼의 사면을 위해 활동을 함. 11월 26일 마리야 드미뜨리예브나 이사예프가 오랜 망설임 끝에 도스또예프스끼의 청혼을 승낙함.

1857년 36세　2월 6일 마리야 드미뜨리예브나 이사예프와 결혼. 4월 17일 이전의 권리(세습 귀족 신분)를 되찾음. 8월 감옥에서 구상하고 집필에 들어갔던 「꼬마 영웅*Malenkii geroi*」이 『조국 수기』에 M이라는 익명으로 실림. 12월 간질 증세로 인해 군 복무를 계속할 수 없다는 진단을 받음.

1858년 37세 봄 까뜨꼬프에게 편지를 보내 『러시아 통보*Russkii vestnik*』지에 중편소설 게재를 요청함. 까뜨꼬프 받아들임. 6월 19일 형 미하일이 정치와 문학 잡지 『시대*Vremia*』지의 출판 허가를 요청함. 9월 30일 미하일, 잡지 출판 허가받음. 10월 31일 돈 떨어짐. 두 편의 중편과 장편 한 편을 씀.

1859년 38세 3월 18일 하사관으로 제대함. 3월 『아저씨의 꿈*Diadiushkin son*』이 『러시아 말*Russkoe slovo*』지에 실림. 4월 11일 소설 『스쩨빤치꼬보 마을 사람들*Selo stepantikovo*』을 까뜨꼬프에게 보냄. 7월 2일 세미팔라친스끄를 떠나 뜨베리로 감. 8월 19일 뜨베리 도착. 8월 28일 형 미하일이 도착하여 며칠간 동생과 함께 지냄. 도스또예프스끼, 상뜨뻬쩨르부르그에서 거주할 허가를 얻기 위해 교섭. 뜨베리에 싫증을 냄. 10월 6일 네끄라소프, 『동시대인』지에서 『스쩨빤치꼬보 마을 사람들』 출판에 동의함. 도스또예프스끼는 『죽음의 집의 기록』 집필 구상. 11월 상뜨뻬쩨르부르그 거주를 허가받음. 그러나 평생 비밀경찰의 감시를 받게 됨. 12월 상뜨뻬쩨르부르그에 도착(10년 만의 귀환). 며칠 후 스뜨라호프Strakhov와 알게 되고 친구가 됨. 후에 그는 도스또예프스끼의 공식 전기를 쓰게 됨. 11~12월 『스쩨빤치꼬보 마을 사람들』이 『조국 수기』지에 실림.

1860년 39세 봄 여배우 A. I. 쉬베르뜨의 집에 드나들게 되고 그녀의 남동생 내외와도 알게 됨. 3~4월 〈문학 기금〉을 위한 두 편의 연극에 참여(고골의 「검찰관Revizor」과 「코nos」). 9월 『러시아 세계*Russkii mir*』지(67호)에 『죽음의 집의 기록』 연재 시작. 11월 검열 당국은 『죽음의 집의 기록』의 불온한 표현들을 삭제한다는 조건으로 이 책의 출판을 허가함. 가을 형과 함께 문학 서클 〈편집자들의 모임〉 결성. 당대의 유명 인사들이 대거 참여.
• 도스또예프스끼의 작품들이 두 권의 책으로 나옴.
1권 : 『가난한 사람들』, 『네또츠까 네즈바노바』, 「백야」, 「정직한 도둑」, 「크리스마스 트리와 결혼식」, 「남의 아내와 침대 밑 남편」, 「꼬마 영웅」. 2권 : 『아저씨의 꿈』, 『스쩨빤치꼬보 마을 사람들』.

1861년 ⁴⁰세 3월 3일(구력 2월 19일)의 농노 해방령이 시행됨. 7월 『상처받은 사람들Unizhennye i oskorblionnye』 마지막 손질. 『시대』지에 기고. 9월 『상처받은 사람들』 출판 허가. 이 해에 많은 작가들과 관계를 맺음. 그중에는 곤차로프, 오스뜨로프스끼, 살띠꼬프 쉬체드린도 있음.
• 『상처받은 사람들』이 두 권의 단행본으로 출간됨.

1862년 ⁴¹세 1월 『죽음의 집의 기록』의 두 번째 부분이 『시대』지에 실림. 1월 16일 『죽음의 집의 기록』의 단행본을 내기 위해 바주노프와 계약. 5월 온천에 가기 위해 통행증 신청. 5월 16일 상뜨뻬쩨르부르그에서 화재 발생. 15일간 계속되어 1천여 개의 상점이 잿더미가 됨. 도스또예프스끼, 크게 놀람. 6월 7일 처음으로 외국 여행. 6월 8~26일 베를린, 드레스덴, 프랑크푸르트, 쾰른, 파리 등을 여행. 7월 초 런던에 가서 게르쩬 만남. 〈도스또예프스끼가 어제 나를 만나러 왔습니다. 그는 순수하고, 그다지 명석하지는 않지만 매력 있는 사람입니다. 그는 러시아 민족을 열광적으로 믿고 있습니다.〉(1862년 7월 17일 게르쩬이 오가레프Ogarev에게 보낸 편지) 7월 7일 체르니셰프스끼Chernyshevskii가 체포되어 뻬뜨로빠블로프스끄 감옥에 감금됨. 7월 8일 도스또예프스끼, 파리로 돌아가기 전 게르쩬에게 자신의 서명이 든 사진을 선물함. 7월 15일 쾰른으로 갔다가 라인 강을 거쳐 스위스로, 그 후엔 이탈리아로 감. 12월 『시대』지에 『악몽 같은 이야기Skvernyi anekdot』 발표.

1863년 ⁴²세 2월 『시대』지에 「여름 인상에 대한 겨울 메모Zimnie zametki o letnikh vpechatleniiakh」 연재됨. 4월 『시대』지, 스뜨라호프가 1월에 발생한 폴란드인의 무장봉기 실패에 관해서 폴란드인에게 유리한 기사를 실었다는 이유로 4호로 발행 정지됨. 5월 『시대』지 출판금지 당함. 8월 외국으로 떠남. 8월 14일 파리에 도착하여 다음 날 먼저 와 있던 수슬로바와 만남. 둘의 관계가 악화되고 그는 노름판에서 돈을 잃음. 9월 수슬로바와 이탈리아로 출발. 바덴바덴에서 머물다가 뚜르게네프를 만남. 노름판에서 3천 프랑을 잃음. 바덴바덴을 떠나 토리노로 감. 그다음 제네바로 가서 도스또예프스끼는 시계를, 수슬로바는 반지를 저당잡힘. 그 후 제네바, 로마, 리보르노로 여행. 9월 17일

로마의 성 베드로 성당 방문. 9월 18일 포럼 산책. 스뜨라호프에게 편지를 보내 『노름꾼*Igrok*』에 대한 이야기와 돈이 궁한 사정을 호소함. 스뜨라호프는 도스또예프스끼가 토리노로 가기 전, 그에게서 〈독서를 위한 총서〉의 편집자가 되겠다는 약속을 받아 냄. 10월 수슬로바와 나폴리 체류. 그곳에서 게르쩬 가족을 만남. 그 후 토리노로 돌아옴. 10월 8일 수슬로바와 헤어짐. 수슬로바는 파리로 떠남. 도스또예프스끼는 함부르크로 가서 도박을 하고 돈을 잃음. 수슬로바에게 편지를 보내 350프랑을 받음. 이 시기에 『노름꾼』과 『지하로부터의 수기*Zapiski iz podpol'ia*』 쓰기 시작. 10월의 마지막 10일 동안 러시아로 돌아감. 11월 형 미하일, 내무부 장관 발루예프에게 『시대』지를 다른 이름으로 낼 수 있게 해달라고 요청.

1864년 ^{43세} 1월 발루예프, 형 미하일에게 『세기*Epokha*』지 출판 허가 내줌. 3월 21일 『세기』지 첫 호 나옴. 3~4월 『지하로부터의 수기』를 『세기』지에 발표. 4월 4일 〈오전 문학 모임〉에서 『죽음의 집의 기록』의 일부를 낭독함. 4월 14~15일 아내 마리야 드미뜨리예브나의 건강 상태 악화. 새벽 4시에 병자 성사. 낮 동안 각혈 계속됨. 저녁 7시에 숨을 거둠. 4월 16일 죽은 아내의 머리맡에서 수첩에 자신의 반성을 적음. 〈아내 마샤는 탁자 위에서 쉬고 있다. 마샤를 다시 볼 수 있을까?〉 4월 말 뻬쩨르부르그로 돌아감. 7월 10일 아침 7시, 빠블로프스끄에서 형 미하일 사망. 그의 아내가 『세기』지 발간을 계속해 나갈 것을 허가받음. 9월 25일 친구 아뽈론 그리고리예프 죽음.
• 『죽음의 집의 기록』이 두 권의 독일어 판으로 라이프치히 출판사에서 나옴.

1865년 ^{44세} 3월 31일 친구 브란겔에게 아내의 죽음을 알리는 편지를 씀. 〈그녀는 나를 무척이나 사랑했지. 그리고 나도 그녀를 한없이 사랑했네. 그런데 우린 이제 함께 행복을 나눌 수 없게 되었어……. 내 삶은 갑자기 둘로 나뉘어 버렸소.〉 이 시기에 꼬르빈 끄루꼬프스까야 부인, 후에 유명한 수학자가 된 소피야 꼬발레프스까야와의 우정이 시작됨. 4~5월 꼬르빈 끄루꼬프스까야 부인에게 청혼하나 거절당함. 5월 10일 외국 여행을 위해 여권 신청. 6월 『세기』지 2호에 「악어」 연재

(「기이한 사건 혹은 아케이드에서의 돌발적 사건」이라는 제목으로 연재 시작). 『세기』지, 재정난으로 발행 중단(통권 13호). 여름에 출판업자 스쩰로프스끼와 계약을 맺고 자기의 모든 작품을 양도하고 1866년 11월 1일까지 일정 페이지의 새 소설을 탈고하겠다고 약속함. 계약을 이행하지 못할 경우 스쩰로프스끼는 보조금 지급 없이 이후의 모든 작품에 대한 저작권을 가지기로 함. 도스또예프스끼, 3천 루블을 받고 모든 작품의 저작권을 팔아 버림. 7월 말 비스바덴에 도착. 8월 3일 뚜르게네프에게 편지를 보내 노름판에서 거액을 잃은 사실을 알리고 1백 탈러를 보내 달라고 부탁함. 수슬로바, 도스또예프스끼를 만나러 비스바덴으로 감. 8월 8일 50탈러를 부쳐 주어서 고맙다는 편지를 뚜르게네프에게 씀. 9월 밀류꼬프에게 편지를 보내 어디든 상관없으니 중편소설을 팔아 당장 8백 루블을 보내 달라고 부탁하지만 허탕. 〈나는 호텔에 묵고 있습니다. 빚이 불어나서 위협을 받고 있습니다. 그리고 한 푼도 없는 실정입니다.〉 밀류꼬프는 〈독서를 위한 총서〉, 『동시대인』, 『조국 수기』지에 요청하지만 모두 그가 요구하는 선불금을 거절함. 까뜨꼬프에게 『죄와 벌 Prestuplenie i nakazanie』의 구상을 알리는 편지의 초안 작성. 편지에 소설의 줄거리 묘사. 10월 코펜하겐에 도착하여 친구 브란겔의 집에서 10일을 보냄. 15일 상뜨뻬쩨르부르그로 돌아옴. 11월 2일 수슬로바를 만나 다시 청혼함. 11월 8일 브란겔에게 보낸 편지에서 돌아온 첫 주에 세 차례의 간질 발작이 있었음을 알림. 까뜨꼬프가 그에게 선불금 지급. 11월 말 『죄와 벌』 초고를 태워 버림. 〈새 형식, 새 플롯이 내 마음을 사로잡아 나는 모두 다시 시작했다.〉(1866년 2월 18일 브란겔에게 보낸 편지) 『죄와 벌』을 쓰는 동안 센나야 광장 근처로 자주 산책 나감. 어느 날 술 취한 군인이 다가와 목에 걸고 있던 십자가를 팔겠다고 해 그 십자가를 사서 목에 걸고 다님. 1867년 외국으로 떠날 때 상뜨뻬쩨르부르그에 놓고 갔으며 이후 없어짐.

• 도스또예프스끼의 전집이 작가의 검토와 보충을 거쳐 스쩰로프스끼 출판사에서 나옴.
1권 : 「여주인」, 「쁘로하르친 씨」, 「약한 마음」, 『죽음의 집의 기록』, 『가난한 사람들』, 「백야」, 「정직한 도둑」. 2권 : 『상처받은 사람들』, 『지하로부터의 수기』, 「악몽 같은 이야기」, 「여름 인상에 대한 겨울 메모」 등. 도스또예프스끼의 여러 단편들과 중편들이 같은 출판사에서 단행본으로 나옴. 『가난한 사람들』, 「백야」, 「약한 마음」, 「여주인」, 「쁘로하르친 씨」 등. 『죽음의 집의 기록』의 세 번째 판이 검토를 거치고 새 장들이 추가되어 나옴.

1866년 45세 1월 『죄와 벌』, 『러시아 통보』지에 연재 시작(12월 호로 완결). 1월 14일 고리대금업자 뽀뽀프와 그의 하녀 노르만이 대학생 다닐로프에게 살해되고 금품을 강탈당함. 도스또예프스끼는 『백치 Idiot』를 쓰며 이 사건을 숙고함. 3~4월 『동시대인』지에 『죄와 벌』에 대한 비호의적인 평이 실림. 4월 4일 러시아 황제 알렉산드르 2세에 대한 까라꼬조프의 암살 계획. 도스또예프스끼는 이 사건에 깜짝 놀람. 6월 여름을 여동생의 가족이 사는 곳에서 가까운 모스끄바의 교외 지역인 류블리노에서 보냄. 『노름꾼』의 줄거리와 『죄와 벌』 5부 작업. 『러시아 통보』의 편집자 까뜨꼬프에게 부도덕한 장면이라고 지적당한 2부의 6장을 수정해야 했음(라스꼴리니꼬프와 소냐가 복음서를 읽는 장면). 9월 까라꼬조프에 대한 재판과 판결. 도스또예프스끼는 작가 노트와 『악령』의 도입부에서 이 재판에 대해 언급함. 10월 스쩰로프스끼에게 약속한 소설을 제때에 끝내기 위해 속기사를 고용하기로 결심함. 10월 3일 저녁때 안나 그리고리예브나 스니뜨끼나 Anna Grigorievna Snitkina가 찾아와 속기사로 일하겠다고 함. 그다음 날 『노름꾼』 구술 시작. 29일에 끝냄. 30일, 31일 원고 정서함. 11월 『노름꾼』 원고를 스쩰로프스끼에게 가져감. 스쩰로프스끼는 자리에 없고 그의 서기가 원고를 거절함. 도스또예프스끼는 출판사 부근의 경찰서에 소설을 맡김. 11월 3일 어머니 집에 있는 안나 그리고리예브나를 방문함. 그리고 『죄와 벌』 마지막 부분을 속기해 달라고 부탁함. 11월 8일 안나 그리고리예브나에게 청혼. 그녀의 수락. 이달 말, 도스또예프스끼는 하나뿐인 외투를 저당잡혀 쪼들리는 친척들을 도움.

• 도스또예프스끼 전집 제3권 나옴(스쩰로프스끼 출판사).

수록 작품 : 『노름꾼』, 『분신』, 「크리스마스트리와 결혼식」, 「남의 아내와 침대 밑 남편」, 「꼬마 영웅」, 「네또츠까 네즈바노바』, 『아저씨의

꿈』, 『스쩨빤치꼬보 마을 사람들』. 스쩰로프스끼 출판사에서 단편, 중단편들이 단행본으로 나옴. 『분신』, 『지하로부터의 수기』, 『노름꾼』, 「크리스마스트리와 결혼식」, 「악어Krokodil」, 「악몽 같은 이야기」 등. 『상처받은 사람들』 세 번째 개정판과 『스쩨빤치꼬보 마을 사람들』의 세 번째 판이 같은 출판사에서 나옴.

1867년 [46세] 2월 15일 저녁 7시, 삼위일체 대성당에서 도스또예프스끼와 안나 그리고리예브나의 결혼식. 3월 30일 도스또예프스끼와 그의 아내, 모스끄바에 도착. 듀소 호텔로 감. 모스끄바에서 보석상 까밀꼬프가 양갓집 아들 마주린에게 살해당하는 사건이 발생. 도스또예프스끼는 이 범죄 사건을 『백치』의 마지막에 이용함. 4월 도스또예프스끼 부부, 외국으로 갈 계획 세움. 4월 12일 안나 그리고리예브나, 돈을 빌리기 위해 개인 물품을 저당잡힘. 빌린 돈의 일부를 도스또예프스끼 가족에게 줌. 4월 14일 도스또예프스끼 부부, 외국으로 떠나 4년 넘게 체류. 안나 그리고리예브나 일기 쓰기 시작. 4월 17일과 18일 베를린 체류. 4월 19일 드레스덴에 도착, 미술관에서 라파엘의 마돈나 감상. 책 사들임. 5월 4일 도스또예프스끼, 룰렛 게임을 하러 함부르크로 출발. 5월 5일 도박을 하여 처음엔 땄으나 그 후에 거액을 잃고 아내에게 여러 차례 돈을 요구하지만 이 돈마저 잃음. 5월 15일 드레스덴으로 돌아옴. 5월 25일 알렉산드르 2세에 대한 폴란드 이민자 베레조프스끼의 암살 음모. 파리 체류. 6월 디킨스, 위고를 읽음. 베토벤, 바그너의 음악회 감상. 이달 여러 번의 간질 발작을 일으킴. 6월 21일 도스또예프스끼 부부, 바덴바덴으로 떠남. 이후 룰렛 게임을 계속함. 6월 28일 뚜르게네프를 만나러 감. 러시아와 서양의 관계에 대한 생각 차이로 말다툼. 7월 10일 도박으로 마지막 남은 돈을 잃음. 물건을 저당잡힘. 7월 16일 도벨린스끼에 대한 기사 쓰기 시작. 8월 11일 도스또예프스끼 부부, 제네바로 떠남. 바젤에 들러 미술관 방문. 8월 13일 제네바 도착. 8월 28일 가리발디와 바꾸닌의 협력으로 제네바에서 평화와 자유 연맹의 첫 번째 회의 열림. 도스또예프스끼, 여러 회의에 참석. 9월 도박으로 또 손해를 봄. 제네바에 싫증을 냄. 경제 사정 매우 악화. 10월 『백치』 집필. 도박으로 돈을 잃음. 물건을 저당잡힘. 12월 6일 『백치』의

최종 원고 작업 돌입. 〈내 소설의 주요 생각은 지극히 완전한 사람을 그리는 데 있다.〉
• 『죄와 벌』 수정판이 두 권으로 바주노프 출판사에서 나옴.

1868년 47세 2월 22일 딸 소피야 태어남. 3월 10일 한 가족(6명)이 땀보프에서 살해되는 사건 발생. 16세의 고등학생이 용의자로 지목됨. 도스또예프스끼는 이 사건을 『백치』 2부에 이용함. 도박 계속. 5월 12일 어린 딸 소피야 죽음. 9월 밀라노 도착. 성당에 감. 11월 피렌체로 출발. 그곳에서 겨울을 남.
• 『러시아 통보』지에 『백치』 게재.

1869년 48세 봄 러시아의 친구들과 활발한 서신 교환. 무신론에 관한 소설을 구상. 7월 프라하에서 사흘을 보낸 다음 베네치아, 볼로냐를 거쳐 드레스덴으로 돌아감. 9월 14일 딸 류보프 출생. 11월 21일 모스끄바에서 혁명 운동가 네차예프를 지도자로 하는 〈민중의 복수〉라는 혁명 단체가 불복종을 이유로 농학과 학생 이바노프를 암살함(소위 네차예프 사건). 도스또예프스끼는 이 사건을 주의 깊게 연구하여 후에 『악령besy』에 이용함.

1870년 49세 봄 니힐리즘에 대한 〈악의적인 것〉 작업(『악령』). 6~8월 프랑스-프로이센 전쟁. 도스또예프스끼, 자기 일기와 서신에 유럽의 사건들에 대해 언급.
• 『오로라L'Aurore』에 『영원한 남편Vechnyi muzh』 실림. 『죄와 벌』, 전집 제4권으로 나옴(스쩰로프스끼 출판사).

1871년 50세 1월 『러시아 통보』지에 『악령』 연재 시작. 3~5월 파리 코뮌. 도스또예프스끼의 편지와 『미성년Podrostok』의 작가 노트에서 이 사건을 반영했음을 밝힘. 4월 비스바덴에 가서 룰렛 게임. 돈을 잃고 아내에게 편지를 써서 다시는 도박을 하지 않겠다고 약속함. 러시아가 그리워져서 다시 돌아갈 생각을 함. 7월 1일 네차예프의 재판. 재판의 내용이 『악령』 2부와 3부에서 이용됨. 7월 5일 드레스덴을 떠나 뻬쩨르부르그 도착. 7월 16일 뻬쩨르부르그에서 아들 표도르 태어남.
• 바주노프 사에서 〈동시대 작가 총서〉의 하나로 『영원한 남편』이 단

행본으로 나옴.

1872년 [51세] 4~5월 딸 류보프의 팔이 부러짐. 도스또예프스끼, 뜨레 쨔꼬프에게 주문받은 초상화를 그리기 위해 뻬로프의 모델이 됨. 5월 15일 여름을 지내기 위해 스따라야 루사로 떠남. 며칠 후 딸의 잘 낫지 않는 팔을 수술하기 위해 뻬쩨르부르그로 다시 돌아옴. 10월 30일 『시민*Grazhdanin*』지에서 도스또예프스끼와 공동 작업할 것임을 알림. 11~12월 안나 그리고리예브나, 『악령』을 직접 출판하기 위해 교섭. 도스또예프스끼, 『시민』지의 편집 일을 맡음. 12월 말 도스또예프스끼, 『시민』지 1호에 『작가 일기』 제1장 원고 조판 작업. 독감과 폐기종으로 고생하기 시작.

1873년 [52세] 1월 1일 『시민』지 제1호가 나옴. 편집장을 맡음. 1월 7일 끼르끼즈 대표단이 겨울 궁전으로 알렉산드르 2세를 접견하러 감. 검열 당국의 사전 허가를 받지 않은 점을 변명하기 위해 도스또예프스끼도 따라감. 뽀베도노스쩨프(성무권의 담당 검사관)가 왕위 계승자 알렉산드르 알렉산드로비치에게 편지와 『악령』 견본 보냄. 2월 26일 안나 그리고리예브나가 출판한 『악령』 판매 시작. 2월 27일 슬라브 자선 단체의 회원으로 뽑힘. 6월 11일 검열법 위반으로 25루블의 벌금형과 48시간의 구류(끼르끼즈 대표단 사건) 처분받음. 6월 15일 시인 쮸체프 사망. 그에 대한 글을 『시민』지에 기고함.
• 『악령』이 세 권의 단행본으로 나옴. 정치적, 연대기적, 문학적 기사와 중편소설, 일상 생활을 묘사한 『작가 일기』가 『시민』지에 연재됨. 『작가 일기』(『시민』지 제6호)에 단편 「보보끄」가 실림.

1874년 [53세] 1월 『백치』, 두 권의 단행본으로 나옴. 3월 11일 『시민』지 10호에 기고한 글 〈러시아에 사는 독일인들에 대한 비스마르크 왕자의 생각과 관련된 두 단어〉로 잡지는 첫 번째 경고를 받음. 3월 21일과 22일 센나야 광장의 보초에게 체포당함. 이때 『레 미제라블』을 다시 읽음. 4월 22일 건강상의 이유로 『시민』지의 편집장직 사퇴. 그러나 기고는 중단하지 않음. 6월 4일 스따라야 루사를 떠나 엠스에 온천요법을 받으러 감. 6월 12일 엠스에 도착. 독감에 걸림. 엠스에 싫증을 냄. 뿌쉬낀을 다시 읽고 『미성년』 작업. 〈엠스가 너무 싫은 나머지 감옥이 더 나을 것 같다.〉 7~8월 제네바에 가서 딸 소냐의 무덤에 감. 8월 10일 스따라야 루사로 돌아옴. 이곳에서 겨울을 나기로 결심함. 10월 12일 네끄라소프에게 보낸 편지에서 『조국 수기』지에 소설 『미성년』이 실릴 것이라고 알림.

1875년 54세 4월 9일 안나 그리고리예브나, 꾸르스끄 지방에 있는 남동생 아내의 땅을 소작하기로 남동생과 합의. 5월 26일 도스또예프스끼, 엠스로 떠남. 처음 왔을 때와 같은 참기 힘든 인상을 받음. 욥기를 읽음. 7월 7일 스따라야 루사로 돌아옴. 8월 10일 아들 알렉세이 태어남. 12월 길에서 일곱 살의 어린 거지와 자주 만나며 그의 생활에 관심을 가지고 질문을 함. 현대의 부모와 아이들에 관한 소설 구상. 12월 27일 비행 청소년을 위한 감화원 방문. 12월 31일 개인 잡지 『작가 일기』의 발행 허가가 내려짐.
• 『죽음의 집의 기록』 제4판이 두 권의 책으로 나옴. 『미성년』이 『조국 수기』(1~12월 호)에 실림.

1876년 55세 1월 월간 『작가 일기』 제1호 발행. 단편 「예수의 크리스마스트리에 초대된 아이」 발표. 2월 『작가 일기』 2월 호에 단편 「농부 마레이」 발표. 3월 영적 경험. 『작가 일기』 3월 호에 단편 「백 살의 노파」 실림. 5월 18일 안나 그리고리예브나, 남동생에게 스따라야 루사에 집을 한 채 사놓으라고 시킴. 7월 도스또예프스끼, 엠스로 떠남. 그곳에서 의사는 〈죽으려면 아직도 멀었다〉고 안심시킴. 10월 도스또예프스끼가 『작가 일기』에서 말한 계모 꼬르닐로바의 재판이 열림. 그는 죄수를 두 번 방문함. 『작가 일기』는 점점 더 풍부한 통신란이나 다름없게 됨. 11월 도스또예프스끼는 뽀베도노스쩨프의 충고에 대해 『작가 일기』의 별책들을 유명해지게 할 것을 제안. 『온순한 여자 Krotkaia』 집필, 『작가 일기』 11월 호에 발표. 12월 6일 까잔 광장에서 대학생들의 시위와 난투극. 『작가 일기』에서 이 사건을 상세히 다룸.
• 『미성년』이 3권의 단행본으로 나옴. 『작가 일기』 계속 발간.

1877년 56세 봄 스따라야 루사에 안나 그리고리예브나의 동생 명의로 집을 사들임. 4월 러시아 황제의 성명. 러시아 군대가 터키 영토에 진입. 도스또예프스끼는 성명을 읽고 까잔 성당에 감. 4월 22일 꼬르닐로바의 두 번째 재판에 참석함. 피고는 무죄 석방됨. 검사는 처음 선고는 『작가 일기』의 기사에 따라 취소되었다고 말함. 『작가 일기』 4월 호에 단편 「우스운 사람의 꿈」 발표. 도스또예프스끼 가족, 여름을 안나 그리고 리예브나의 남동생 소유지에서 보냄. 7월 『안나 까레니나』 8부가 단행본으로 나옴. 전쟁에 대한 똘스또이의 반체제적 견해 때문에 거부되었던 책으로 『러시아 통보』지의 편집부에서 펴냄. 도스또예프스끼, 그 책을 구입. 7월 19일 꾸르스끄 지방으로 떠남. 어린 시절을 보낸 다로보예로 감. 12월 27일 시인 네끄라소프 사망. 충격에 싸인 도스또예프스끼는 밤을 새워 죽은 시인의 시를 낭독함. 12월 29일 연말 공식 회의에서 도스또예프스끼가 과학 아카데미 러시아 문헌 분과의 객원 회원으로 뽑혔음을 알려 옴. 12월 30일 네끄라소프 장례식에서 간단한 연설을 함.

• 『작가 일기』 계속 발간. 『죄와 벌』 4판이 두 권으로 나옴. 『우스운 사람의 꿈』이 『시민』지에서 나옴. 『온순한 여자』가 「상뜨뻬쩨르부르그 신문」에 프랑스어로 번역됨. 단행본으로도 나옴.

1878년 57세 연초 도스또예프스끼, 매달 문학인 협회가 주관하는 저녁 모임 참가. 3월 베라 자술리치의 재판. 베라는 정치범을 하찮은 이유로 채찍질한 뜨례뽀프 경찰국장을 저격. 도스또예프스끼, 재판 방청. 5월 16일 세 살의 어린 아들 알렉세이 도스또예프스끼, 갑작스러운 간질 발작으로 죽음. 아들이 죽은 후 그는 자주 블라지미르 솔로비요프를 만남. 6월 23일 솔로비요프와 함께 러시아 영성의 중심지 중 하나인 옵찌나 수도원에 감. 암브로시 장로와 두 번의 대화. 그로부터 『까라마조프 씨네 형제들 Brat'ia Karamazovy』의 영감을 얻음. 12월 계획을 세우고 『까라마조프 씨네 형제들』의 첫 부분 씀. 12월 14일 『상처받은 사람들』의 넬리 이야기를 자선 문학의 밤 모임에서 낭독. 〈문학 기금〉의 저녁 모임에서 뿌쉬낀의 『예언자』를 읽음. 이 겨울 동안 문단에 자주 나옴.

• 『작가 일기』 1877년 12월 호가 1878년 1월에 나옴.

1879년 58세 3월 9일 〈문학 기금〉을 위한 연회에서 도스또예프스끼는 『까라마조프 씨네 형제들』의 일부분을 낭독함. 3월 13일 뚜르게네프 기념 오찬 모임에서 뚜르게네프와 도스또예프스끼 사이의 별로 좋지 않은 이야기들이 회자됨. 3월 20일 어린 딸을 괴롭힌 혐의로 고발당한 외국인 브룬스트의 재판. 도스또예프스끼는 이 사건에 매우 깊은 인상을 받아 『까라마조프 씨네 형제들』에 이용함. 도스또예프스끼는 술 취한 남자 때문에 길에 넘어져 얼굴에 상처를 입음. 그의 항의에도 불구하고 가해자는 16루블의 벌금형을 받음. 빅토르 위고의 주재로 열리는 런던 문학 회의에 참여해 달라는 요청을 건강상의 이유로 거절함. 7월 22일 엠스로 떠남. 베를린에서 이틀 머무름. 수족관, 박물관, 티어가르텐 구경. 7월 24일 엠스 도착. 그가 이곳에 머무는 동안 그의 아내는 아이들을 데리고 그녀의 친척인 꾸마닌 부인의 토지 분할 문제를 처리하기 위해 랴잔 지방에 감. 꾸마닌 부인은 2백 제곱미터의 산림과 1백 제곱미터의 경작지를 보유. 8월 6일 형수 죽음. 9월 러시아로 돌아옴. 『까라마조프 씨네 형제들』 작업. 10월 알렉세이 똘스또이의 미망인, 똘스또이 백작 부인이 도스또예프스끼에게 드레스덴 박물관에 있는 라파엘의 「시스티나의 마돈나」 사진을 보여 줌.

• 『까라마조프 씨네 형제들』(소설 3부의 제4권까지) 『러시아 통보』에서 나옴. 1876년에 쓰인 『작가 일기』 단행본 제2판 1879년. 『상처받은 사람들』 제5판.

1880년 ⁵⁹세 1월 도스또예프스끼의 아내가 출판한 작품 판매. 1월 17일 도스또예프스끼와 프랑스 외교관이자 작가인 보귀에 사이에 논쟁〔보귀에는 후에 유명한 책, 『러시아 소설』(1886)을 씀〕. 도스또예프스끼는 다음과 같이 말함. 〈우리는 모든 민족들이 가진 특징을 가지고 있습니다. 그 위에 모든 러시아의 특징도. 그 이유는 우리는 당신들을 이해할 수 있기 때문입니다. 그러나 당신들은 우리에 미치지 못합니다.〉 자선 문학의 밤 행사에 여러 번 참여, 자기 작품의 몇몇 부분을 읽음. 4월 6일 뻬쩨르부르그 대학에서 열린 블라지미르 솔로비요프의 박사 논문 통과 심사에 참석. 5월 11일 모스끄바에서 열리는 뿌쉬낀 동상 제막식에서 슬라브 자선 단체의 대표로 임명됨. 5월 23일 모스끄바 도착. 5월 24일 도스또예프스끼를 축하하는 오찬. 여러 작가들 참석. 6월

6일 뿌쉬낀 동상 제막식. 6월 7일 첫 번째 공개 회의, 뚜르게네프 연설. 6월 8일 두 번째 공개 회의. 도스또예프스끼, 대중의 열광을 불러일으킨 뿌쉬낀에 대한 연설을 함. 월계관을 받음. 저녁에 『예언자』 낭독. 밤에 그는 뿌쉬낀 동상에 가서 자기가 받은 월계관을 바침. 6월 10일 모스끄바를 떠나 스따라야 루사로 감. 『까라마조프 씨네 형제들』 쓰기 시작. 9월 26일 똘스또이가 스뜨라호프에게 편지를 보내 『죽음의 집의 기록』은 뿌쉬낀의 작품을 포함하여 새로운 모든 문학 작품들 중 가장 아름다운 책이라고 말함. 11월 8일 도스또예프스끼, 『러시아 통보』지에 『까라마조프 씨네 형제들』의 마지막 장들을 보냄. 〈내 소설은 끝났습니다. 이 소설에 바친 3년과 출판한 2년, 나에게는 의미 있는 순간입니다. 작별 인사를 하지 않은 것을 용서하시기 바랍니다. 나는 20년은 더 살면서 글을 쓸 작정입니다.〉 11월 29일 한 편지에서 나쁜 건강 상태에 대해 불평(폐기종으로 고생). 12월 10일 젊은 메레쥐꼬프스끼Merezhkovskii의 방문을 허락. 15세의 젊은 시인은 도스또예프스끼에게 자신의 시를 읽어 줌. 〈제대로 쓰기 위해서는 고통을 감내해야 한다.〉

• 〈뿌쉬낀에 대한 연설〉이 『모스끄바 통보』지에 실림. 『까라마조프 씨네 형제들』, 『러시아 통보』지에 연재(11월 완결). 『작가 일기』 8월 호가 간행됨. 『까라마조프 씨네 형제들』 단행본 며칠 만에 동이 남.

1881년 60세 1월 『작가 일기』 작업. 1월 19일 알렉세이 똘스또이의 미망인 집에서 열린 연극 『폭군 이반의 죽음 *Smert' Ioanna Groznogo*』에서 수도승 역을 맡음. 1월 26일 상속 문제로 여동생이 찾아와 다투고 간 후 도스또예프스끼 각혈, 5시 반에 의사 폰 브레첼 도착, 진찰 도중 다시 각혈, 의식을 잃음, 6시경 병자 성사를 받음, 7시경 아내와 아이들에게 작별 인사. 1월 27일 각혈 멈춤. 1월 28일 아침 7시 도스또예프스끼는 아내에게 오늘 틀림없이 죽을 것 같다고 말함. 그는 복음서를 아무데나 펼쳐 「마태오의 복음서」 3장, 14~15절을 읽음. 죽음의 전조가 보임. 아침 11시 또 각혈. 저녁 7시 자식들을 불러 아들에게 자신의 성서를 건네줌. 저녁 8시 38분 도스또예프스끼 사망. 1월 31일 알렉산드르 네프스끼 수도원 묘지에 묻힘, 많은 사람들이 긴 행렬을 이루며 그의 죽음을 애도함.

- 『죽음의 집의 기록』 제5판 나옴. 『상처받은 사람들』의 프랑스어 번역이 「상뜨뻬쩨르부르그 신문」에 실림. 『죽음의 집의 기록』 영어로 번역됨. 『상처받은 사람들』 스웨덴어로 번역됨.

열린책들 세계문학 117 가난한 사람들

옮긴이 석영중 1959년 서울에서 태어나 고려대학교 노어노문학과를 졸업했다. 미국 오하이오 주립대 슬라브어문과에서 문학 박사 학위를 받았으며, 현재 고려대학교 노어노문학과 교수로 재직 중이다. 저서에 『러시아 시의 리듬』, 『도스토예프스키, 돈을 위해 펜을 들다』, 『매핑 도스토옙스키』, 논문 「만젤쉬땀의 시인과 독자」 등이 있으며, 역서로는 뿌쉬낀의 『대위의 딸』, 『예브게니 오네긴』, 『벨낀 이야기』, 『보리스 고두노프』, 마야꼬프스끼의 『나는 사랑한다』, 『좋아!』, 도스또예프스끼의 『분신』, 『백야』, 보리스 뻴냐끄의 『마호가니』 등이 있다. 뿌쉬낀 번역에 대한 공로로 1999년 러시아 정부로부터 뿌쉬낀 메달을, 2000년에는 한국백상출판문화상 번역상을 받았다.

지은이 표도르 도스또예프스끼 **옮긴이** 석영중 **발행인** 홍지웅·홍예빈
발행처 주식회사 열린책들 **주소** 경기도 파주시 문발로 253 파주출판도시
전화 031-955-4000 **팩스** 031-955-4004 **홈페이지** www.openbooks.co.kr
Copyright (C) 주식회사 열린책들, 2000, 2010, *Printed in Korea.*
ISBN 978-89-329-1117-5 04890 **ISBN** 978-89-329-1499-2 (세트)
발행일 2000년 6월 15일 초판 1쇄 2002년 1월 25일 신판 1쇄 2004년 5월 15일 신판 4쇄 2007년 2월 5일 3판 1쇄 2009년 8월 10일 3판 4쇄 2010년 5월 10일 세계문학판 1쇄 2020년 3월 1일 세계문학판 16쇄

이 도서의 국립중앙도서관 출판예정도서목록(CIP)은 서지정보유통지원시스템 홈페이지(http://seoji.nl.go.kr)와 국가자료공동목록시스템(http://www.nl.go.kr/kolisnet)에서 이용하실 수 있습니다 (CIP제어번호:CIP2010001481)

열린책들 세계문학
Open Books World Literature

001 **죄와 벌** 표도르 도스또예프스끼 장편소설 | 홍대화 옮김 | 전2권 | 각 408, 504면

003 **최초의 인간** 알베르 카뮈 장편소설 | 김화영 옮김 | 392면

004 **소설** 제임스 미치너 장편소설 | 윤희기 옮김 | 전2권 | 각 280, 368면

006 **개를 데리고 다니는 부인** 안똔 체호프 소설선집 | 오종우 옮김 | 368면

007 **우주 만화** 이탈로 칼비노 단편집 | 김운찬 옮김 | 416면

008 **댈러웨이 부인** 버지니아 울프 장편소설 | 최애리 옮김 | 296면

009 **어머니** 막심 고리끼 장편소설 | 최윤락 옮김 | 544면

010 **변신** 프란츠 카프카 중단편집 | 홍성광 옮김 | 464면

011 **전도서에 바치는 장미** 로저 젤라즈니 중단편집 | 김상훈 옮김 | 432면

012 **대위의 딸** 알렉산드르 뿌쉬낀 장편소설 | 석영중 옮김 | 240면

013 **바다의 침묵** 베르코르 소설선집 | 이상해 옮김 | 256면

014 **원수들, 사랑 이야기** 아이작 싱어 장편소설 | 김진준 옮김 | 320면

015 **백치** 표도르 도스또예프스끼 장편소설 | 김근식 옮김 | 전2권 | 각 500, 528면

017 **1984년** 조지 오웰 장편소설 | 박경서 옮김 | 392면

018 **수용소군도** 알렉산드르 솔제니찐 기록문학 | 김학수 옮김 | 480면

019 **이상한 나라의 앨리스** 루이스 캐럴 환상동화 | 머빈 피크 그림 | 최용준 옮김 | 336면

020 **베네치아에서의 죽음** 토마스 만 중단편집 | 홍성광 옮김 | 432면

021 **그리스인 조르바** 니코스 카잔차키스 장편소설 | 이윤기 옮김 | 488면

022 **벚꽃 동산** 안똔 체호프 희곡선집 | 오종우 옮김 | 336면

023 **연애 소설 읽는 노인** 루이스 세풀베다 장편소설 | 정창 옮김 | 192면

024 **젊은 사자들** 어윈 쇼 장편소설 | 정영문 옮김 | 전2권 | 각 416, 408면

026 **젊은 베르테르의 슬픔** 요한 볼프강 폰 괴테 장편소설 | 김인순 옮김 | 240면

027 **시라노** 에드몽 로스탕 희곡 | 이상해 옮김 | 256면

028 **전망 좋은 방** E. M. 포스터 장편소설 | 고정아 옮김 | 352면

029 **까라마조프 씨네 형제들** 표도르 도스또예프스끼 장편소설 | 이대우 옮김 | 전3권 | 각 496, 496, 460면

032 **프랑스 중위의 여자** 존 파울즈 장편소설 | 김석희 옮김 | 전2권 | 각 344면

034 **소립자** 미셸 우엘벡 장편소설 | 이세욱 옮김 | 448면

035 **영혼의 자서전** 니코스 카잔차키스 자서전 | 안정효 옮김 | 전2권 | 각 352, 408면

037 **우리들** 예브게니 자먀찐 장편소설 | 석영중 옮김 | 320면

038 **뉴욕 3부작** 폴 오스터 장편소설 | 황보석 옮김 | 480면

039 **닥터 지바고** 보리스 빠스쩨르나크 장편소설 | 박형규 옮김 | 전2권 | 각 400, 512면

041 **고리오 영감** 오노레 드 발자크 장편소설 | 임희근 옮김 | 456면

042 **뿌리** 알렉스 헤일리 장편소설 | 안정효 옮김 | 전2권 | 각 400, 448면

044 **백년보다 긴 하루** 친기즈 아이뜨마또프 장편소설 | 황보석 옮김 | 560면

045 **최후의 세계** 크리스토프 란스마이어 장편소설 | 장희권 옮김 | 264면

046 **추운 나라에서 돌아온 스파이** 존 르카레 장편소설 | 김석희 옮김 | 368면

047 **산도칸 – 몸프라쳄의 호랑이** 에밀리오 살가리 장편소설 | 유향란 옮김 | 428면

048 **기적의 시대** 보리슬라프 페키치 장편소설 | 이윤기 옮김 | 560면

049 **그리고 죽음** 짐 크레이스 장편소설 | 김석희 옮김 | 224면

050 **세설** 다니자키 준이치로 장편소설 | 송태욱 옮김 | 전2권 | 각 480면

052 **세상이 끝날 때까지 아직 10억 년** 스뜨루가츠끼 형제 장편소설 | 석영중 옮김 | 224면

053 **동물 농장** 조지 오웰 장편소설 | 박경서 옮김 | 208면

054 **캉디드 혹은 낙관주의** 볼테르 장편소설 | 이봉지 옮김 | 232면

055 **도적 떼** 프리드리히 폰 실러 희곡 | 김인순 옮김 | 264면

056 **플로베르의 앵무새** 줄리언 반스 장편소설 | 신재실 옮김 | 320면

057 **악령** 표도르 도스또예프스끼 장편소설 | 김연경 옮김 | 전3권 | 각 324, 396, 496면

060 **의심스러운 싸움** 존 스타인벡 장편소설 | 윤희기 옮김 | 340면

061 **몽유병자들** 헤르만 브로흐 장편소설 | 김경연 옮김 | 전2권 | 각 568, 544면

063 **몰타의 매** 대실 해밋 장편소설 | 고정아 옮김 | 304면

064 **마야꼬프스끼 선집** 블라지미르 마야꼬프스끼 선집 | 석영중 옮김 | 320면

065 **드라큘라** 브램 스토커 장편소설 | 이세욱 옮김 | 전2권 | 각 340, 344면

067 **서부 전선 이상 없다** 에리히 마리아 레마르크 장편소설 | 홍성광 옮김 | 336면

068 **적과 흑** 스탕달 장편소설 | 임미경 옮김 | 전2권 | 각 376, 368면

070 **지상에서 영원으로** 제임스 존스 장편소설 | 이종인 옮김 | 전3권 | 각 396, 380, 388면

073 **파우스트** 요한 볼프강 폰 괴테 희곡 | 김인순 옮김 | 568면

074 **쾌걸 조로** 존스턴 매컬리 장편소설 | 김훈 옮김 | 316면

075 **거장과 마르가리따** 미하일 불가꼬프 장편소설 | 홍대화 옮김 | 전2권 | 각 364, 328면

077 **순수의 시대** 이디스 워튼 장편소설 | 고정아 옮김 | 448면

078 **검의 대가** 아르투로 페레스 레베르테 장편소설 | 김수진 옮김 | 376면

079 **예브게니 오네긴** 알렉산드르 뿌쉬낀 운문소설 | 석영중 옮김 | 328면

080 **장미의 이름** 움베르토 에코 장편소설 | 이윤기 옮김 | 전2권 | 각 440, 448면

082 **향수** 파트리크 쥐스킨트 장편소설 | 강명순 옮김 | 384면

083 **여자를 안다는 것** 아모스 오즈 장편소설 | 최창모 옮김 | 280면

084 **나는 고양이로소이다** 나쓰메 소세키 장편소설 | 김난주 옮김 | 544면

085 **웃는 남자** 빅토르 위고 장편소설 | 이형식 옮김 | 전2권 | 각 472, 496면

087 **아웃 오브 아프리카** 카렌 블릭센 장편소설 | 민승남 옮김 | 480면

088 **무엇을 할 것인가** 니꼴라이 체르니셰프스끼 장편소설 | 서정록 옮김 | 전2권 | 각 360, 404면

090 **도나 플로르와 그녀의 두 남편** 조르지 아마두 장편소설 | 오숙은 옮김 | 전2권 | 각 328, 308면

092 **미사고의 숲** 로버트 홀드스톡 장편소설 | 김상훈 옮김 | 416면

093 **신곡** 단테 알리기에리 장편서사시 | 김운찬 옮김 | 전3권 | 각 292, 296, 328면

096 **교수** 샬럿 브론테 장편소설 | 배미영 옮김 | 368면

097 **노름꾼** 표도르 도스또예프스끼 장편소설 | 이재필 옮김 | 320면

098 **하워즈 엔드** E. M. 포스터 장편소설 | 고정아 옮김 | 508면

099 **최후의 유혹** 니코스 카잔차키스 장편소설 | 안정효 옮김 | 전2권 | 각 408면

101 **키리냐가** 마이크 레스닉 장편소설 | 최용준 옮김 | 464면

102 **바스커빌가의 개** 아서 코넌 도일 장편소설 | 조영학 옮김 | 264면

103 **버마 시절** 조지 오웰 장편소설 | 박경서 옮김 | 400면

104 **10 1/2장으로 쓴 세계 역사** 줄리언 반스 장편소설 | 신재실 옮김 | 464면

105 **죽음의 집의 기록** 표도르 도스또예프스끼 장편소설 | 이덕형 옮김 | 528면

106 **소유** 앤토니어 수전 바이어트 장편소설 | 윤희기 옮김 | 전2권 | 각 440, 480면

108 **미성년** 표도르 도스또예프스끼 장편소설 | 이상룡 옮김 | 전2권 | 각 512, 544면

110 **성 앙투안느의 유혹** 귀스타브 플로베르 희곡소설 | 김용은 옮김 | 584면

111 **밤으로의 긴 여로** 유진 오닐 희곡 | 강유나 옮김 | 240면

112 **마법사** 존 파울즈 장편소설 | 정영문 옮김 | 전2권 | 각 512, 552면

114 **스쩨빤치꼬보 마을 사람들** 표도르 도스또예프스끼 장편소설 | 변현태 옮김 | 416면

115 **플랑드르 거장의 그림** 아르투로 페레스 레베르테 장편소설 | 정창 옮김 | 512면

116 **분신** 표도르 도스또예프스끼 장편소설 | 석영중 옮김 | 288면

117 **가난한 사람들** 표도르 도스또예프스끼 장편소설 | 석영중 옮김 | 256면

118 **인형의 집** 헨리크 입센 희곡 | 김창화 옮김 | 272면

119 **영원한 남편** 표도르 도스또예프스끼 장편소설 | 정명자 외 옮김 | 448면

120 **알코올** 기욤 아폴리네르 시집 | 황현산 옮김 | 352면

121 **지하로부터의 수기** 표도르 도스또예프스끼 장편소설 | 계동준 옮김 | 256면

122 **어느 작가의 오후** 페터 한트케 중편소설 | 홍성광 옮김 | 160면
123 **아저씨의 꿈** 표도르 도스또예프스끼 장편소설 | 박종소 옮김 | 304면
124 **네또츠까 네즈바노바** 표도르 도스또예프스끼 장편소설 | 박재만 옮김 | 316면
125 **곤두박질** 마이클 프레인 장편소설 | 최용준 옮김 | 528면
126 **백야 외** 표도르 도스또예프스끼 소설선집 | 석영중 외 옮김 | 408면
127 **살라미나의 병사들** 하비에르 세르카스 장편소설 | 김창민 옮김 | 296면
128 **뻬쩨르부르그 연대기 외** 표도르 도스또예프스끼 소설선집 | 이항재 옮김 | 296면
129 **상처받은 사람들** 표도르 도스또예프스끼 장편소설 | 윤우섭 옮김 | 전2권 | 각 296, 392면
131 **악어 외** 표도르 도스또예프스끼 소설선집 | 박혜경 외 옮김 | 312면
132 **허클베리 핀의 모험** 마크 트웨인 장편소설 | 윤교찬 옮김 | 416면
133 **부활** 레프 똘스또이 장편소설 | 이대우 옮김 | 전2권 | 각 308, 416면
135 **보물섬** 로버트 루이스 스티븐슨 장편소설 | 머빈 피크 그림 | 최용준 옮김 | 360면
136 **천일야화** 앙투안 갈랑 엮음 | 임호경 옮김 | 전6권 | 각 336, 328, 372, 392, 344, 320면
142 **아버지와 아들** 이반 뚜르게네프 장편소설 | 이상원 옮김 | 328면
143 **오만과 편견** 제인 오스틴 장편소설 | 원유경 옮김 | 480면
144 **천로 역정** 존 버니언 우화소설 | 이동일 옮김 | 432면
145 **대주교에게 죽음이 오다** 윌라 캐더 장편소설 | 윤명옥 옮김 | 352면
146 **권력과 영광** 그레이엄 그린 장편소설 | 김연수 옮김 | 384면
147 **80일간의 세계 일주** 쥘 베른 장편소설 | 고정아 옮김 | 352면
148 **바람과 함께 사라지다** 마거릿 미첼 장편소설 | 안정효 옮김 | 전3권 | 각 616, 640, 640면
151 **기탄잘리** 라빈드라나트 타고르 시집 | 장경렬 옮김 | 224면
152 **도리언 그레이의 초상** 오스카 와일드 장편소설 | 윤희기 옮김 | 384면
153 **레우코와의 대화** 체사레 파베세 희곡소설 | 김운찬 옮김 | 280면
154 **햄릿** 윌리엄 셰익스피어 희곡 | 박우수 옮김 | 256면
155 **맥베스** 윌리엄 셰익스피어 희곡 | 권오숙 옮김 | 176면
156 **아들과 연인** 데이비드 허버트 로런스 장편소설 | 최희섭 옮김 | 전2권 | 464, 432면
158 **그리고 아무 말도 하지 않았다** 하인리히 뵐 장편소설 | 홍성광 옮김 | 272면
159 **미덕의 불운** 싸드 장편소설 | 이형식 옮김 | 248면
160 **프랑켄슈타인** 메리 W. 셸리 장편소설 | 오숙은 옮김 | 320면
161 **위대한 개츠비** 프랜시스 스콧 피츠제럴드 장편소설 | 한애경 옮김 | 280면
162 **아Q정전** 루쉰 중단편집 | 김태성 옮김 | 320면
163 **로빈슨 크루소** 대니얼 디포 장편소설 | 류경희 옮김 | 456면

164 **타임머신** 허버트 조지 웰스 소설선집 | 김석희 옮김 | 304면

165 **제인 에어** 샬럿 브론테 장편소설 | 이미선 옮김 | 전2권 | 각 392, 384면

167 **풀잎** 월트 휘트먼 시집 | 허현숙 옮김 | 280면

168 **표류자들의 집** 기예르모 로살레스 장편소설 | 최유정 옮김 | 216면

169 **배빗** 싱클레어 루이스 장편소설 | 이종인 옮김 | 520면

170 **이토록 긴 편지** 마리아마 바 장편소설 | 백선희 옮김 | 192면

171 **느릅나무 아래 욕망** 유진 오닐 희곡 | 손동호 옮김 | 168면

172 **이방인** 알베르 카뮈 장편소설 | 김예령 옮김 | 208면

173 **미라마르** 나기브 마푸즈 장편소설 | 허진 옮김 | 288면

174 **지킬 박사와 하이드 씨** 로버트 루이스 스티븐슨 소설선집 | 조영학 옮김 | 320면

175 **루진** 이반 뚜르게네프 장편소설 | 이항재 옮김 | 264면

176 **피그말리온** 조지 버나드 쇼 희곡 | 김소임 옮김 | 256면

177 **목로주점** 에밀 졸라 장편소설 | 유기환 옮김 | 전2권 | 각 336면

179 **엠마** 제인 오스틴 장편소설 | 이미애 옮김 | 전2권 | 각 336, 360면

181 **비숍 살인 사건** S. S. 밴 다인 장편소설 | 최인자 옮김 | 464면

182 **우신예찬** 에라스무스 풍자문 | 김남우 옮김 | 296면

183 **하자르 사전** 밀로라드 파비치 장편소설 | 신현철 옮김 | 488면

184 **테스** 토머스 하디 장편소설 | 김문숙 옮김 | 전2권 | 각 392, 336면

186 **투명 인간** 허버트 조지 웰스 장편소설 | 김석희 옮김 | 288면

187 **93년** 빅토르 위고 장편소설 | 이형식 옮김 | 전2권 | 각 288, 360면

189 **젊은 예술가의 초상** 제임스 조이스 장편소설 | 성은애 옮김 | 384면

190 **소네트집** 윌리엄 셰익스피어 연작시집 | 박우수 옮김 | 200면

191 **메뚜기의 날** 너새니얼 웨스트 장편소설 | 김진준 옮김 | 280면

192 **나사의 회전** 헨리 제임스 중편소설 | 이승은 옮김 | 256면

193 **오셀로** 윌리엄 셰익스피어 희곡 | 권오숙 옮김 | 216면

194 **소송** 프란츠 카프카 장편소설 | 김재혁 옮김 | 376면

195 **나의 안토니아** 윌라 캐더 장편소설 | 전경자 옮김 | 368면

196 **자성록** 마르쿠스 아우렐리우스 명상록 | 박민수 옮김 | 240면

197 **오레스테이아** 아이스킬로스 비극 | 두행숙 옮김 | 336면

198 **노인과 바다** 어니스트 헤밍웨이 소설선집 | 이종인 옮김 | 320면

199 **무기여 잘 있거라** 어니스트 헤밍웨이 장편소설 | 이종인 옮김 | 464면

200 **서푼짜리 오페라** 베르톨트 브레히트 희곡선집 | 이은희 옮김 | 320면

201 **리어 왕** 윌리엄 셰익스피어 희곡 | 박우수 옮김 | 224면

202 **주홍 글자** 너대니얼 호손 장편소설 | 곽영미 옮김 | 360면

203 **모히칸족의 최후** 제임스 페니모어 쿠퍼 장편소설 | 이나경 옮김 | 512면

204 **곤충 극장** 카렐 차페크 희곡선집 | 김선형 옮김 | 360면

205 **누구를 위하여 종은 울리나** 어니스트 헤밍웨이 장편소설 | 이종인 옮김 | 전2권 | 각 416, 400면

207 **타르튀프** 몰리에르 희곡선집 | 신은영 옮김 | 416면

208 **유토피아** 토머스 모어 소설 | 전경자 옮김 | 288면

209 **인간과 초인** 조지 버나드 쇼 희곡 | 이후지 옮김 | 320면

210 **페드르와 이폴리트** 장 라신 희곡 | 신정아 옮김 | 200면

211 **말테의 수기** 라이너 마리아 릴케 장편소설 | 안문영 옮김 | 320면

212 **등대로** 버지니아 울프 장편소설 | 최애리 옮김 | 328면

213 **개의 심장** 미하일 불가꼬프 중편소설집 | 정연호 옮김 | 352면

214 **모비 딕** 허먼 멜빌 장편소설 | 강수정 옮김 | 전2권 | 각 464, 488면

216 **더블린 사람들** 제임스 조이스 단편소설집 | 이강훈 옮김 | 336면

217 **마의 산** 토마스 만 장편소설 | 윤순식 옮김 | 전3권 | 각 496, 488, 512면

220 **비극의 탄생** 프리드리히 니체 | 김남우 옮김 | 304면

221 **위대한 유산** 찰스 디킨스 장편소설 | 류경희 옮김 | 전2권 | 각 432, 448면

223 **사람은 무엇으로 사는가** 레프 똘스또이 소설선집 | 윤새라 옮김 | 464면

224 **자살 클럽** 로버트 루이스 스티븐슨 소설선집 | 임종기 옮김 | 272면

225 **채털리 부인의 연인** 데이비드 허버트 로런스 장편소설 | 이미선 옮김 | 전2권 | 각 336, 328면

227 **데미안** 헤르만 헤세 장편소설 | 김인순 옮김 | 272면

228 **두이노의 비가** 라이너 마리아 릴케 시 선집 | 손재준 옮김 | 504면

229 **페스트** 알베르 카뮈 장편소설 | 최윤주 옮김 | 432면

230 **여인의 초상** 헨리 제임스 장편소설 | 정상준 옮김 | 전2권 | 각 520, 544면

232 **성** 프란츠 카프카 장편소설 | 이재황 옮김 | 560면

233 **차라투스트라는 이렇게 말했다** 프리드리히 니체 산문시 | 김인순 옮김 | 464면

234 **노래의 책** 하인리히 하이네 시집 | 이재영 옮김 | 384면

235 **변신 이야기** 오비디우스 서사시 | 이종인 옮김 | 632면

236 **안나 까레니나** 레프 똘스또이 장편소설 | 이명현 옮김 | 전2권 | 각 800, 736면

238 **이반 일리치의 죽음·광인의 수기** 레프 똘스또이 중단편집 | 석영중·정지원 옮김 | 232면

239 **수레바퀴 아래서** 헤르만 헤세 장편소설 | 강명순 옮김 | 272면

240 **피터 팬** J. M. 배리 장편소설 | 최용준 옮김 | 272면

241 **정글 북** 러디어드 키플링 중단편집 | 오숙은 옮김 | 272면
242 **한여름 밤의 꿈** 윌리엄 셰익스피어 희곡 | 박우수 옮김 | 160면
243 **좁은 문** 앙드레 지드 장편소설 | 김화영 옮김 | 264면
244 **모리스** E. M. 포스터 장편소설 | 고정아 옮김 | 408면
245 **브라운 신부의 순진** 길버트 키스 체스터턴 단편집 | 이상원 옮김 | 336면
246 **각성** 케이트 쇼팽 장편소설 | 한애경 옮김 | 272면

각 권 8,800~15,800원